詩經・先民的歌唱

裴溥言・編撰

中國歷代經典寶庫

1

出版的話

時報文化出版的《中國歷代經典寶庫》已經陪大家走過三十多個年頭。無論是早期的紅底燙金精裝「典藏版」，還是50開大的「袖珍版」口袋書，或是25開的平裝「普及版」，都深得各層級讀者的喜愛，多年來不斷再版、複印、流傳。寶庫裡的典籍，也在時代的巨變洪流之中，擎著明燈，屹立不搖，引領莘莘學子走進經典殿堂。

這套經典寶庫能夠誕生，必須感謝許多幕後英雄。尤其是推手之一的高信疆先生，他秉持為中華文化傳承，為古代經典賦予新時代精神的使命，邀請五、六十位專家學者共同完成這套鉅作。二〇〇九年，高先生不幸辭世，今日重讀他的論述，仍讓人深深感受到他對中華文化的熱愛，以及他殷殷切切，不殫編務繁瑣而規劃的宏偉藍圖。他特別強調：

中國文化的基調，是傾向於人間的；是關心人生，參與人生，反映人生的。我們的聖賢才智，歷代著述，大多圍繞著一個主題：治亂興廢與世道人心。無論是春秋戰國的諸子哲學，漢魏各家的傳經事業，韓柳歐蘇的道德文章，程朱陸王的心性義理；無論是貴族屈原的憂患獨歎，樵夫惠能的頓悟眾生；無論是先民傳唱的詩歌、戲曲，村里講談的平話、小說……等等種種，隨時都洋溢著那樣強烈的平民性格、鄉土芬芳，以及它那無所不備的人倫大愛；一種對平凡事物的尊敬，對社會家國的情懷，對蒼生萬有的期待，激盪交融，相互輝耀，繽紛燦爛的造成了中國。平易近人、博大久遠的中國。

可是，生為這一個文化傳承者的現代中國人，對於這樣一個親民愛人、胸懷天下的文明，這樣一個塑造了我們、呵護了我們幾千年的文化母體，可有多少認識？多少理解？又有多少接觸的機會，把握的可能呢？

參與這套書的編撰者多達五、六十位專家學者，大家當年都是滿懷理想與抱負的有志之士，他們努力將經典活潑化、趣味化、生活化、平民化，為的就是讓更多的青年能夠了解繽紛燦爛的中國文化。過去三十多年的歲月裡，大多數的參與者都還在文化界或學術領域發光發熱，許多學者更是當今獨當一面的俊彥。

三十年後，《中國歷代經典寶庫》也進入數位化的時代。我們重新掃描原著，針對時代需求與讀者喜好進行大幅度修訂與編排。在張水金先生的協助之下，我們就原來的六十多冊書種，精挑出最具代表性的四十種，並增編《大學中庸》和《易經》，使寶庫的體系更加完整。這四十二種經典涵蓋經史子集，並以文學與經史兩大類別和朝代為經緯編綴而成，進一步貫穿我國歷史文化發展的脈絡。在出版順序上，首先推出文學類的典籍，依序有詩詞、奇幻、小說、傳奇、戲曲等。這類文學作品相對簡單，有趣易讀，適合做為一般讀者（特別是青少年）的入門書；接著推出四書五經、諸子百家、史書、佛學等等，引導讀者進入經典殿堂。

在體例上也力求統整，尤其針對詩詞類做全新的整編。古詩詞裡有許多古代用語，需用現代語言翻譯，我們特別將原詩詞和語譯排列成上下欄，便於迅速掌握全詩的意旨；並在生難字詞旁邊加上國語注音，讓讀者在朗讀中體會古詩詞之美。目前全世界風行華語學習，為了讓經典寶庫躍上國際舞台，我們更在國語注音下面加入漢語拼音，希望有華語處，就有經典寶庫的蹤影。

《中國歷代經典寶庫》從一個構想開始，已然開花、結果。在傳承的同時，我們也順應時代潮流做了修訂與創新，讓現代與傳統永遠相互輝映。

時報出版編輯部

【導讀】

先民生活的謳歌

裴溥言

《詩經》是我國古老的一部詩歌總集，是從西周到東周春秋時代的作品（大約跨越了六百年），距離現在已經兩千五、六百年。一共有三百零五首，所以也稱其成數曰《詩三百》。

《詩經》的內容分為「風」、「雅」、「頌」三大類，風有十五國風，依次為周南、召南、邶、鄘、衛、王、鄭、齊、魏、唐、秦、陳、檜、曹、豳，共計一百六十篇。雅分為大雅、小雅，小雅七十四篇，大雅三十一篇。頌則有周頌三十一篇、魯頌四篇、商頌五篇。

這些詩篇，依其類別之不同，各有獨特之風格及內涵。由十五國風，可看出各地之政情民風：例如由陳風，可看出陳國歌舞之盛；由秦風，可知秦國尚武精神之強。小雅之詩，以表示西周衰世，尤以幽王之世的詩篇較多。所以由這些詩篇可看出當時政治之暴亂，天怒人怨的情形。大雅則多追述周人祖先功德，以及誇張西周初年開國盛世，和歌頌中興明主周宣王文治武功的詩篇。

至於周頌，周人為消除殷商遺民對周人的敵對心理，所以製作較多祭祀文王之詩篇，以揄揚文王的功烈德澤，使四方來助祭的諸侯，受到潛移默化的作用，明白周之得天下，是由於天命，是由於文德。而承此天命者，是引仁德之政的文王，因而對西周就心悅誠服。魯、商二頌，雖然篇幅不多，但由這不多的篇幅，也可看出魯僖公的功業及魯國的高度文化；也可看出春秋五霸之一的宋襄公之以宋為殷商之後，而頗有榮耀之感，遂制禮作樂，借以誇耀他的功業。

整部《詩經》的內容，真是包羅萬象：凡是有關那個時代的典章制度、戰爭形態、社會狀況、民情風俗，以及天文地理、曆法時序；乃至於黍稷稻麥、麻縷絲帛、草木、鳥獸、蟲魚等，無所不有，可說是一部周人生活的真實紀錄，一部非常有價值的周代文化史。而這份生活紀錄、這部文化史，都是以高度的文學技巧寫的。其中每一字的推敲，每一句的斟酌，每一章的安排，每一篇的組織，都是經過煞費苦心經營而完成的，真可謂是字字珠璣，篇篇佳構，美不勝收。更加之以絕大部分是叶韻歌辭，讀起來不只讓我們享受聲調韻律之美，更能令我們有悠然神往之情，而欣賞不置。因而它可說是中國文學之源，很值得炎黃子孫誦讀的一部經典寶庫。

詩經◆先民的歌唱

目次

認識《詩經》

詩歌的起源

詩歌的起源很早，人類還沒有文字的時代，已有歌謠。甚至只有簡單的語言，就已有歌謠產生。我們知道，一個人在快樂的興頭上，或者悲傷的時候，常願意將自己的心情發洩出來，去告訴別人或自言自語地說出來。覺得用說話表達還不夠，便會用唱歌的方式來代替。所以唱起歌來有雀躍歡呼的叫聲，也會有長吁短歎的哭訴。同樣的歌詞，把它一遍又一遍地唱，所謂一唱三歎，也會使人迴腸盪氣。覺得一唱三歎還不夠，便就手也舞起來，腳也蹈起來了，這樣才覺盡興。而別人被歌聲吸引，也會跟著唱和起來，於是互相傳唱，便成為流行的歌謠。遇到節日來臨，大家聚在一起酬神作樂，唱歌的機會更多，歌詞的內容種類也跟著增多。這時一唱眾和，或互相競勝，也就格外熱鬧。相傳葛天氏的歌兒八章，三個人唱，同時拿著牛尾揮動，踏著腳拍拍子（《見呂氏春秋．古樂》），似乎就這種情景的追記。歌謠越唱越多，後來連罵人的歌、記事的歌、祝福的歌都有了，雖然沒有文字的記錄，卻也留存在人們的記憶裡。

歌謠發達了，就可不必自己創造，借現成的歌謠來為自己抒情，只要隨時揀一首合適的來唱唱，也可消愁解悶。如果覺得有些句子不很合意，也可以刪改或增添，來滿足你自己，因此往往流行的歌謠中，有開頭相同，接下去有不同歌詞的發展；或者不同主題的歌，半中間會冒出幾句和別的歌相同的詞句來。而定了型的歌，大多是經過眾人修飾的，所以流傳下來的歌謠，可說是「一人的機鋒，多人的智慧」的集體創作。有了文字之後把這些歌謠記下來，就成了詩歌。

徒歌和樂歌

歌謠只要隨口哼唱就行，這叫做徒歌。但也有用樂器伴奏著唱的，就叫做樂歌。徒歌也有節奏，手舞足蹈就是幫助節奏的，所以徒歌也會形成一定的腔調。可是樂歌節奏更規律化些，若把徒歌用樂器伴奏著唱，也就成為樂歌。只是它的字句或許要有若干的變更，以配合音樂的旋律。

我國在很早的時候，似乎就有了樂器。《禮記．明堂位》說的「土鼓土槌兒（蕢桴）、蘆管兒（葦籥）」，大約就是我們樂器的老祖宗。到《詩經》時代，有了用金、石、絲、竹、匏（葫蘆殼）、土、革（皮）、木八種材料製成的鐘（金）、磬（石）、琴瑟（絲）、簫管籥（竹）、笙（匏——用竹管排列在匏內）、壎缶（土）、鼓（革）、柷、敔（木）等十多種樂器，可說已是洋洋大觀了。

歌謠本來以表情為主，只要翻來覆去地將情表到了家就行，用不著多費言詞。所以徒歌的節奏主要在乎重疊或者說是迴環，疊詠就成為歌謠的特質。字數的整齊，韻腳的協調，似乎是進一步發展出來的，有了這些之後，疊詠才在詩歌裡失去重要的地位。

最早的詩歌

前面說過，用文字記錄下來的歌謠就是詩歌。《詩經》裡的國風，就是周代記錄下來各地的歌謠。《詩經》輯集了周代歌謠達一百六十篇之多，超過了全部《詩經》三百零五篇的半數，成為《詩經》組成的主要部分，其他雅、頌兩部分篇數的合計，還不及國風歌謠這一類為多。《詩經》是我國最早的一部詩歌總集，因此這一百六十篇周代的歌謠，也成為我國歌謠可靠的最早的正式輯錄，極為寶貴。周代以前的歌謠，雖也有零星的追記，但可靠的很少，有許多已是後人的臆造了。

十五國風

《詩經》裡的風詩（歌謠）一百六十篇，分屬於十五個地區，稱為十五國風。十五國風的名稱，依照排列先後的次序及其篇數是：(1)周南十一篇(2)召南十四篇(3)邶風十九篇

(4)鄘風十篇(5)衛風十篇(6)王風十篇(7)鄭風二十一篇(8)齊風十一篇(9)魏風七篇(10)唐風十篇(11)秦風十篇(12)陳風十篇(13)檜風四篇(14)曹風四篇(15)豳風七篇。

這十五地區大多是國名，但周南召南只是南方許多小國的總名稱，王風又是東周王畿（最接近天子的千里以內的土地）的詩，都不是國名。邶、鄘、衛雖原是三國，後來邶鄘成為衛國的領土，所以邶風鄘風的詩，也都是衛國的產品。而十五地區中也有同一地區的詩，因時間有先後，遂屬於不同的單位，例如東周的王畿，西周時原為周南地區，所以東周時產於黃河邊有「在河之滸」句的王風〈葛藟〉和西周時也是產於黃河邊有「在河之洲」的周南〈關雎〉，實在是同一地區的詩。所以所謂十五國風，說是十五國家固然不符合，說是十五地區也還不正確，我們只可勉強說做十五單位而已。

十五國風地區分布的大概情形如下：

(1)周南、召南　是西周的南方地區，以現在河南省的陝縣為界，陝縣以東黃河南岸自洛陽向南延展，經淮河上游，漢水下游，南至長江，是周南詩篇產生的區域；陝縣以西，向西延展到以終南山為主峰的秦嶺地帶，向西延展經漢水中游，南至長江，是召南詩篇的產生區域。

(2)邶、鄘、衛　是以淇水為中心的殷商舊區，包括今河南省黃河以北之地，山東省西部及河北省若干地方。

(3)王　是東周王畿區域，即今河南省洛陽一帶地區。

(4)檜、鄭　檜在今河南省新鄭縣，東周初年被鄭所併吞。鄭國於東周初年自陝西華縣東遷，取號檜等十邑所新建，鄭風即檜國舊地溱、洧二水一帶的產品。

(5)齊　是周代最東濱海的大國，即今山東省東北之地。

(6)魏、唐　魏、唐都是西周初年所封姬姓之國，唐即晉。魏國的領土自汾水南至河曲，為今山西省西南一角地，唐本是現在山西省太原一帶，後發展成大國，至東周春秋初年滅了魏國，將其地賜給大臣畢萬。畢萬的後代和韓、趙分晉，就成了戰國時代七雄之一的魏國，而不是《詩經．魏風》的魏了。

(7)秦　西周時秦國本是附庸（附屬於大國的一個小國），在今甘肅隴西縣。平王東遷，秦襄公領兵護送，才封為諸侯，賜給西周原有的現今陝西西部一帶的土地，至秦穆公而更強大。

(8)陳　周初武王所封，春秋末被楚所滅，其故都在今河南省淮陽縣，其領土當今河南開封以東，南至安徽亳縣一帶。

(9)曹　周武王所封，春秋末年滅於宋，其故都在今山東定陶縣，其領土當今山東菏澤、定陶一帶。

(10)豳　周的舊都，豳城故地，在今陝西邠縣。

這十五國風既然分為十五單位，我們當然也可比較出他們不同的風格來。例如西部地區的秦風，表現出了秦國人的尚武精神，也對用活人殉葬的壞風俗發出了慘痛的呼號。而東部地區的齊風，表現出齊國人酷愛田獵的風俗；但他們的田獵已不重武藝的鍛鍊，而趨於浮誇的一面。靠近南方的陳國，人民的風俗，喜歡歌舞。又如，同一地區東周的王風，多表現出亂離世界的哀痛，已不再有西周時周南詩篇的安樂氣氛。同樣，魏風在統治者剝削重斂之下，表現了民不聊生的怨憤與憂思。但魏國很早就併入晉國，而晉人所作唐風之中，就未見激烈攻擊統治者的詩篇。可見同一地區的民情，也有先後的差異。這說明從歌謠確是可以觀察民風的。

古書中記載周天子用詩來觀察民風的，有好幾條：

(1)《禮記．王制》中說：「天子五年一巡狩……命太師陳詩以觀民風。」

(2)《國語．周語》中則說：「為民者宣之使言，故天子聽政，使公卿至於列士獻詩。」

(3)《漢書．藝文志》也說：「古有采詩之官，王者所以觀風俗，知得失，自考正也。」

(4)《漢書．食貨志》：「孟春之月，群居者將散，行人振木鐸行於路以采詩，獻之太師，比其音律，以聞於天子。」

搜集詩歌的方法

周天子搜集詩歌的方法，有採詩、陳詩和列士獻詩的不同路線。但列士獻詩，大概以公卿大夫至於列士自作雅詩為多，而間接呈獻各國民間流行的歌謠為少。太師所陳的詩歌，或者多民間採來的歌謠。但因民間採來的歌謠大多是徒歌，所以作為樂工頭兒的太師就要「比其音律」，配上樂譜，改成樂歌，用樂器伴奏著，唱給天子聽。照《儀禮》、《禮記》、《左傳》等書的記載，所謂禮樂，周代的禮和樂是關聯著的。「禮非樂不行，樂非禮不舉」，各種典禮中都有樂歌的演唱。所以典禮中，除了在正式節目中演唱周南〈關雎〉、〈葛覃〉、〈卷耳〉等若干篇外，據近人考證，其餘的一百數十篇，都是用在餘興節目中演唱的，叫「無算樂」。所以春秋時各國在外交場合上，通行著賦詩（唱詩）的禮節，貴族們必須都能熟讀國風詩篇，以備應用。當然，周天子所搜集各國的歌謠，不止現存《詩經》中的國風一百六十篇，其他不在禮樂中應用的就失傳了。有很少數我們還可以在《詩經》以外的古書裡發現，就被稱為「逸詩」（沒有被收在《詩經》中的詩）。

大小雅和三頌

《詩經》共三百零五篇，除風詩一百六十篇外，還有雅詩一百零五篇，頌詩四十篇。

雅分大小，一般說來，普通宴會所用樂歌稱小雅，官式朝會所用樂歌稱大雅。所以小雅七十四篇中，有很多篇內容形式，都和國風的歌謠相仿；而大雅三十一篇就嚴肅而整齊，也顯得有些呆板了。

本來，十五國風，只是像朱子所說：「風者，多出於里巷歌謠之作，男女相與詠歌，各言其情者也。」（《詩集傳．序》）和公卿大夫所作的雅詩原則上是大異其趣的。風是宣洩男女私情的抒情詩歌，雅是發表國家公義的廟堂文學。但就現存的作品而言，不論是國風，不論是大、小雅，其中都有很動人的社會詩在內。而大、小雅中可以把詩當歷史來充實正史之不足的也不少，凡是這些，都是《詩經》留給我們的寶貴作品。

頌分為周、魯、商三頌，是配合著音樂舞蹈來歌唱的宗教詩。周頌是周天子的祭祀樂章，共三十一篇，大多是西周初年作品，簡短而不協韻。但魯頌四篇、商頌五篇的形式就和周頌很不相同，有些近似雅詩，內容也由祭祀祖先發展到頌揚當時的國君。魯頌是東周春秋中葉魯國（都城在今山東曲阜）僖公時的詩；商頌一向被認為早於周頌，是商朝的祭祀樂章，經近人考證，知道也只是周朝時宋國（都城在今河南商邱）的詩。因為宋是商的後代，所以稱商頌，詩中也有頌揚春秋時宋襄公的話。

《詩經》的時代和地域

大雅、小雅大部分是西周作品，只有極少數幾篇是東周初年作品，所以《詩經》三百零五篇，全是周朝的詩。最早記錄的在西周初年，最遲產生的已在春秋五霸時代。全部《詩經》的時代，上下約五、六百年。產生的地域，則以黃河流域為中心，南到長江北岸，分布在現在的甘肅、陝西、山西、山東、河北、河南、安徽、湖北等省境內。

孔子教《詩經》

孔子時代，《詩經》三百零五篇全是樂歌，孔子採為教導學生的教材，還是用琴瑟伴奏來歌唱的方式，稱為弦歌。孔子傳授的《詩》、《書》、《禮》、《樂》、《易》、《春秋》六藝，詩就是《詩》三百篇，《樂》就是這三百篇的音樂。後來三百篇的樂譜失傳了，六藝只剩了五藝，也改稱五經了。

春秋時代的賦詩言志

春秋時各國卿大夫的賦詩禮俗，往往只奏樂歌，唱詩中一兩章來表達他們的意思，這叫做「賦詩言志」，因為不管全詩本意，只截取一兩章甚至一兩句來應用，就叫做「斷章取義」。漢朝解釋《詩經》的儒生，就採取斷章取義，甚至斷句取義的路線來給三百篇作傳、箋（傳是解釋《詩經》本文的，等於註解；箋是解釋傳的，或記下自己另外的意見），來強調《詩經》的教化作用，於是三百篇作詩的本意大多給湮沒了。最有權威的是西漢毛公的《毛詩詁訓傳》（簡稱《毛傳》），和東漢鄭玄的《毛詩箋》（簡稱《鄭箋》）便是這樣。

《毛傳》、《鄭箋》和三家詩

毛公有大小兩人，大毛公毛亨，魯國人；小毛公毛萇，趙國人。大毛公創始《詩經》的注解，傳給小毛公，完成了《毛詩詁訓傳》。鄭玄是東漢末年北海高密（今山東高密）人，他給《毛傳》作箋，有時也採三家詩的解說。不過三家的解說在原則上也和《毛詩》差不多，都是以史證詩的，而以史證詩的觀念最早具體表現在詩序裡。

三家詩是：魯國申培公的《魯詩》，齊國轅固生的《齊詩》，燕國韓嬰的《韓詩》。他們對於《詩經》的解說各有不同。不過後來都失傳了，現在只剩了《韓詩外傳》十卷，這外傳並不是解釋《詩經》的。

詩序

《毛詩》每篇前面有一段序文叫詩序。第一篇〈關雎〉的序特別長，是對於詩的總論，所以稱之為大序，據說是孔子學生中傳詩的子夏所寫。其餘各篇解說該詩主旨，只短短的幾句，就稱小序。小序又分前後兩節，前節是一句斷語，據說是毛公所寫；後節是申述斷語的，據說是東漢衛宏所寫。而小序的作用，主要是用歷史來證詩，把每篇詩都說成和歷史有關係。

詩的六義

風、雅、頌、賦、比、興，稱為詩的六義。風雅頌是詩的分類；賦比興是詩的作法。風雅頌前面已經介紹了；賦是直接敘述，比是比喻，興是一個引子，所以朱熹說：「賦者，敷陳其事而直言之也」。（《詩集傳・葛覃》）「比者，以彼物比此物也」（〈螽斯〉）「興者，先言他物以引起所詠之辭者也。」（〈關雎〉）

《毛詩正義》和朱熹《詩集傳》

宋朝的朱熹是《詩經》學上的革命者。漢朝的《詩經》學本來是三家詩的天下，後來《毛傳》、《鄭箋》出來，就取代了三家詩的地位。到唐朝初年政府編纂五經正義，《詩經》方面，孔穎達採用《毛傳》、《鄭箋》，給它作疏（疏解傳、箋）而成《毛詩正義》，成為國定的《詩經》課本，也就是十三經註疏所採納的本子。但到宋朝朱熹攻擊《毛詩》小序的不當，用自己的見解另寫了一部《詩集傳》代替《毛詩正義》。從元代起，朱熹的書便成為學生自幼必讀的了。以後明、清兩代，仍然是朱熹《詩集傳》的天下，直到現在，還是有人喜歡讀它。

《詩經》的今註語譯

民國以來，大家覺得朱熹《詩集傳》攻擊小序的態度還不夠徹底，而且他指鄭、衛等風若干篇是淫詩也不當。就再加以研究，探求詩篇的本意，同時讓讀者更容易明白，就改用注音符號來注音，用淺近的現代語來作今註語譯，這樣的作品已經很多。

不過這本書，我現在於每篇分「故事介紹」（或「內容提示」）、「原詩」、「註釋」、「語譯」和「評解」五個部分。剛開始讀的時候，或許會有困難，遇有困難，細加查考，大約仍可明白。如果仍不明白，可以跳過先讀下一篇，這樣全部讀完，再從頭讀下去，也就可以了解得差不多了。

當然，《詩經》是難讀的，而且一定要讀原文。如果能得到老師或父兄從旁指導來讀，那就格外好了。

國風之部五四篇

一、周南七篇

關雎

【故事介紹】

西洋的故事裡，美女夢想的是白馬王子的到來；而在我們中國古代周朝時候，美女所夢想的，乃是高貴優雅的君子。周朝除天子稱王外，各國國君，雖分公、侯、伯、子、男五等爵位，各依他們的封爵來稱他們的國君。例如宋國是宋公，齊國是齊侯，鄭國是鄭伯，吳國是吳子，許國是許男。但習慣上各國國君都被尊稱為「公」，因此，齊侯小白，被稱為齊桓公；鄭伯寤生，被稱為鄭莊公。而他們的兒子，都稱公子，所以周朝故事中的人物，多有名的公子，例如晉公子重耳，流亡在外十九年，到處留情，就三次娶到了年輕妻子。但《詩經》裡的公子卻不多，豳國的公子雖提過三次，還沒形成故事（《詩經》裡王子二字沒有出現過），《詩經》裡出現頂多的是君子。君子就是國君的兒子，而只要有官爵的貴族，也都被稱為君子。

話說西周時代黃河岸上有一個成年的君子，他知書達禮，能文善武，而且相貌堂堂，稱得上一表人才。他的父母要給他找一個漂亮的女子來成親，許多媒人都來說親，但他都央求父母，讓他自己去找，等他看中意了，才報告父母，央媒前去說合。

於是他出外遊歷，去訪求他心目中的美人兒。他經過西國，嫌西國的姑娘有些粗魯；經過北國，又嫌北國的姑娘太刁悍；再去東國，東國的姑娘的確很秀麗，只是人太矮小。最後他來到南國，南國的姑娘文文靜靜的，都出落得美麗大方。一天，他遠遠地聽到了優雅的琴聲，循聲前行，走進了一座美麗的花園，透過掩映的花木，前面露出一片瀲灩的水光，是一方清澈的池塘。池塘的對面，呈現著一座臨水的樓臺。樓臺上正有一位淡粧的美女，倚欄而坐，左右侍立著兩個丫鬟，原來琴聲就是那位姑娘彈奏出來，十分悠揚悅耳。聽著、望著，使這位君子著了迷，不知暮色漸漸籠罩下來，樓上已掌燈，他才摸黑離去，卻不小心一失足撲通一聲，跌落池塘。

樓上姑娘教男僕把他救起，她父親就要把他趕走，她卻要求父親和善待人，借衣裳給他把濕衣換掉，讓他在客廳過夜。

第二天早晨，他向她父親告辭，順便表明自己的身分並提出求婚的話兒。她父親說：「你的身分，我會調查清楚；你既然欣賞我女兒的琴藝，那麼，可說是知音難逢，你就先在我家彈奏一曲再走罷！」一聽這話，這位君子著了慌，偏偏他武藝高強，熟諳弓箭，卻不曾好好練琴，只好推說昨晚落水時扭傷了手腕，等以後再來獻醜。回國後稟報父母，央媒去說親，雖有顯赫的身世，竟被婉拒了。

於是這位君子懊喪得寢食難安，犯起相思病來，做的夢也是追求她的情景，而她只是對他說：「你不是我的知音。」於是他知道除非他把琴藝練精，這樁姻緣是不會成功的。便覓得一面名貴的古琴，馬上請名師指導，立志把琴瑟練好。這樣早晚勤練，琴藝猛進，三個月工夫下來，居然能彈到得心應手，到達出神入化的境界，於是帶一個琴童抱琴出發。他到了南國，聲稱踐約前來彈琴。南國姑娘的父親，就在臨水樓上設宴款待，請他表現琴藝。他伸指把古琴的琴絃輕撥，琴聲就像涼風的吹拂，沁人心脾。頓時使花園裡鴉雀無聲，靜到聽得見池邊的流水淙淙，一會兒又聽到南山上隱約的雷鳴，等到鏗然一響，琴聲終止，才知他彈的是〈高山流水〉之曲，剛才聽到的淙淙水聲和隱約雷鳴，只是他琴音的變化。於是滿堂采聲，主人招呼他的女兒前來和他相見。他要求南國姑娘再為他彈琴，他願用瑟來相和，而姑娘仍請他彈琴，自請以瑟和琴，兩人就合奏了一曲琴瑟和鳴的〈鸞鳳曲〉。於是他說：「我既然已經和她琴瑟為友，不知可否娶她回去，敲鐘打鼓地讓她快樂一番？」

這時原先的媒人也出現了，他說：「還請老丈俯允。」姑娘的父親含笑點頭，於是一樁美滿的婚姻終於成功。

南國的詩人便把這個故事，編成一首歌來給大家唱。這首歌就是《詩經》裡國風周南的第一篇〈關雎〉。

〈關雎〉的原文當時也是白話詩，但是經過了三千多年的光景，到現在已和我們的白話很不一樣，就是讀音也變了。而且當時的文物制度、禮俗習尚，和現在也不一樣。所以我們非加一番註釋，不容易完全明白。以下就是〈關雎〉的原文和音義的加註。每篇之後，並附現在的白話譯文。

【原詩】

關關雎（ㄐㄩ jū）鳩（ㄐㄧㄡ jiū），① 在河之洲。②

窈（ㄧㄠˇ yǎo）窕（ㄊㄧㄠˇ tiǎo）淑女，③ 君子好逑（ㄑㄧㄡˊ qiú）。④

【語譯】

在那黃河的青草洲上，水鳥兒關關地雌雄和唱，

聽了使人想起那位秀外慧中的善良姑娘，正好是

高貴優雅的君子理想對象！

（以上第一章，鳩、洲、逑三字押韻。）

參(ㄘㄣ cēn)差(ㄘ cī)荇(ㄒㄧㄥˋ xìng)菜，⑤左右流之。⑥
窈窕淑女，寤(ㄨˋ wù)寐(ㄇㄟˋ mèi)求之。⑦
求之不得(ㄉㄟˇ děi)，⑧寤寐思服。⑨
悠哉悠哉，⑩輾(ㄓㄢˇ zhǎn)轉反側(ㄓㄟˇ zhěi)。⑪

參差荇菜，左右采(ㄘˊ cí)之。⑫
窈窕淑女，琴瑟友(ㄧˇ yǐ)之。⑬

參差荇菜，左右芼(ㄇㄠˋ mào)之。⑭
窈窕淑女，鐘鼓樂(ㄌㄠˋ lào)之。

見到那參差不齊的水荇菜，用手將水左右流動著使它近身來；見到那位秀外慧中的善良姑娘啊，就寤寐不忘地去追求她。追求她不得門兒，就日日夜夜地想念她。夜漫漫啊夜漫漫，躺在床上翻來覆去啊好心煩！

（以上第二章前四句「之」字上的流、求押韻；後四句得、服、側三字押韻。）

那參差不齊的水荇菜，左邊右邊地把它採，那位秀外慧中的善良姑娘啊，彈琴鼓瑟來和她增進友愛。

（以上第三章，「之」字上的采、友兩字押韻。）

那參差不齊的水荇菜，左翻右翻地炒起來。那位秀外慧中的善良姑娘啊，敲鐘打鼓快快樂樂地把她娶回來。

（以上第四章，「之」字上的芼、樂兩字押韻。）

【註譯】

①關關：雎鳥和雄鳥互相鳴叫的聲音。雎鳩（ㄐㄩ ㄐㄧㄡ）：一種也稱魚鷹的水鳥。

②河：指黃河。洲：水中小於島嶼的陸地。

③美心曰窈（ㄧㄠˇ），美容曰窕（ㄊㄧㄠˇ）。淑女：品德善良的女子。

④君子：本意是國君之子，轉成有官爵貴族的通稱，而且婦人稱其夫亦稱君子，和後世專指品德高尚者有別。逑（ㄑㄧㄡˊ）：配偶。

⑤參差（ㄘㄣ ㄘ），長短不齊的樣子。荇（ㄒㄧㄥˋ）菜，一種莖葉可食浮在水面的水生植物。

⑥將水左右流動著，使荇菜近身以便採摘。

⑦寤（ㄨˋ）：醒。寐（ㄇㄟˋ）：睡著。說不但醒時在追求她，就是睡著了夢中也在追求她。

⑧得，音ㄉㄟˇ。思：沒有意義的語詞。

⑨服（古音讀作逼ㄅㄧ）：想念的意思。

⑩悠：深長。哉：語助詞，沒有意義。

⑪這句是說躺在床上翻來覆去，是形容夜裡睡不著的情形。輾，音ㄓㄢˇ、側，音ㄓㄟˇ。

⑫采（古音讀ㄘˇ）：同採。

⑬琴：七絃樂器。瑟：二十五絃樂器。友（古音讀ㄧˇ）：動詞，交朋友的意思，即增進友誼。

⑭芼（ㄇㄠˋ）：擇取，或解為燒熟。這句是講炒菜時把它左右攪動。

【評解】

我們看第一章的寫作技巧，頭兩句是「關關雎鳩，在河之洲」，先是聽到聲音，然後由聲音而發現地點，這樣寫比「河洲雎鳩，其鳴關關」要有情調多了。因為這位漫步在河邊的公子哥兒，並不是有意來看雎鳩鳥的，雎鳩鳥的鳴叫，是他無意中聽到的。聽到聲音，才看到水鳥，由水鳥的雙雙對對，才聯想到自己的終身大事。後兩句是錯綜的不平對句，平穩的對句應該是「淑女窈窕，君子好逑」，可是那樣就顯得平淡無味了。整篇詩的好處，全在這第一章的四句，如果我們能耐心地多讀它幾遍，自然就會體悟到其中充滿一片和平之音的。

第二章寫水中荇菜的左右浮動，就像那女孩子的心，不可捉摸。越不可捉摸，越想追求。不過，如果一追求就成功，那也太沒意思了。所以來一句「求之不得」，事情有了變化，筆調也就有了變化，這樣才有曲折之美而不平淡呆板。本來愛情的路上是崎嶇不平的，所謂好事多磨，更何況是這樣一位內外俱美的姑娘，又哪能隨便讓人追求，又哪能輕易追求得到呢？所以只有日思夜想，滿腦子都是那姑娘的影子，滿腦子想著如何才能追求到她。於是白天就食不知味，無心做事；夜晚躺在床上翻來覆去怎麼也睡不著，越睡不著，越覺得自己對那姑娘思念的深長，更難熬那漫漫長夜，真是好苦啊！

忽然間，噢，有了，真是福至心靈，想到這樣一位姑娘，一定要有同樣高雅情趣的伴侶。於是在第三章就敘述彈琴鼓瑟以增進友誼的事。這樣一來，才打動了那姑娘的芳心，好像那水中荇菜已採到了。兩人既有共同的愛好，感情自然就進展得快了。

第四章說荇菜已擇取下來了，他們的愛情也成熟了。於是快快樂樂地敲著鐘、打著鼓，熱熱鬧鬧地完成了他們的終身大事。因為有原先的追求之難，所以才有今天的得到之喜，這位公子哥兒的快樂也就不言而喻了。但是當他追求不到時，並沒有傷心到吐血病倒，甚至絕望自殺，這就是孔子所稱讚的「哀而不傷」；最後追求到了，也沒有快樂到得意忘形，狂歡達旦，這就是孔子所稱讚的「樂而不淫」（淫是過分的意思）。所以這篇詩所表現的男女戀愛的感情是正常而健康的。

這篇〈關雎〉是十五國風的第一篇，也是全部《詩經》三百零五篇的第一篇。為什麼編詩的人把它放在第一篇呢？這是有原因的。正如前面所說，這篇詩所表現的男女戀愛的感情是正常而健康的。我們知道，家庭是社會組織的基本單位，而家庭的組成是由男女之結合為夫婦。在我們中國所列的人際關係的五倫（君臣、父子、夫婦、兄弟、朋友）之中，以夫婦為人倫之始，也就是說其他四倫都是由夫婦所衍生的。有好的夫婦，才會有好的兒女；有好的兒女，才會有好的社會、好的國家。所以在五倫之中，夫婦一倫最為重要。因而在選擇配偶時，要特別謹慎，婚姻不是兒戲。男女成家之後，就要有各種的義務和責任；要承先啟後，要仰事父母、俯蓄妻子，要對家庭、對祖宗、對社會、對國家負起重大的責任來，不只是為了子孫的繁衍，更要促進社會的進化。社會的進化是靠五倫的正常維繫，而夫婦為五倫之本，所以特別重要。魏文侯說：「家貧則思良妻，國亂則思良相。上承宗廟，下啟子孫，如之何其可以苟，如之何其可不慎重以求之也！」選擇一位好的終身伴侶，不只是你個人之福，更是國家之幸。所以編詩的人，就把〈關雎〉排在《詩經》的第一篇了。朋友們！當你選擇你的另一半時，希望你好好想想這些話喲！

或者有人要問，我國古代婚姻是要憑「父母之命，媒妁之言」的，何以把自己追求情人的詩放在第一篇？我們的答覆是《詩經》裡固然說「取（娶）妻如之何？匪（非）媒不得」（齊風〈南山〉），做媒的手續是少不掉的，但不必一定要「父母之命」。自己找到對象，先向父母報告，獲得父母的同意才行迎娶，是通行的禮俗，所以齊風〈南山〉裡只說：「取妻如之何？必告父母」。所以《詩經》時代的婚姻禮俗，其實是和現代相仿的，現代的婚禮，不過將媒人改稱為介紹人罷了。

十五國風都是民歌，原先是在民間流傳的，有些被蒐集起來，經樂師們配上樂譜，應用在各種典禮中演唱起來。〈關雎〉就是其中最有名的一篇。民歌愛用「興」來作開頭，這一篇開頭的「關關雎鳩，在河之洲」兩句，和以下兩章開頭「參差荇菜，左右〇之」兩句，本來和故事無關，可以省去。但是唱起民歌來，就是偏愛先唱一兩句沒什麼關係的景色來開一個頭，來押一個韻，這就叫「興」，是民歌的特色。可是你說它和以下的詩句沒關係吧，又好像有一些關係，像雎鳩鳥的相互鳴叫，似乎可以為君子與淑女匹配作比；荇菜的採摘，也可與淑女的追求作比。而細想，還是若即若離的。這樣說吧，興句的妙處，就在若即若離；它的妙用，就在能觸發出和以下詩句的聯想作用來，你以為呢？

十五國風都是有韻的詩，但上古時代的音韻，已經和唐詩不同，現在的國音，就連五聲中第五聲的入聲都消失了。所以我們要讀《詩經》原來的音已很難辨到，這篇的用韻，不過是舉一個例給大家知道一下。

葛覃

【內容提示】

從前，女孩子出嫁後是不能隨便回娘家去的。所以一個嫁出去的女子，對於能夠回娘家一趟，認為是件大事，也是最快樂的事。〈葛覃〉這一篇就是描寫一個女子要歸寧（回娘家）時的快樂心情。

【原詩】

葛之覃ㄊㄢˊ tán兮，①施ㄧˋ yì于中谷，②維葉萋萋。③
黃鳥于飛，集于灌木，④其鳴喈喈ㄐㄧ jī。⑤
葛之覃兮，施于中谷，維葉莫莫。⑥

【語譯】

葛藤到處蔓延地生長著啊，一直蔓延到山谷中去呀，那些葉子長得多茂盛啊！

黃鳥兒正在空中飛來飛去，有時落到矮樹叢上，唱出宛轉悅耳的歌聲，真是既好看又好聽啊！

葛藤到處蔓延地生長呀，一直蔓延到山

是刈（yì）是濩（hù），⑦為絺（chī）為綌（xī），⑧服之無斁（yì）。⑨

言告師氏，⑩言告言歸。⑪

薄汙我私，⑫薄澣（huǎn）我衣。⑬

害（hé）澣害否，歸寧父母。⑭

谷中，葉子長得密密麻麻。葛藤長得夠堅韌了，於是把它收割把它煮，織成粗細不同的葛布。因為是經過自己的血汗和勞力做成的衣服，所以穿在身上不會感到厭惡。

家事既然都做好了，就請保母請示公婆和丈夫說我要回娘家去一趟，於是把平常穿的衣服和正式場合穿的禮服都洗乾淨；哪些該洗，哪些不必洗，都整理妥當，高高興興地回娘家去了。

【註釋】

① 葛，是草名，蔓生，莖細長，莖之纖維可織葛布。覃（ㄊㄢˊ），是延長的意思。兮，是個語助詞，沒有意義。

② 施（ㄧˋ，又音ㄊㄨㄛ）：拖拖拉拉的意思。中谷就是谷中，即山谷之中。

③ 維是發語詞，沒有意思。萋萋：形容葉子茂盛的樣子。

④ 黃鳥是一種黃色的小鳥，鳴聲很好聽。于飛是偕飛，比喻夫妻同行或恩愛和合。灌木是叢生矮

小的樹。

⑤喈喈（ㄐㄧ ㄐㄧ）：鳥鳴和諧的聲音。

⑥莫莫：形容葉子很茂密的樣子。

⑦是：於是。刈（ㄧˋ）：收割。濩（ㄏㄨˋ）：煮。葛藤收割後加以煮過，才能剝下外皮來織葛布。

⑧為是織成。絺（ㄔ）：細的葛布。綌（ㄒㄧˋ）：粗的葛布。

⑨服之是穿在身上。斁（ㄧˋ）：厭惡。無斁是不厭惡。

⑩言，語詞，下同。師氏，女師。古時有教女孩子的老師，如同後代的保母。

⑪告是稟告公婆和丈夫。歸：歸寧，回娘家向父母請安。

⑫薄是語詞，下同。汙：汙垢的意思，在此作動詞用，就是洗去汙垢。私：平常穿的便服。

⑬澣（ㄏㄨㄢˇ）：洗濯。衣：指禮服。

⑭害（ㄏㄜˊ）：音和義同「何」字，即哪些該洗，哪些不必洗。

【評解】

這雖然是一篇寫歸寧的詩，但一開頭並不直接寫歸寧的事，而先寫季節的變化，葛藤生長茂盛，黃鳥上下飛鳴，一片風光明媚的春天景象，不禁引起出嫁的女子思念親人的情緒。啊！這樣好的時光，多想回娘家去看看日夜思念的父母啊！可是又一想，還有許多家事沒做好呢！該織的布還沒織好，該做的衣服還沒做成。等到這些事情做好之後，還是不敢自作主張地回娘家，必須透過保母請示公婆和丈夫。公婆、丈夫都允准了，才敢整理私物：該洗的，該帶的都處理妥當，才高高興興地回娘家去！

在這篇詩裡，第一章寫葛藤生長的情形，葉子茂盛到處蔓生著，表現出地面上的靜態美。黃色的小鳥上下飛鳴，顏色既好看，歌聲又好聽，映出空中的動態美和聲音美。簡單的幾句，把物色節候描寫得宛然如畫，真是一幅美麗的春深山野圖啊！

第二章寫這個女子的勤勞儉樸：對於葛藤，親自割、親自煮，然後親自織成粗細不同的葛布，親自做成衣服。穿在自己身上，真有一種志得意滿的感覺。因為這衣服的完成從對葛藤的割、煮、織、縫，曾花費自己多少的心血和勞力，所以做好以後穿在身上也就特別喜歡了。詩文寫得多麼樸厚典雅，真是一幅美好的耕織圖啊！

最後一章表現出這個女子在工作完畢，婦功完成之後，就可以回娘家的愉悅心情。而在這詩中，我們看得出來，這個女子是非常勤儉的（刈葛、織布、做衣、洗裳），而且知道尊敬公婆和丈夫，對父母更有孝心，所以一詩之中，對這女子的「勤、儉、敬、孝」四種美德都寫出來了。而且她並不恃貴而驕（她有保母，可證她是貴族出身），更是難能可貴。

卷耳

【內容提示】

一位婦人，丈夫出遠門了，自己在家就日思夜想。為了排遣這種思念的心情，為了使自己在感覺上和丈夫更接近一些，於是就到野外去採卷耳。因為野外沒有房屋的阻擋，可以一眼望到那遙遠的地方。而在那遙遠的地方，就有她丈夫的蹤影。於是她乾脆把裝卷耳的筐子放在路邊，不再採摘，一直望著那遙遠的地方，和她丈夫作心靈的溝通了。本來嘛，她到野外來的目的，並不真是為了採卷耳呀！

【原詩】

采采卷（juàn）耳，①不盈頃筐。②
嗟（jiē）我懷人，③寘彼周行（háng）。④
陟（zhì）彼崔（cuī）嵬（wěi），⑤我馬虺（huī）隤（tuí）。⑥

【語譯】

採了又採地採卷耳，採了半天還沒裝滿一只淺淺的斜口筐。唉！因為我一心想念我出門在外的人兒呀，乾脆就把筐子放在路邊不採了！

（這位婦人想像著她那遠行的人兒，）現在正攀

我姑酌彼金罍（ㄌㄟˊ léi），⑦維以不永懷。⑧
陟彼高岡，我馬玄黃。⑨
我姑酌彼兕（ㄙˋ sì）觥（ㄍㄨㄥ gōng），⑩維以不永傷。⑪
陟彼砠（ㄐㄩ jū）矣，⑫我馬瘏（ㄊㄨˊ tú）矣。⑬
我僕痡（ㄆㄨ pū）矣，云何吁（ㄒㄩ xū）矣！⑭

登那崔嵬的高山，他定已人疲馬乏，無限感慨地說：「我的馬兒已累病啦，我也只好用金罍自飲，以酒澆愁，希望不至於老是想念家人，得到暫時的解脫吧！」

他又登上那高高的山崗，遙望著故鄉說：「我的馬兒已累得毛色枯黃了，我只好用牛角杯喝喝酒，得到暫時的舒解，不至於長久為想家而憂傷呀！」

他又爬上那高高的土山，很失望地說：「我的馬兒病倒啦，我的僕人也累壞啦，但關山萬里，極目遠望哪兒是我的家鄉呢？唉！只有徒歎奈何了！」

【註譯】

①采：音義同「採」，采采是採了又採。卷（ㄐㄩㄢˋ）耳：是一年生的一種草，莖和葉上都有細毛，葉作長卵形，對生無柄，嫩葉可吃。

②盈：滿，不盈是不滿。頃：歪斜，頃筐是淺淺的斜口筐。
③嗟（ㄐㄧㄝ）：歎辭，表示歎氣。懷：思念，懷人即思念的人。
④寘：音義同「置」，放置。周行（ㄏㄤˊ）：大道。
⑤陟（ㄓˋ）：登上去。崔嵬（ㄘㄨㄟ ㄨㄟˊ）：形容山勢很高的樣子。
⑥虺隤（ㄏㄨㄟ ㄊㄨㄟˊ）：形容馬病的樣子。
⑦姑：暫且。酌：倒酒。金罍（ㄌㄟˊ）：用金屬造的酒器，上面刻有雲雷的形狀。
⑧維：發語詞。永懷：長久的思念。
⑨玄黃：形容馬病的樣子。馬由於生病，身上的毛呈黑黃色。
⑩兕（ㄙˋ）：一種野牛。觥（ㄍㄨㄥ）：酒杯。兕觥就是用兕牛角做的酒杯。
⑪傷：憂傷。不永傷就是不長久憂傷。
⑫砠（ㄐㄩ）：土山上有大石塊。矣是語助詞。
⑬瘏（ㄊㄨˊ）：病的意思。
⑭痡（ㄆㄨ）：生病。云何：如何。吁（ㄒㄩ）：和盱同音義，是張目遠望的意思。云何吁矣是說怎麼睜大了眼睛也望不到（家鄉）啊！

【評解】

在第一章，我們看，這位採卷耳的婦人，採了半天，竟連一個淺淺的斜口筐子都沒裝滿，這是為什麼呢？因為她來到野外的目的不是採卷耳，只是以採卷耳作為一個藉口罷了，她又哪兒有什麼採卷耳的心情呢！在這兒，我們注意，文學的寫作技巧，在寫感情寫到好處的時候，不必把自己的感情通通抒寫出來，而可以用旁的事物加以烘托，這叫做「烘雲托月」法。就如同我們畫圖畫，想畫一個月亮時，不要死板板地畫出一個月亮來，而是先把月亮周圍的雲畫出來，空出月亮的位置，這樣，等你把雲畫好之後，自然就有月亮出現了。這樣的畫法，不是更有情調嗎？像這詩寫這位寂寞的婦人懷念她丈夫的心情，只說她怎樣無心工作，雖然不必說出如何的相思，而我們已經體會到她的相思之苦了。

唐人張仲素的〈春閨思〉詩：「裊裊城邊柳，青青陌上桑；提籠忘採葉，昨夜夢漁陽。」就是從這首〈卷耳〉詩變化出來的。這詩的頭兩句是感到時令的變化，又是一個春天的來到，而遠行的丈夫還不見歸來。於是這位閨中人提著籮筐卻忘記採桑葉，只因為昨夜夢到在漁陽服役的丈夫啊！這時又在回味昨夜甜蜜的夢境了，哪兒還記得自己來此的目的呢！到這時才真正體會到「悔教夫婿覓封侯」的滋味了。那麼〈卷耳〉詩中的婦人為什麼又把筐子放在大路上呢？因為她丈夫最初出門時，是經由這條大路走的。在大路的盡頭，有她丈夫的蹤影，她為了和丈夫的距離更近，獲得彼此心靈的溝通，所以就站在這大路上，而籮筐也就放在大路上了。這條路，連結了兩顆寂寞的心，也溝通了二人的相思之情。

於是下面三章，都是這位思婦想像到她的征夫在外生活艱困，爬山越嶺，思念家人的情形：想像他的馬兒都累病了，僕人也累倒了，那麼，做主人的他，其勞頓困苦的情形更不用說了。只好希望他喝喝酒，暫時消解一下他的疲困和鄉愁吧！所以正當這思婦徘徊路邊，盪氣迴腸的時候，也正是她的征夫策馬盤旋，爬山越嶺的時刻。兩地相映，雖然處境不同，而思念的感情卻是一樣的。真是所謂「向天涯一樣纏綿，各自飄零」啊！而最後一章，連用四個「矣」字，更表達出無限慨歎，無可奈何的憂思情緒。

本來，這篇詩的講法很多，而我為什麼採取這種講法，就是說：第一章站在婦人的立場，後三章是婦人想像在外的丈夫如何困苦，如何想家的情形。因為這也是文學寫作上一種很好的技巧。就在當你想念一個人時，不要老是說他如何想他（她），也要從對方寫說他（她）如何想念你。說他如何想念你，就表明你是如何想念他。不過經過一番曲折的描寫，文筆顯得有變化，所表達的感情也比較深厚，因而更能感動讀者。像後來唐代杜甫的〈月夜〉詩：「今夜鄜州月，閨中只獨看。遙憐小兒女，未解憶長安。……何時依虛幌，雙照淚痕乾。」杜甫在長安想念在鄜州的家人（妻子），卻偏說他的妻子正在鄜州獨自望月想念他。又如王維的〈九月九日憶山東兄弟〉詩有兩句：「遙知兄弟登高處，遍插茱萸少一人。」是王維在想念他的兄弟，卻說兄弟登高插茱萸時，發覺少了一個兄弟而想念他。宋代詞人柳永的〈八聲甘州〉，其中有兩句：「想佳人妝樓顒望，誤幾回天際識歸舟」都是用這種從對方寫的思念之情，可以說和本詩有異曲同工之妙。

〈卷耳〉是國風周南的第三篇，我們可舉作《詩經》賦體的例子來欣賞。

賦是平鋪直敘，直陳其事的方法，不像興詩的想說這事物，而先將別的事物說一兩句來開頭。〈卷耳〉要說女主人採卷耳不專心的事，一開頭就寫她把卷耳採了又採，只是採不滿一只斜口筐。以下寫她懷人，想像她男主人的路途艱辛，馬疲僕病，也正在遙望家鄉，飲酒解愁。連續四章，只是描寫她一個人的事兒，也不用別的事物來做比喻。這就是最單純的賦體。

用這個角度來看前一篇〈葛覃〉，也是賦體。〈葛覃〉的一二兩章都用「葛之覃兮，施于中谷」的景色來開頭，和〈關雎〉的二三四章的都用「參差荇菜，左右○之」開頭有些相像。但再看下去，〈葛覃〉第一章全章寫景，第二章接下去還是寫葛，是寫葛長成以後用來做成葛布的衣服了。第三章又進一步寫女主人收拾好衣物要回娘家。原來全詩一路寫來，只是歸結到「歸寧」這件事，所以這也是一篇單純的賦體。不過這兩首詩，一篇是從這邊女主人遠遠引到男主人那邊去（〈卷耳〉），而另一篇是遠遠地從寫葛長鳥飛的春景，引到葛成做衣的秋景，女主人歸寧這一點來，手法不同而已。

周朝人在典禮中唱詩，習慣上連唱三篇為三終，鄉飲酒禮中唱這民歌鄉樂，就是連唱周南第一篇〈關雎〉，第二篇〈葛覃〉，和第三篇〈卷耳〉。但在政府官式宴會上，也連帶唱些鄉樂的，所以這三篇也被列入正式宴會的讌禮節目單中。

螽斯

【內容提示】

〈螽斯〉是一篇祝福人家多子多孫的詩，螽斯多子，相傳一產九十九子，所以詩人拿來和人的多子相比，祝頌他人丁的興旺。

【原詩】

螽（ㄓㄨㄥ zhōng）斯羽，①詵詵（ㄕㄣ shēn）兮。②
宜爾子孫，振振兮。③
螽斯羽，薨薨（ㄏㄨㄥ hōng）兮。④
宜爾子孫，繩繩兮。⑤

【語譯】

（獨唱）螽斯磨翅膀，
聲音陣陣響；
（合唱）祝你子孫啊，
又多又像樣！
（獨唱）螽斯磨翅膀，
成群飛上天；
（合唱）祝你子孫啊，

螽斯羽，揖揖ㄐㄧ jī兮。⑥
宜爾子孫，蟄蟄ㄓˊ zhí兮。⑦

綿綿永綿綿！
（獨唱）螽斯磨翅膀，
一齊飛攏來；
（合唱）祝你子孫啊，
昌盛一代代！

【註譯】

①螽（ㄓㄨㄥ）斯：一種蝗屬青色的飛蟲，能用長腿擦翅出聲，一次產卵極多，繁殖很快。
②詵詵（ㄕㄣ）：形容羽聲的盛多。
③振振：興盛。
④薨薨（ㄏㄨㄥ）：和詵詵的意思相似，形容聲音的盛多。
⑤繩繩：連續不絕的樣子。
⑥揖揖（ㄐㄧ）：也和詵詵的意思相似，形容聲音的盛多。
⑦蟄蟄（ㄓˊ）：昌盛。

【評解】

〈螽斯〉是周南的第五篇，我們舉作《詩經》比體的例子來欣賞。朱熹分《詩經》六義為三經三緯。三百零五篇的經文，分為風（十五國風）雅（小雅、大雅）頌（周、魯、商三頌）三類，稱三經；而作法可分賦、比、興三體，用這三體來織成經文，所以稱三緯（經是織布的直線，緯是織布的橫線）。在他的《詩集傳》裡，他對賦、比、興都下有簡單的定義。他說：「賦者，敷陳其事而直言之者也；比者，以彼物比此物也；興者，先言他物以引起所詠之辭也。」意思就是說：賦是平鋪直敘，比是用那物比喻這物，興是先說別的來引起真正要說的事情。像這篇〈螽斯〉，並不是單純地描寫螽斯蟲，直說它子孫的眾多，試加體味，你可以知道，每章前兩句描寫螽斯繁盛，只是要用來和下兩句祝福人的多子多孫做一個比喻。所以是用前兩句的「彼物」來比後兩句的「此物」。這樣我們可以明白，這篇詩用比喻法的比體，而不是用直陳法的賦體。和〈卷耳〉確實只是從頭到底，描寫一位主婦採卷耳時的所見、所聞、所作、所思的不同。〈螽斯〉三章，連續用螽斯作比三次，意義不變，僅將第一章中「詵詵」、「振振」兩對協韻的疊字，在第二章中換上「薨薨」和「繩繩」，更在第三章換上「揖揖」和「蟄蟄」，諷誦起來便覺祝賀的情意格外濃重，而簡單的音調，也就反而覺得韻味深厚，這是國風的特色之一。

但是興義難明，朱子的定義雖下得很簡單，以〈關雎〉為例，應該只是先說河洲的雎鳩，以引起所詠「窈窕淑女，君子好逑」兩句話就是了。然而朱子自己就解成〈關雎〉為興而兼比的詩了，就是說既是興體也是比體。他說了許多雎鳩的德性來比淑女的「幽閒貞靜之德」，於是弄得比興難辨了。所以我這裡只介紹你們知道賦比興三緯的一個概念，作為常識來了解，而不作每篇的討論。

梁啟超說「南」是一種合唱的音樂，我們知道祝賀的詩也多是在某種場合大家合唱的，所以我試著將此篇用白話譯成民歌的合唱方式，來探索一下古代歌謠的唱法。

《莊子．天地》有華封人三祝的記載，那三祝形成我國「多福、多壽、多子孫」的三多觀念。這〈螽斯〉，就是多子多孫觀念表現於《詩經》中的作品。

桃夭

【內容提示】

祝福一位出嫁的少女，不只是稱讚她豔如桃花的外貌，更重要的是她出嫁後能和家人相處和睦；不只是預祝他婚後多子多孫繁衍家族，更重要的是要有內在的美德，才能建立幸福美滿的家庭。這篇詩就是特別強調女子的內在美，能夠「宜室宜家」的重要。

【原詩】

桃之夭夭，①灼灼ㄓㄨㄛˊ zhuó其華。②
之子于歸，③宜其室家。
桃之夭夭，有蕡ㄈㄣˊ fén其實。④
之子于歸，宜其家室。
桃之夭夭，其葉蓁蓁ㄓㄣ zhēn。⑤
之子于歸，宜其家人。

【語譯】

桃樹長得柔嫩又茂盛，花兒開得好鮮明。這個女子出嫁了，祝她和家人相處樂融融。
桃樹長得柔嫩又茂盛，大大的桃子結滿枝。這個女子出嫁了，祝她和家人相處很和氣。
桃樹長得柔嫩又茂盛，枝葉繁多密層層。這個女子出嫁了，祝她和家人相處樂融融。

【註譯】

① 夭夭：形容樹木柔嫩茂盛的樣子。
② 灼灼（ㄓㄨㄛˊ）：鮮明的樣子。華：古「花」字。
③ 之子：這個女子。女子出嫁叫歸，于歸是指出嫁。
④ 蕡（ㄈㄣˊ）：大的意思。有蕡是蕡然，表示很大。實：指桃樹結的桃子。
⑤ 蓁蓁（ㄓㄣ）：形容枝葉很茂密的樣子。

【評解】

這詩的第一章先說少女之美正如鮮豔的桃花。「灼灼」兩字真是讓人有彷彿照眼欲明的感覺。本來少女不必特意化粧，就有一種天真自然之美。所以頭兩句，表面上是說的桃花，實際上我們已感覺到，真正是在寫那位充滿青春氣息的少女呀！但青春易逝，外表的美麗總是暫時的，最主要的是那永恆的，愈久愈純的內在美德。所以祝她出嫁後要「宜其室家」。

後兩章雖都仍然以「桃之夭夭」起興，多子多孫，繁衍家族也是很重要的。所以預祝她將來能家族繁昌。而每章仍然結以「宜其家室」、「宜其家人」，可見「宜室宜家」的重要性。普通賀人嫁女，多是稱讚男方家世如何顯赫，女方陪嫁如何豐盛，而此詩卻並不誇耀這些，所強調的是「宜室宜家」。但是要能「宜室宜家」卻不是簡單的事。在舊日的大家庭中，除了會做各種的家事女紅之外，還要應付人事。而在人事之中，上有公婆，中有丈夫、大伯、小叔及小姑妯娌，下又有姪輩們，要在這樣一個環境中，和大家相處和睦，應付裕如，非有很好的修養和內在的美德不可。即使在今日，處小家庭也是同樣的道理。所以此詩特別強調「宜室宜家」，《禮記．大學》引此詩說：「宜其家人，而后可以教國人。」所以一個「宜」字，把修身、齊家、治國之道，都包括在裡面了。

本詩共分三章，每章四句，每句四字，是《詩經》國風的基本形式。一章寫「花」，二章寫「實」，三章寫「葉」，意思三變，句法也三變，是國風常見的「漸層式」。即一層深似一層，或一層淺似一層。有的隨著事情的進展而變化，有的是隨著時令的轉換而變化，也有的是隨著感情的深淺而有所變化。此詩就是順著桃樹花、實、葉生長的次序而變化的，讓我們讀了覺得層層進展，井然有序。

兔罝

【內容提示】

捕捉兔子，要有嚴密的兔網，且須把兔網釘牢，才能奏功。保衛國家，要有體格健壯，魁梧有力的武夫，才能衛國殺敵。〈兔罝〉就是一篇讚美武夫忠勇的好詩。

【原詩】

肅肅兔罝ㄐㄩ jū，①椓ㄓㄨㄛˊ zhúo之丁丁ㄓㄥ zhēng。②
赳赳ㄐㄧㄡ jiū武夫，③公侯干城。④
肅肅兔罝，施於中逵ㄎㄨㄟˊ kúi。⑤
赳赳武夫，公侯好仇ㄑㄧㄡˊ qiú。⑥

【語譯】

整飭嚴密的捕兔網，釘在地上錚錚響。那雄赳赳的武夫啊，能夠衛國又禦侮，真是國君的好干城啊！

整飭嚴密的捕兔網，布置在兔子經過的道路上。那雄赳赳的武夫啊！能夠衛國又禦侮，真是國君的好伴侶啊！

肅肅兔罝，施于中林。⑦
赳赳武夫，公侯腹心。⑧

整飭嚴密的捕兔網，布置在林中兔子經過的地方。雄赳赳的武夫啊！能夠衛國又禦侮，真是國君最親信的僚屬啊！

【註譯】

① 肅肅，整飭嚴密的樣子。兔罝（ㄐㄩ）：捕兔的網子。

② 椓（ㄓㄨㄛˊ）：擊打木橛。丁丁（ㄓㄥ）：擊打木橛的聲音。擊打木橛好將兔網釘牢在地上。

③ 赳赳（ㄐㄧㄡ）：氣勢昂揚很勇武的樣子。

④ 公侯：指國君。干：即盾，打仗時用以護身的。城：防禦工事。干城都是用來保衛國家，防禦敵人的。干城即捍衛的意思。

⑤ 施：布置。逵（ㄎㄨㄟˊ）：有很多岔道的路，此指兔子所經過的道路。中逵即逵中。

⑥ 仇（ㄑㄧㄡˊ）：伴侶。

⑦ 中林：林中。

⑧ 腹心：心腹，指最親信的人。

【評解】

此詩三章意思差不多，結構簡單，文字淺顯，然而我們讀了卻油然生出一股忠勇衛國的情操。一開頭「肅肅」二字就有一種嚴肅整飭的氣氛，再加上形容武夫的「赳赳」二字，我們不禁想到那些雄赳赳氣昂昂的衛國戰士。這些戰士，不僅是國家的干城，而且是元首的好夥伴，可以為他參謀獻計；不僅是元首的好夥伴，更是元首最親信的僚屬，他們忠心耿耿，與元首同心同德，共同為國。有這樣的武夫，還有保不了的國家，打不敗的敵人嗎？而今日我們每年一批批受軍訓服兵役的青年，正是要訓練成這樣的武夫啊！

芣苢

【內容提示】

婦女們三五成群在野外一邊唱著歌，一邊採車前子。因為車前子結的種子很多，古人認為婦女吃了可以多生兒子。所以她們一邊採著，一邊寄予無限的希望。不知不覺就採了很多，而充滿了幸福喜悅的歌聲，也就洋溢在平原綠野間了。

【原詩】

采采芣（ㄈㄡˊ fóu）苢（ㄧˇ yǐ），①薄言采之。②
采采芣苢，薄言有之。③
采采芣苢，薄言掇（ㄉㄨㄛˊ dúo）之。④
采采芣苢，薄言捋（ㄌㄜˋ lè）之。⑤
采采芣苢，薄言袺（ㄐㄧㄝˊ jié）之。⑥
采采芣苢，薄言襭（ㄒㄧㄝˊ xié）之。⑦

【語譯】

採了又採車前子，大家一起來採它。
採了又採車前子，一會兒就採到一些了。
採了又採車前子，掉在地上的拾起來。
採了又採車前子，輕輕用力採下來。
採了又採車前子，手提衣襟放起來。
採了又採車前子，把衣襟繫好兜起來。

【註譯】

①芣苢（ㄈㄡˊ ㄧˇ）：通常寫作芣苡，植物名，即車前子。

②薄言：兩字都是語助詞，下同。

③有之：有一些了。

④掇（ㄉㄨㄛˊ）：拾的意思，即把落在地上的拾起來。

⑤捋（ㄌㄜˋ）：稍微用力一點採。

⑥袺（ㄐㄧㄝˊ）：用手拿著衣襟兜放所採得的車前子。

⑦襭（ㄒㄧㄝˊ）：把衣襟繫在腰間，兜放所採得的車前子。

【評解】

這是一篇結構簡單而意味雋永的小詩。讀了這詩，我們可以想像在風和日麗的天氣，田家婦女三五成群，於平原綠野中以悠閒的心情，滿懷著希望，一手提著衣襟，一手採著路邊的車前草，重複迴環地唱著單純的歌曲。歌聲裊裊，此起彼落，若遠若近，忽斷忽續。真是天籟自鳴，一片好音，是多麼動人的一幅鄉野圖畫呀！讀了它，很容易讓我們聯想到法國名畫家米勒的作品〈拾穗〉，但拾穗是為了充飢，而〈芣苢〉卻是為了生子，在意義上自有現實與理想的不同，這詩的情調，很像樂府詩〈江南可採蓮〉：「江南可採蓮，蓮葉何田田。魚戲蓮葉間，魚戲蓮葉東，魚戲蓮葉西，魚戲蓮葉南，魚戲蓮葉北。」讀起來似乎很平淡，但是細細玩味，卻韻味無窮。因為是真情實景的描寫，所以令人百讀不厭，不失為千古絕唱。

我們知道，在從前，婦女生子與否是一件很重要的事情。一個出嫁的女子，如果不生兒子，就有被休回娘家（離婚）的危險。所以婦女們總希望自己能多生兒子。兒子越多，自己在這家的地位越鞏固，也就認為越有福氣。所以在大陸北方，布置新房時，要特別請一位多子的老太太為新人鋪床。一邊鋪著，一邊在床的四角塞上栗子和棗，同時念念有辭地說著吉利話：「一對栗子一對棗，一對丫頭一對小兒」，預祝新婚夫婦要立（栗）子早（棗），即早生貴子，並且兒女雙全，至少各有一對。

至於這詩的寫作技巧，結構是國風的基本形式，情節也是漸層式的。對於車前子的動作，先說「采」，再說到「掇」「捋」，最後說到「袺」、「襭」。由於採時越來越費力，採得的越來越多，所以採取及存放的動作也就有所不同了。這種漸層的寫法，更能描寫客觀事物的發展，而讓讀者也跟著她們的動作循序漸進，細細欣賞。

二、召南五篇

鵲巢

【內容提示】

周代各個不同姓的諸侯，常互相婚配。男家有備車百輛前往迎娶，女家也有出車百輛來送親的。這篇就是歌詠貴族婚禮中迎送行列車隊盛大，來表示祝賀的詩。

【原詩】

維鵲有巢，①維鳩居之；②
之子于歸，百兩（ㄌㄧㄤˋ liàng）御之。③
維鵲有巢，維鳩方之；④
之子于歸，百兩將之。⑤
維鵲有巢，維鳩盈之；
之子于歸，百兩成之。⑥

【語譯】

鵲兒築成了巢，斑鳩來居住。這個女子出嫁了，
夫家百輛車子來迎娶。
鵲兒築成了巢，斑鳩來佔用；這個女子出嫁了，
娘家百輛車子來護送。
鵲兒築成了巢，斑鳩佔滿沒了空；這個女子出嫁
了，婚禮用百輛車子來完成。

【註譯】

①鵲：鳥名，即喜鵲，善築巢，相傳鵲每年十月後遷出原來的巢，鳩鳥就住進鵲的空巢去。
②鳩：鳥名，性笨拙，不會做窠，住的是現成的鵲巢。
③兩（ㄌㄧㄤˋ）：即輛，是說有一百輛車。御：迎接。
④方：讀為放，依靠；或解方為佔有。
⑤將：送。
⑥成之：完成婚禮。

周代婚禮，男女雙方各出車百輛來迎送，車隊的盛大，未免誇張。但也足證這詩所詠必是貴族婚嫁，而且雙方都是諸侯之國，才能有此排場。

【評解】

「鵲巢鳩佔（居）」，已成習慣應用的成語，但解詩的多說這是古人觀察的疏忽。據今日動物學家的觀察，斑鳩是不住喜鵲空巢的。只有杜鵑鳥是常將自己的蛋下在別種笨鳥的窠裡，母笨鳥就把杜鵑蛋和自己下的蛋一起孵化，小鳥孵出來一起餵養。而小杜鵑長得快，力氣大，牠會把小笨鳥擠出鳥巢摔死，等到母笨鳥發現巢裡所餵不是牠的兒女時，小杜鵑也長大學飛了。所以鳥類中「鵲巢鳩佔（居）」是「無稽之談」，笨鳥的「養敵為患」才是「確有其事」，「鵲巢鵑佔」倒有此可能。我們知道孔子是很重視二南（周南、召南）的，他曾叮囑他的兒子伯魚，要先讀周南、召南。周南的第一篇是〈關雎〉，召南的第一篇就是〈鵲巢〉。《儀禮》也記載著鄉飲酒和燕禮中都要唱周南〈關雎〉、〈葛覃〉、〈卷耳〉三篇，和召南〈鵲巢〉、〈采蘩〉、〈采蘋〉三篇的。

《儀禮》所以規定在鄉飲酒和燕禮中要唱二南的六篇詩，可說是重視組成家庭的夫婦一倫。〈關雎〉詠婚姻的選擇，〈鵲巢〉詠婚禮的鄭重。〈葛覃〉詠出嫁婦女的不忘父母，〈卷耳〉詠夫婦的互相關注。而〈采蘩〉、〈采蘋〉則都是詠祭祀的經過，以示一家人的慎終追遠。不忘祖先，主婦也有她重要的職責。周南的三篇，我都已選讀過。召南祭祀的兩篇，我將再選〈采蘋〉做代表來讀。

至於批評以鵲巢比夫婦的不當，那是將這篇興詩看作比體來解的過錯。毛公的《詩傳》和朱子的《集傳》，都標鵲巢為興體，只是「先言他物，以引起所詠之辭」，「或有見鳩居鵲之成巢者」，詩人就歌詠作為興詩的開頭而已，本來不必以鵲鳩比夫婦啊！宋人鄭樵說得好：「凡興者，所見在此，所得在彼；不可以事類推，不可以義理求。」如果能以事類推便是比了。

而且這詩雖很簡單，婚禮的盛大，只誇張了車輛的眾多，但只說「百兩」，你試加想像，這婚禮的種種熱鬧，已不言可知。這是文章的「舉一顯全」的重點法。清人蒲松齡寫《聊齋誌異》最善運用這種重點法，他敘張誠的富盛只寫了「人喧於堂，馬騰於槽」八個字，已給人以富盛的深刻印象，真是最經濟而又最見效的手法了。

采蘋

【內容提示】

這是一篇歌詠南國大夫祭於宗廟的過程的詩。這種祭典，先派人在活水的澗濱，採集蘋、藻等植物放在籮筐中攜回，用一種大的鍋子烹煮成菜，用三腳鍋煮成羹湯。於是到祖廟裡去向祖宗供祭。主婦坐在被祭的座位上扮尸（用活人代表祖先），來接受大家的拜祭。這位主婦剛巧是齊國嫁來的小女兒季姜（齊國姓姜，季是最小的），那是很榮耀的事，所以詩中特別提起。

【原詩】

于以采蘋？①南澗之濱；②
于以采藻？③于彼行潦ㄌㄠˋ lào。④
于以盛之？維筐及筥ㄐㄩˇ jǔ；⑤

【語譯】

在哪兒採摘白蘋？在那南方溪澗的水濱。在哪兒撈取綠藻？在那有水流動的溝渠。
採來盛在什麼器具裡？用方形的竹筐和圓形的

于以湘之？⑥維錡（ㄑㄧˊ qí）及釜。⑦
于以奠之？⑧宗室牖（ㄧㄡˇ yǒu）下；⑨
誰其尸之？⑩有齊季女。⑪

籮。用什麼東西去烹煮？用三腳鍋子和沒腳的鍋子。
在哪兒設供祭奠？在宗廟的窗前。是誰扮尸代受拜祭？是齊國嫁來叫做季姜的女子。

【註譯】

① 于以：於何，於何處，或於何物。蘋：一種大水萍，其葉大如指頭，面青背紫，四葉相合，中裂成一個「十」字，夏秋開小白花，故稱白蘋。
② 澗：兩山中間的水。濱：水邊。
③ 藻：一種綠色的水草，可食。
④ 行潦（ㄌㄠˇ）：溝渠中流動的水。
⑤ 筐、筥（ㄐㄩˇ）均為竹器，方形的叫筐，圓形的叫筥。
⑥ 湘：烹煮。將肉或魚與所採蘋、藻煮成祭祀用的羹湯。
⑦ 錡（ㄑㄧˊ）：三隻腳的鍋子。釜：沒有腳的鍋子。
⑧ 奠：祭奠、放置祭品。

⑨宗室：祖廟、宗廟。牖（ㄧㄡˇ）：窗。牖下：窗前。士大夫祭於宗廟，奠於窗下。下：古音讀ㄏㄨˇ。

⑩尸：被祭之主，古代祭祀用活人為尸，代享祭品，代受祭拜，後代才用祖宗的畫像而廢尸。

⑪齊：國名，古代國名上面常加以有字，如有虞，有夏等。古人兄弟姊妹常以孟（伯）仲、叔、季排行。季女即么女，最小的女兒，齊國姓姜，其季女即稱季姜。

【評解】

此詩簡單地敘述採集白蘋、綠藻來祭祖的經過，缺乏生動的描寫，但有悅耳的音調來吸引人。全詩從頭到尾都用一問一答的方式來進行，建立了民謠對答歌唱的特有風格，更覺其靈活有致。至今流行的對答山歌，以及〈小放牛〉的一人問一人答的唱法，承襲這一傳統已三千多年而不衰。

《詩經》「于以」兩字連用凡十一見，除周頌〈桓〉：「于以四方，克定厥家。」不作問句用外，其餘十次都出現在國風中，也都用作問句的發問詞，意為「於何」，形成國風所用的成語。十次中，本篇五見，召南〈采蘩〉四見：「于以采蘩？于沼之沚；于以用之？公侯之事。于以采蘩？于澗之中；于以用之？公侯之宮。」另一見是在邶風〈擊鼓〉

的「于以求之?于林之下。」也都是出現在一問一答的句式中，但在小雅諸篇中，則不用「于以」，而作「于何」（〈十月之交〉篇「于何不臧？」〈菀柳〉：「于何其臻？」〈正月〉：「于何從祿？」）而國風中則沒有「于何」出現過，這樣說來，「于以」不但是國風所專用的成語，而且是召南等地的方言，和小雅的雅語是有分別的。

甘棠

【故事介紹】

在周宣王時代，有一位很好的大臣召穆公名虎，人們稱他為召伯。他在南國治理人民，有很好的政績。譬如他為了不要勞動人民為他蓋房屋，情願在一棵甘棠樹下搭個草棚，處理人民的訴訟案件，很得人民的愛戴。人民為感念他的恩德，連他曾經蓋過房舍的甘棠樹也愛護備至，不忍攀折剪伐，因此流傳了這一篇有名的〈甘棠〉。

【原詩】

蔽芾（ㄈㄨˊ fú）甘棠，①
勿剪勿伐，②
召（ㄕㄠˋ shào）伯所茇（ㄅㄚˊ bá）。③
蔽芾甘棠，

【語譯】

枝葉茂盛，婆娑覆蓋的甘棠樹啊，
大家千萬不要去剪毀、砍伐它，
因為召伯曾在它下面舍息過呀！
枝葉茂盛，婆娑覆蓋的甘棠樹啊，

勿剪勿敗，④
召伯所憩（ㄑㄧˋ qì）。⑤
蔽芾甘棠，
勿剪勿拜，⑥
召伯所說（ㄕㄨㄟˋ shuì）。⑦

大家千萬不要去剪毀、弄壞它，
因為召伯曾在它下面休息過呀！
枝葉茂盛，婆娑覆蓋的甘棠樹啊，
大家千萬不要去剪毀、攀屈它，
因為召伯曾在它下面停息過呀！

【註譯】

① 蔽芾（ㄈㄨˊ，或音ㄈㄟˋ fèi）：形容樹木枝葉茂盛覆蓋的樣子。甘棠：棠梨樹。
② 剪：剪去枝葉，伐：砍伐樹幹。
③ 召（ㄕㄠˋ）伯：周武王所封召康公奭（ㄕˋ）的後代召穆公，名虎，治國有德政，人民都很愛戴他。茇（ㄅㄚˊ）：草棚。此處作動詞用，即舍息在草棚中（斷案）。
④ 敗：毀壞。
⑤ 憩（ㄑㄧˋ）：休息。
⑥ 拜：屈的意思，即把甘棠樹攀拉彎曲。
⑦ 說（ㄕㄨㄟˋ）：停息。

【評解】

這篇詩以對甘棠樹的愛護，表達對召伯的愛戴之情。看來三章意思似乎一樣，然而卻同中有異。第一章說對甘棠樹不要剪毀它的枝葉，不要砍伐它的樹幹；二章說不要剪毀它的枝葉，不要弄壞它的樹幹；三章說不要剪毀它的枝葉，不要攀屈它的樹幹。我們看，警告人們對甘棠樹的傷害動作，除對枝葉的剪毀每章一樣外，對樹幹是「勿伐」、「勿敗」、「勿拜」，一層淺似一層，也正表示人們對召伯的愛戴之情，一層深似一層。這也是用的漸層式的寫法，每章先警告，再說出道理，以喚起人們的注意。三章三舉召伯，更值得人們對愛護棵甘棠樹的鄭重其事，也顯示出對召伯感恩戴德的深厚之情。甘棠樹的濃蔭密布，象徵召伯的深仁厚澤；甘棠樹的枝葉婆娑，宛然召伯的慈顏笑貌。人們對於召伯的感念愛戴，對他所停息過的一棵樹尚且如此，其他就可想而知了。這是由小見大的寫法。後代人們恭維地方官吏也常用這個典故，以「甘棠遺愛」四個字稱頌他。

羔羊

【內容提示】

本詩是讚美文職官員退朝家居時的服飾打扮，和他從容安適的生活情況。

【原詩】

羔羊之皮，①素絲五紽ㄊㄨㄛˊ túo。②
退食自公，③委蛇ㄧˊ yí委蛇！④
羔羊之革，⑤素絲五緎ㄩˋ yù。⑥
委蛇委蛇，自公退食！
羔羊之縫，素絲五總。⑦
委蛇委蛇，退食自公！

【語譯】

小羊皮袍身上穿，五紽素絲做裝點。
大夫下班回家去吃飯，走路安詳又舒緩。
小羊皮袍穿在身，五緎素絲做點綴。
大夫走路安詳又舒緩，下班回家去吃飯。
小羊皮袍有條縫，點綴的素絲有五總。
大夫走路安詳又舒緩，下班回家去吃飯。

【註譯】

①羔羊：小羊。羔羊皮可製裘（皮袍子），是大夫家居時穿的。

②素絲：白色的絲線。紽（ㄊㄨㄛˊ）：計絲線的單位詞，五絲為一紽，素絲五紽是用白絲五紽作為羔裘的裝飾品。

③退食：自辦公廳下班回家吃飯。公：公署，即辦公廳。

④委蛇（ㄧˊ）：迂曲行路。即形容走路時從容不迫，舒緩安詳的樣子。委蛇現在寫作逶迤。

⑤革：皮子。

⑥緎（ㄩˋ）：計絲線的單位詞，四紽為一緎。

⑦總：計絲線的單位詞，四緎為一總。

【評解】

本詩三章意思相同，只是為換韻改了幾個字。每章前兩句表現大夫的身分，後兩句寫出大夫的風度。我們知道，作為政府的官員，一定要把公事辦好，無虧職守，才能心安理得地回家吃飯，才能從容不迫地踱步消閒。此詩所寫的就是這樣一位盡忠職守，奉公守法，值得公務員效法的好官員。

糜文開有一篇研究《詩經》形式的文章叫做〈詩經的基本形式及其變化〉，他統計《詩經》三百零五篇，其中全詩三章的一百一十二篇，佔了三分之一以上。而《詩經》的基本句式，是四字成句；基本章式是四句成章。所以像這篇〈羔羊〉的全篇三章，每章四句，每句四字，全詩四十八字的詩，就是《詩經》的基本形式。像〈羔羊〉這種合乎基本形式的，全《詩經》中共有三十篇，我們前面選讀過的，就有周南〈桃夭〉、〈兔罝〉、〈芣苢〉；召南〈鵲巢〉、〈采蘋〉等篇。其他的形式，都從這基本形式變化出來。我們看這六篇詩，每章的句子都是大同小異的疊詠，每章只是為換韻改變幾個字而已，這是《詩經》形式最顯著的特色。

摽有梅

【內容提示】

古代女子的結婚年齡是十五到二十，如果過了這個年齡還沒嫁出去，就會被人恥笑看不起，所以那時的女子對於遲婚是非常恐懼的。這篇詩就是描寫一個遲婚女子的焦急、恐懼之情。

【原詩】

摽（ㄆㄧㄠˇ piǎo）有梅，①其實七兮；②
求我庶（ㄕㄨˋ shù）士，③迨（ㄉㄞˋ dài）其吉兮！④
摽有梅，其實三兮；
求我庶士，迨其今兮！
摽有梅，頃筐塈（ㄒㄧˋ xì）之；⑤
求我庶士，迨其謂之！⑥

【語譯】

梅子熟透往下落，樹上還有七成果；
要向我求婚的眾男士啊，趁著好日子快來吧！
梅子熟透往下落，樹上只有三成果；
要向我求婚的眾男士啊，趁著今天快來吧！
梅子熟透往下落，一撿就撿一大籮；
要向我求婚的眾男士啊，只要有你一句話！

【註譯】

①摽（ㄆㄧㄠˇ）：打落下來。有：語助詞。梅：梅子。

②實：梅樹上結的果實（梅子）。

③庶（ㄕㄨˋ）：眾多。士：男士。

④迨（ㄉㄞˋ）：及早，趁著。吉：好日子。

⑤頃筐：斜口筐。塈（ㄒㄧˋ）：取。

⑥謂之：告之，即告訴。不必備禮，不必趁好日子，只要有向我求婚的一句話，我就跟你去，實在是迫不及待了。

【評解】

這詩是以梅子的成熟情形，說明女子青春之易逝。第一章說梅子黃熟，已有三成落地，樹上還剩七成，趕快及時來採摘吧！表示女子已到十五、六歲的結婚年齡，要想求婚的男士們，趕快挑個好日子來娶我吧！真是「有花堪折直須折，莫待無花空折枝」啊！第二章說樹上梅子只剩三成了，再不來採，就沒梅可採了。表示女子已到十七八，要求婚的男士，不必等好日子了，只要備了禮就在今天快來吧！第三章寫梅子都已熟透紛紛落地，樹上一個也沒有了，想採也採不到了，表示女子已二十來歲，超過結婚年齡，這可真叫人著急啊！所以要求婚的男士，只要有你一句話，我就會跟你去。這個女子對於婚姻的焦急，溢於言表。而三章「迨其吉兮」、「迨其今兮」、「迨其謂之」，寫這女子急於嫁出去的心情，一步緊似一步。後代類似的詩，像古詩十九首的「傷彼蕙蘭花，含英揚光輝；過時而不采，將隨秋草萎」是用象徵手法寫的，不如此詩之樸實。再如樂府詩的「門前一株棗，歲歲不知老；阿婆不嫁女，哪得孫兒抱？」、「敕敕何力力，女子當窗織；不聞機杼聲，只聞女歎息。問女何所思？問女何所憶？阿婆許嫁女，今年無消息！」，以及「驅羊入谷，白羊在前；老女不嫁，踏地喚天！」，又較此詩粗俗而急切，都不如此詩之質樸自然，可稱為後世春思詩之祖。

青春是可貴的，男大當婚，女大當嫁。男女過時而不婚嫁，不是人生的常情，社會的常態。禮制之所以防範人，其作用還是在疏導人。有時還得變通辦理來方便人。我國古代禮制，男子最遲三十當娶，女子最遲二十當嫁。婚姻大事，必須擇吉備禮來辦理，以示鄭重。但逾齡未婚男女，就應放寬條件，通融辦理，以促成其婚姻。所以《周禮》規定，仲春之月（春天二月）令未婚男女相會，大家自由交往，可不必備禮就成婚。即使沒徵得父母的同意，私奔也不禁止。這是《周禮》的變通辦法以方便人處，〈摽有梅〉詩就是描寫這種禮俗的。一個十五及笄的女子要出嫁，先是占卜選擇吉日來辦理；到二十歲時議婚，則可不必挑選好日子，議成就可舉行婚禮；過了二十，就只要雙方中意，說一聲就算數，不備禮也無所謂了。

三、邶風五篇

柏舟

【內容提示】

一位志氣高潔，忠心耿耿的賢者，不肯隨人俯仰，不肯和小人同流合汙，結果就遭小人的排擠侮辱。在天下烏鴉一般黑，他得不到任何人的諒解，沒有任何人可以訴苦的憂悶情況下，就寫下這篇藉以發洩他滿腔憤懣之情的好詩。

【原詩】

汎（ㄈㄢˋ fàn）彼柏舟，①亦汎其流。②
耿耿（ㄍㄥˇ gěng）不寐，③如有隱憂。④
微我無酒，⑤以敖以遊。⑥

我心匪鑒，⑦不可以茹（ㄖㄨˊ rú）。⑧
亦有兄弟，不可以據。⑨
薄言往愬（ㄙㄨˋ sù），⑩逢彼之怒。⑪

我心匪石，不可轉也。
我心匪席，不可卷也。⑫
威儀棣棣（ㄉㄧˋ dì），⑬不可選也。

憂心悄悄，⑭慍（ㄩㄣˋ yùn）於群小。⑮
覯（ㄍㄡˋ gòu）閔（ㄇㄧㄣˇ mǐn）既多，⑯受侮不少。
靜言思之，⑰寤辟（ㄆㄧˋ pì）有摽。⑱

【語譯】

堅實的柏木船兒不用來運貨，卻任它閒著在水中漂泊。我好像有無限的憂愁，憂愁得心緒不安夜不成眠。不是我沒酒澆愁，不是我不去遨遊解憂，我的愁呀我的憂，哪兒是飲酒遨遊可以消解得了啊！

我的心不是一面鏡子，不可以讓美醜好壞的人都照在裡面。雖然有兄弟也不可靠，因為我去向他們訴苦，他們卻對我生氣。

我的心不是塊石頭，不可轉動它的呀！我的心不是張席子，不可捲攏它的呀！我是有威儀、有修養的，我有一定的原則，沒有挑選的餘地呀！

我的憂愁好深沉，只因惹火了那些小人；我遭遇的痛苦既多，我蒙受的侮辱也不少。靜靜地想來又想去，猛然驚醒拍打胸膛洩憤恨！

日居月諸，⑲胡迭（ㄉㄧㄝˊ dié）而微？⑳
心之憂矣，如匪澣（ㄏㄨㄢˇ huǎn）衣。㉑
靜言思之，不能奮飛。㉒

太陽呀月亮呀！為什麼輪流著暗淡不發光呀？我
內心的憂煩好難受，就像穿著從沒洗過的衣裳。
靜靜地思前又想後；恨不能插翅高飛到遠方啊！

【註譯】

① 汎（ㄈㄢˋ）：漂蕩。柏舟：用柏木製造的船。
② 亦：語詞，沒意義。下同。
③ 耿耿（ㄍㄥˇ）：憂傷不安。不寐：睡不著。
④ 隱憂：很深沈的憂愁。
⑤ 微：並不是。
⑥ 敖：同遨，出外遊樂。
⑦ 匪：同非，不是。下同。鑒：鏡子。
⑧ 茹（ㄖㄨˊ）：容納。
⑨ 據：依靠，不可以據即不可靠。
⑩ 薄言：語詞。愬（ㄙㄨˋ）：同訴，告訴。
⑪ 逢：遇到，碰上。

⑫卷：即捲字。
⑬威儀：風度容止。棣棣（ㄉㄧˋ）：美好而熟練，即很有風度，很有修養的意思。
⑭悄悄：憂悶的樣子。
⑮慍（ㄩㄣˋ）：生氣。
⑯覯（ㄍㄡˋ）：遭遇。閔（ㄇㄧㄣˇ）：痛苦。
⑰言：語詞。下同。
⑱寤：覺醒。辟（ㄆㄧˋ）：拍打胸部。有摽：即摽然，形容打擊的聲音。即啪啪地響。
⑲居、諸都是語助詞，即喊太陽喊月亮的一種口氣。
⑳胡：何，為什麼。迭（ㄉㄧㄝˊ）：更替，輪流。微：昏暗不明。
㉑澣（ㄏㄨㄢˇ）：洗濯。
㉒恨不能插翅高飛，是一種無可奈何的慨歎口氣。

【評解】

《詩經》裡有兩篇〈柏舟〉，一在邶風，一在鄘風。

第一章先用柏舟比喻賢者。我們知道，「歲寒然後知松柏之後凋。」（即亂世識忠臣的意思）這位賢者就是後凋的松柏。然而柏舟本是用來載物，有實際用處的，如今卻讓它漂蕩在河流中毫無所用。所謂「投閒置散，千古同歎」，一個有理想、有抱負而又有才幹的賢者，卻被棄置不用，他內心的憂愁痛苦可想而知。頭兩句就表明這位賢者志堅如柏，憂深似水的高尚情操。飲酒本來可以消愁，遨遊也可以解憂，然而他的愁、他的憂，卻不是飲酒遨遊可以消解的。因為他所憂的不是為個人，而是為國家。國家正是小人得勢，好人遭殃的時候，有心人看了這種情形，怎能不愁？怎能不憂？所以他這種愁、這種憂，是深沉的、是無盡的，絕不是靠飲酒遨遊就可以消解得了的呀！

第二章寫賢者的高潔和寂寞。賢者明是非、辨善惡，志行高潔，不能容納絲毫醜惡之物，不像一面鏡子，好壞美醜的人像都可照進裡面。他只容納好的、美的，排拒那些壞的、醜的。他雖然有兄弟，可是去向他們訴苦，也得不到他們的同情。反而罵他不識時務，自討苦吃。於是這位賢者更增加了孤獨寂寞之苦。

第三章寫賢者的耿介不屈，意志堅決。他的心志不是塊石頭，不可以隨便轉動；也不是張席子，不可以任意捲攏。他心志的堅固平直，超過石頭和席子。他做人有一定的原則，絕不因惡勢力而改變自己的氣節，去和那些小人同流合汙。本章最後一句中的「選」字，舊解「數算」講成挑剔指責的意思。但本章第二、四兩句，都是指賢者自己不可隨便改變心志。所以這「不可選也」，也是指賢者自己為人處世有一定的原則，只有一種作風，沒有其他可以選擇的路子。如此講法，才能和二、四兩句的意思一致，而全章的意思也才能貫通。

第四章寫賢者遭逢病痛，蒙受侮辱的原因，在於得罪了那些小人。他靜靜地思前想後，越想越氣、越想越不甘心，不覺猛然而起，拍打著胸膛，發洩他的憤恨之情。「慍于群小」更是全詩畫龍點睛的一句，因為他一切不幸的遭遇，全是由於「慍于群小」啊！「靜言思之」和「寤辟有摽」二句一靜一動，相對有神。讓我們讀著更有如見其人，如聞其聲的感覺。

第五章寫這位賢者在無可告訴之餘，只好質問太陽月亮，為什麼它們應該是光明的，卻輪流著暗淡無光？好比自己本來應該有機會施展抱負為國效力的，卻被小人欺侮排擠，為什麼？這是為什麼呀？於是他內心的煩憂就如同天天穿著從沒洗過的衣服一般，無時無刻不在痛苦難過中了。他再三地沉思默想，總是無法解脫這種深沉的憂憤之情。忽然異想天開，想出「願為雙黃鵠，奮翅起高飛」的辦法，恨不能插翅高飛，只有那樣，才能遠離這汙濁的社會，才能擺脫那邪惡的群小。然而他能做到嗎？於是他的痛苦達到極點，真是「沅湘流不盡，屈子怨何深！」我們看他的遭遇簡直就是屈原的前身啊！而全詩自始至終充滿了一種鬱結不可解的深沉痛苦之情。他宛轉申訴，悱惻欲絕，表現了高度的寫作技巧。一部〈離騷〉經全包括在這裡面了。使我們讀了，真是有「戚戚焉」之感而久久不能釋懷。

鄭玄（康成）是東漢末年的大學者，連家中的男僕、女僕都要讀《詩經》。一日，一丫頭惹鄭玄生氣了，就罰她跪在庭院中的泥地上，另一丫頭走來看到了就問她：「胡為乎泥中？」被罰跪的丫頭答道：「薄言往愬，逢彼之怒。」問句是〈式微〉裡的句子，答話就是本篇的句子，兩篇都在邶風中。

凱風

【內容提示】

母親的慈愛，撫育子女長大成人，正像那和煦的南風，把棘樹的幼苗吹長成堅硬的柴薪。然而做母親的已因操勞而滿頭白髮、滿面皺紋，子女們深自慚愧，自責沒有很好的成就以安慰老娘的心。

【原詩】

凱風自南，①吹彼棘心。②
棘心夭夭，③母氏劬ㄑㄩˊ qú勞。④
凱風自南，吹彼棘薪。⑤
母氏聖善，⑥我無令人。⑦

【語譯】

溫和風兒從南方吹來，吹著那棘樹的幼苗生長。棘樹的幼苗長得柔嫩美好，做母親的卻受盡辛勞！

溫和的風兒從南方吹來，吹得那棘樹長成了柴薪。母親真是完美偉大，而我們沒有好的成就報答！

爰（ㄩㄢˊ yuán）有寒泉？⑧在浚（ㄐㄩㄣˋ jùn）之下。⑨
有子七人，母氏勞苦。
睍（ㄒㄧㄢˋ xiàn）睆（ㄨㄢˇ wǎn）黃鳥，⑩載好其音。⑪
有子七人，莫慰母心。

哪兒有寒冷的泉水？是在浚城的外面。有了七個兒子，還讓母親吃苦受難！小黃鳥兒真好看，唱起歌來聲宛轉。七個兒子都長成人，卻沒有哪個安慰老娘心！

【註譯】

①凱風：和煦的風。南：古音ㄋㄧㄣˊ。
②棘：叢生的矮小棗樹。棘心指棘樹剛長出來的幼芽。
③夭夭：幼嫩而美好的樣子。
④母氏：即母親。劬（ㄑㄩˊ）勞：辛苦。
⑤薪：堅硬的柴薪。
⑥聖善：聖明善良，即品德很完美。
⑦令：善。令人，善人。此句是說子女沒有好的成就以報答母恩。
⑧爰（ㄩㄢˊ）：「于焉」二字的合音，即在哪裡？
⑨浚（ㄐㄩㄣˋ）：當時衛國的一個地方。下：古音ㄏㄨˇ。浚之下即浚城的外面。

⑩ 睍睆（ㄒㄧㄢˋ ㄨㄢˇ）：美好的樣子。

⑪ 載：語詞，沒意義。

【評解】

這是一篇非常感人的子女自責的好詩。第一章以和煦的南風吹著棘樹的幼苗，使它好好生長，比喻母親以她的慈愛撫育子女成長，而自己備受辛勞。

第二章寫和煦的南風，已將棘樹的幼苗吹成堅硬的柴薪，慈母已將兒女們養育成人。母親的愛是偉大的，只是為子女者沒有好的成就以報答母親的深恩。

三章寫浚城外面清涼的泉水都還可用來灌溉，而七個兒子卻不能奉養老母使她免於受苦。自己真是連寒泉都不如啊！

四章寫黃鳥兒尚且還能唱出悅耳的歌聲以娛樂別人，而七個兒子卻沒有好的成就以安慰老娘的心，真是慚愧，自己竟然連隻小黃鳥都不如啊！

全詩四章，一片孝心。所寫情感一層深似一層，而七子自責之心也一步緊似一步。本來，母恩浩瀚，為子女者即使有再大的成就，又怎能報答親恩於萬一？這就是唐朝詩人孟郊活用此意而寫成的「誰言寸草心，報得三春暉」千古絕唱的詩句。

詩中和煦的凱風和清涼的寒泉成對比。凱風的和煦固然能吹棘成柴，而寒泉的清涼來滋潤土壤，同樣不可缺少。植物的生長，凱風與寒泉有同樣的功用。這就好像父母對子女溫暖的愛護固然可感，而嚴格的管教尤為可貴。所謂「養不教，親之過」，為人子女者，應該體諒父母對自己管教的苦心。陶淵明寫的〈孟嘉傳〉有「凱風寒泉之思」的句子，就是寫孟嘉（二十四孝中孟宗的曾孫）對他母親的懷念，兼有「養」與「教」二者而言。有父母的孩子，往往討厭父母的管教；然而試想想，如果你是沒有父母的孤兒，想有父母的管教而不可得，那種痛苦又是怎樣？

匏有苦葉

【內容提示】

當我們過河時，要看河水的深淺決定我們渡過的方法。淺的地方，可以徒步涉水而過；深的地方就要套個救生圈浮過去。而我們處世做人又何嘗不是如此？尤其是女子的選擇對象，更不能隨便。這篇詩就是以涉水比喻人們的處世擇人之道。

【原詩】

匏（ㄆㄠˊ páo）有苦葉，①濟有深涉。②
深則厲，③淺則揭（ㄑㄧˋ qì）。④
有瀰（ㄇㄧˊ mí）濟盈，⑤有鷕（ㄧㄠˇ yǎo）雉（ㄓˋ zhì）鳴。⑥
濟盈不濡（ㄖㄨˊ rú）軌，⑦雉鳴求其牡。⑧
雝雝（ㄩㄥ yōng）鳴雁，⑨旭日始旦。⑩

【語譯】

葫蘆長成葉子枯，濟水的渡口有深淺。深的地方把葫蘆繫腰間，淺的地方把葫蘆背上肩。
濟水瀰漫一大片，野雞在那兒吆吆叫。濟水雖大不致沾濕車軸頭，母的雉雞是在喊配偶。
秋空大雁在陣陣地飛鳴，太陽已昇起來了，又是一天的開始。

士如歸妻，⑪迨ㄉㄞˋ dài冰未泮ㄆㄢˋ pàn。⑫
招招舟子，⑬人涉卬ㄤˊ áng否。⑭
人涉卬否，卬須我友。⑮

男士要想迎娶我啊，快趁著河水還沒結凍就來吧！
船夫招手要大家去，人家去了我偏不。人家去了我偏不，我是等著男友來迎娶。

【註譯】

①匏（ㄆㄠˊ）：葫蘆。苦字在此讀為「枯」，匏葉枯了表示葫蘆已成熟，既乾又輕，可作涉水的用具，以免溺斃，有「腰舟」之稱。

②濟：水名。涉：渡口。

③厲：帶子，在此作動詞用，即水深之處就用帶子把葫蘆繫在腰間過河。

④揭（ㄑㄧˋ）：舉起來，即水淺處則將葫蘆舉在肩上帶過去。

⑤有瀰（ㄇㄧˊ）：瀰然，即瀰漫著一大片，盈是滿。

⑥有鷕（ㄧㄠˇ）：鷕然，形容野雞吆吆叫的聲音。雉（ㄓˋ）：野雞。

⑦濡（ㄖㄨˊ）：沾濕。軌：車軸頭。

⑧牡：雄性的，即公的，此處指公的雉雞而言。

⑨雝雝（ㄩㄥ）：形容大雁鳴叫和諧的聲音。
⑩旭日：早上初昇的太陽。旦：天剛亮。
⑪歸：女子出嫁曰歸，此處歸妻是娶妻的意思。
⑫迨（ㄉㄞˋ）：及至，趁著。冰未泮（ㄆㄢˋ）：過去都講作冰未化解，但全篇詩都是寫秋景，所以這個「泮」，有人主張是結合，冰未泮即冰還沒結成，結成冰後車子就不好走了。
⑬招招：用手招呼的樣子。舟子：船夫。
⑭卬（ㄤˊ）：我。
⑮須：等待。

【評解】

這詩一開頭就寫的是秋天景象。葫蘆葉子枯了，葫蘆已長成，就可用來繫在腰間渡過深水去。過河知深淺是本篇的主旨。

二章寫的仍是秋天景象。秋天河水瀰漫一片，這時站在河邊的一個女子，忽然聽到野雞的叫喚聲，原來是雌的在呼喚雄的，她不禁有所感觸：啊！我的意中人呀，趁著河水不至淹沒車軸頭的當兒，快駕車來迎娶我吧！

三章也是寫的秋天景象。太陽已從東方昇起，又是新的一天來到，忽聞空中雁聲陣陣，已是深秋的時候了。光陰如流水，不只是一天天很快地過去，一年也快過去了，要想娶我的男士呀，趁著河水還沒結冰快來吧！

四章寫雖然這個女子渴望有男士來娶他，但她並不是「人盡可夫」，不是隨便什麼人都可嫁的，所以在船夫招呼她上船時，她卻不肯去。因為她不能隨便跟人家走，她要等待她的意中人來。

我們從整篇詩看起來，一章寫女子之所見，似乎跟她沒有關係，所以她也漠不關心。二章由所見而後有所聞，這時聽了雌雉的叫喚聲才觸到了她自己的心事，把她渴望男士來娶她的心意稍微透露了一點。三章寫她由所聞而後有所思，於是才把她的隱情真正吐露出來，就是急於想找一位良好的配偶。我們知道，女孩子長大了要找對象是應該的，但須以理智作決裁，不可受感情的一時衝動。在本詩之中，雖然這女子很想有位男士來娶她，但也須有適當的人選。因而第四章就寫出這女子的真實遠大的見解，方正不屈的性格。讓我們讀了覺得她有眼光、有原則，不把婚姻當兒戲。這樣的女子所選擇的對象一定不差，而婚姻也應該會美滿的。

在這兒要順便一提的，在第三章中為什麼說這女子聽到大雁的鳴叫，就希望有男士趁現在來娶她呢？已是深秋季節怕不久冬天來到，河水結冰，車行不便固然是一原因。另一原因是古時男子娶妻，是用大雁做禮物的。因為據說大雁的愛情專一，雌雄一對，如果有一隻不見了或死去，另一隻就不再去找其他配偶。而如今正是大雁南飛容易捉到牠來送女家的季節，所以這應該也是這女子因聞雁而想男士來娶她的原因吧！

谷風

【內容提示】

一個品德完美，賢淑能幹的婦人，和丈夫共同度過若干年的艱苦歲月，等到他們生活好轉了，丈夫卻另結新歡，棄她於不顧，詩人就為她道出她的不幸遭遇，和她內心的痛苦。

【原詩】

習習谷風，①以陰以雨。②
黽ㄇㄧㄣˇ mǐn勉同心，不宜有怒，③
采葑采菲，④無以下體？⑤
德音莫違，⑥及爾同死。⑦

【語譯】

山谷的大風陣陣吹來，再加上又陰又雨的天氣，這種日子好難過啊！我所做所為盡量遷就你，使你合意，你就不應該再對我發脾氣。夫婦本是一體，不能分離，就像拔那蕪菁和蘿蔔，難道不是連根帶葉都拔起？你自己講的話可別違背呀！你

行道遲遲，中心有違。⑧
不遠伊邇（ㄦˇ ěr），⑨薄送我畿（ㄑㄧˊ qí），⑩
誰謂荼（ㄊㄨˊ tú）苦，⑪其甘如薺（ㄐㄧˋ jì）。⑫
宴爾新昏，⑬如兄如弟。

涇（ㄐㄧㄥ jīng）以渭濁，⑭湜湜（ㄕˊ shí）其沚（ㄓˊ zhí）。⑮
宴爾新昏，不我屑以，⑯
毋逝我梁，⑰毋發我笱（ㄍㄡˇ gǒu）。⑱
我躬不閱，⑲遑恤（ㄒㄩˋ xù）我後。⑳
就其深矣，方之舟之。㉑
就其淺矣，泳之游之。
何有何亡，㉒黽勉求之。

曾說：「願和你同死。」（你要和我白首偕老，永不分離）

我走路走得慢吞吞，正因心中有怨恨。（如今我被趕走了，但願你能送送我）不敢奢望你遠送，送近一點也是好，就送到我門口吧！（可是連這點願望也達不到，我實在痛苦極了。）誰說荼菜是苦的呢？比起我內心的苦，它還甜得像薺菜呢！你們新婚歡樂，像兄弟般親密。（而我卻被遺棄、被趕走了。）

是涇水使渭水顯得混濁了，可是渭水停止不流時，也會顯得清澈呀！你們新婚歡歡樂樂，就嫌我老醜而要把我趕走了。可別到我的堵魚壩那兒去呀！可別打開我的捕魚簍呀！唉！我自身都不被容納了，哪兒還管得了我走後的那些事呢？

（我持家有道，知道對什麼事怎麼應付，就像）遇到深水的地方，就用筏子小船渡過去；淺水的地方就游泳過去。家中哪樣還有，哪樣已缺，我

凡民有喪，匍（ㄆㄨˊ pú）匐（ㄈㄨˊ fú）救之。㉓
不我能慉（ㄒㄩˋ xù），㉔反以我為讎（ㄔㄡˊ chóu）。㉕
既阻我德，㉖賈（ㄍㄨˇ gǔ）用不售。㉗
昔育恐育鞫（ㄐㄩ jū），㉘及爾顛覆。㉙
既生既育，㉚比予于毒。
我有旨蓄，㉛亦以御冬。㉜
宴爾新昏，以我御窮，
有洸（ㄍㄨㄤ guāng）有潰（ㄎㄨㄟˋ kuì），㉝既詒（ㄧˊ yí）我肄（ㄧˋ yì）。㉞
不念昔者，伊余來塈（ㄒㄧˋ xì）。㉟

都檢查清楚。有的，就不必再花錢購置；沒有的，就盡量想辦法去添補。（而且我不只顧自己的家，對親友鄰居也很幫忙）凡是人家有喪事災難，我總是連跑帶爬地奔去救助。（我是這麼好，你竟然還把我遺棄，實在太不應該了。）

你既然不能收留養活我，反而把我當仇人。我的美德不被你欣賞接納，就像有好的貨物賣不出去。從前擔心不能生子，不能養育，致使你的家族不能延續，後來我既已生子，又已養育成人，你卻把我比作毒物。

我儲存了美好的乾菜，只是為了防備冬天。你們現在新婚歡樂，當初只是把我抵飢禦寒，對付那窮苦的日子。（我就像那禦冬的乾菜）如今不是對我拳打腳踢，就是對我怒氣沖天，而勞苦的事情卻都留給我做。你怎麼不想想從前我剛嫁給你的那段時間了呢？（那時你對我多好！）

【註譯】

①習習：連續不絕。谷風：大風，由山谷吹來像盛怒似的大風。

②以陰以雨：又陰又雨，沒有晴天的意思。谷風陰雨，形容她丈夫對她的暴怒沒有停止的時候。

③黽（ㄇㄧㄣˇ）勉：勉力，盡力。

④葑：蕪菁，根葉都可吃。菲：蘿蔔，根葉都可吃。

⑤下體：指蕪菁和蘿蔔的根部。拔蕪菁和蘿蔔都是根葉相連，比喻夫婦之不可分離，應該有始有終，白首偕老。

⑥德音：語言，指別人所說的話，此處是妻子指丈夫所說的話。莫違：不要違背。

⑦爾：你。

⑧中心：心中。有違：有怨恨之情。

⑨伊：語詞。邇（ㄦˇ）：近。

⑩薄：語詞。畿（ㄑㄧˊ）：門內。

⑪荼（ㄊㄨˊ）：一種苦菜。

⑫薺（ㄐㄧˋ）：一種甜菜。

⑬宴：歡樂。昏：同婚。

⑭涇（ㄐㄧㄥ）、渭：二水名，涇水清，渭水濁。兩水本分流，清濁不顯；後合流，合流後兩水道

相比較，因涇水清澈就顯出渭水的混濁來了，此處以涇水比新婦，渭水比棄婦，新婦與棄婦相比，就顯出棄婦的老醜了。以：使。

⑮湜湜（ㄕˊ）：水很清的樣子。沚（ㄓˊ）：水停止流動。水停止流動後，泥沙沉澱，就顯得水清了。比喻棄婦在年輕時也是很好看的。

⑯屑：潔，不我屑以，即不以我屑，不認為我清潔了，即嫌我老醜了。

⑰毋：不要。逝：往。梁：魚梁，在河中築高一點用以堵魚的石壩。

⑱發：打開。笱（ㄍㄡˇ）：用竹編的捕魚簍。

⑲我躬：我本身。閱：容，即收容。

⑳遑：閒暇。恤（ㄒㄩˋ）：顧慮，我自身已不被收容，哪兒還有閒暇顧慮到我走了以後的事呢？

㉑方之：用筏子渡河。舟之：用小船渡河。

㉒亡：同無。

㉓匍匐（ㄆㄨˊ ㄈㄨˊ）：倉皇奔走的樣子。

㉔慉（ㄒㄩˋ）：收留，不能收留養活我。

㉕讎（ㄔㄡˊ）：仇敵。

㉖阻：推卻，拒絕。

㉗賈（ㄍㄨˇ）：賣東西。不售：賣不出去。

㉘鞫（ㄐㄩ）：同鞠，養育。

㉙顛覆：斷絕了子嗣後代，不能延續家族。

㉚生：生產，即生子。育：撫育，即生了兒子撫育成人。

㉛旨蓄：指美好的乾菜。

㉜亦：語詞。御：即禦，防備。

㉝有洸（ㄍㄨㄤ）：洸然，粗暴動武的樣子。有潰（ㄎㄨㄟˋ）：潰然，非常生氣的樣子。

㉞詒（ㄧˊ）：即遺，給予。肄（ㄧˋ）：勞苦的事。

㉟伊：語詞。塈（ㄒㄧˋ）：息，休息。女子出嫁後三個月拜見宗廟然後操作家事，所以指初嫁過來那段時間曰息。

【評解】

這是一篇傑出的敘事詩，譯成散文，也可看成是一篇動人的小說。

本詩一開頭就先用大風的陣陣，陰雨的連綿，籠罩全詩。看出這位棄婦過的是一種暗無天日、受苦受氣的日子。夫婦本應同心同德，白首偕老，有始有終，那才是夫婦相處的正道。而且他也曾發過誓說：「與爾同死」，然而現在呢？想起他那些騙人的甜言蜜語，更令她傷心氣憤。由「黽勉同心，不宜有怒」兩句，看出女的是盡力地在委屈求全，而男的卻是百般刁難，多方挑剔。

次章寫棄婦終於被迫離開她生活了多年的「家」。想想這個「家」，當初是她和他共同建立的。在這裡，她消磨了多少歲月！在這裡，她吃盡了多少苦頭！也在這裡，她葬送了她的青春年華！如今，苦不必吃了，然而青春也不再有了，於是她遭到人老珠黃、色衰愛弛的悲慘命運。所以在被趕走的時候，內心有一百個、一千個「不情願，不甘心」，以致她的兩腿似有千斤重，而半天不能向前挪一步。但，無論多麼不情願，多麼不甘心，也沒辦法，還是要走的。在無可奈何的情境下，只好作退一步的想法，希望在我離開這個家時，他能送送我。不敢奢望他送得多遠，只要能送到門口就夠了，也算多少有點故人之情。然而就這點微小的希望也不能達到。這個負心漢現在是「但見新人笑，哪聞舊人哭」，他們正甜甜蜜蜜，如膠似漆，哪兒還顧到我這個黃臉婆呢？詩中用一般人認為很苦的荼菜，比之她此刻的心境，卻尚如薺菜之甜，那麼她內心之苦，可想而知了。

三章敘述她之被遺棄，是因為她和年輕貌美的新婦相比，顯得老醜了。不錯，她現在是老了、是醜了，但是想當年她也曾經年輕過，也曾經美麗過，是那貧苦的生活折磨得她未老先衰的，這又是誰之過呢？如今卻遭受到被趕走的命運！然而這個家，是我親手把它建立起來的，家中的一切用具也是我親自製備的。那些都是我的東西，它們都是屬於我的財物，我對它們有一份深厚的感情。就是屋外的那堵魚壩啦，那捉魚簍啦，也都是我的。

絕不許別人去動它們呀！她這麼癡情地說著，忽然又醒悟過來了：想到連我自己都顧不了，哪兒還管得了我離開以後的一切呢？唉！……。我們看她忽然氣憤使性子，忽然又平心安命，無可奈何。文字在轉折之間表達了棄婦的無限哀怨之情，無限傷心之感。她的癡情可憐，她的醒悟可悲啊！這一章寫棄婦的心理刻劃入微，可說是全詩最精彩之處。

四章棄婦自述品德的完美：持家有道，如同渡河，深淺各有不同的方法；對於家用也盡量節儉，毫不浪費；對於親友鄰居也盡量幫助，她實在沒有被遺棄的道理啊！

五章寫負心漢的倒行逆施：對她既不相愛，反而把她當作仇人。多好的美德也不為他欣賞接受了。如果沒有給他生兒子而被遺棄還有話可說，如今兒子也生了，也為他撫育長大了，卻把她看作毒物那麼厭惡。真是恨極怨極！（古有七出的規定，即婦女犯了七條禁忌中的任一條，即可被休——離婚。七條是：無子、淫佚、不事舅姑——不伺候公婆、口舌、盜竊、妒忌、惡疾。）

末章仍是棄婦自述怨情。原來負心漢只是把她當作防冬的乾菜，冬天過了，乾菜也沒用了。艱難的日子過去，就把她遺棄了。自從有了新婦，他們就沉醉在歡樂之中，過著甜甜蜜蜜的日子；而操勞困苦由她當，拳打腳踢使她受。他再也不想想當初她剛剛嫁給他的那段美好時光了，真是「郎心狼心」啊！她反覆詛咒，哀怨至深，而全篇始終沒有一個哭字、淚字，但我們讀了，卻覺得這位棄婦已是柔腸寸斷，欲哭無淚了。真是天老地荒，此恨綿綿啊！

通篇用順序的對照的手法：「今」和「昔」對照；「新」和「舊」對照。用回憶的手法，寫出「今」、「昔」之異，用比較的方法，道出「新」、「舊」之別。末章的「有洸有潰，既詒我肄」兩句，遙遙照應篇首「習習谷風，以陰以雨。黽勉同心，不宜有怒」四句，結構甚是完密。詩中寫男子的忘恩負義令人痛恨，寫棄婦的癡情可憐令人酸鼻。

在我國古代，講究女子的三從四德。三從即：在家從父、出嫁從夫、夫死從子。女子沒有自己的社會地位和權利，出嫁後一切以丈夫為主，所謂「良人者，所仰望而終身者也」。如果丈夫變心，那他的妻子就等於打入冷宮，可就悲慘了。因為那時的女子沒有獨立的能力（如今之職業婦女），又沒有申訴的地方（如今之婦女會等），可以說各方面都毫無保障。如果被遺棄，只有自認命苦。像這篇〈谷風〉，這位棄婦雖然怨恨至深，氣憤至切，然而她並沒做出潑辣越軌的行為，只有自己忍氣吞聲，真是合乎「溫柔敦厚」的詩教。在今天，婦女們雖然有了獨立的能力，也有婦女會可以申訴，又有法律的保障，然而我們仍然希望有美滿的婚姻，仍然看重丈夫的忠實。當然，這也不只是單方面的，也要看婦女的作法：如何維持住美滿的婚姻，如何維繫住丈夫的忠實。因為任何的婚變，吃虧的總是女方，尤其在我們中國的社會！男女的結合，我們要注意對方之所取。看男之取女是注重她的才德，還是注重她的外貌；女之取男，要看注重他的才德，還是注重他的財勢。

如果男的只取女之美貌，女只取男之財勢，這種婚姻就很危險了。像本詩中的男主角，當初一定只是以貌取人而不重其才德，所以女方雖然有好的才德，仍不免遭到色衰愛弛而被遺棄的命運。在此我要勸告青年朋友們，與其刻意打扮外表的美觀，不如好好修養內在的品德；與其想以財勢獲取女孩子的芳心，不如以真才實學、優良品德博得女孩子的青睞，因為內在美才是永恆的，真才實學才是可靠的啊！

靜女

【故事介紹】

這是一對年輕情侶的故事。男女約在城牆角見面，男的如約按時到達，卻不見女方的蹤影，急得他抓頭摸耳朵地走來走去，直擔心她變心了。正當他焦急萬分的時候，女的突然出現，原來她故意躲起來逗他的。女的就送他禮物表示歉意，男的連聲稱讚禮物的可愛，說它像她一般美麗，更感謝她這份情意，而覺得她的禮物格外可貴。這樣一來，兩人的感情也就更進一步了。

【原詩】

靜女其姝（ㄕㄨ shū），①俟（ㄙˋ sì）我於城隅（ㄩˊ yú）。②
愛而不見，③搔首踟（ㄔˊ chí）躕（ㄔㄨˊ chú）。④
靜女其孌（ㄌㄩㄢˇ luǎn），⑤貽（ㄧˊ yí）我彤（ㄊㄨㄥˊ tóng）管。⑥

【語譯】

文靜的女孩很美麗，約好等我等在城牆角；躲藏起來不見我，害我走來走去抓頭摸耳朵。
文靜的女孩真俊美，送我一支紅簫管；紅紅的簫

彤管有煒（wěi），⑦說（yuè）懌（yì）女美。⑧
自牧歸荑（tí），⑨洵（xún）美且異。⑩
匪女之為美，⑪美人之貽。

管真鮮豔，美得像姑娘臉一般。
從野外帶回了茅草針，茅草針實在美麗又新奇；
不是你茅草針多美麗，只因為是美人贈送的！

【註釋】

① 姝（ㄕㄨ）：美麗。
② 俟（ㄙˋ）：等待。城隅（ㄩˊ）：城牆角。
③ 愛：「薆」的假借字，隱藏的意思。
④ 搔首：抓頭。踟躕（ㄔˊ ㄔㄨˊ）：走來走去很不安的樣子。
⑤ 孌（ㄌㄩㄢˇ）：美好的樣子。
⑥ 貽（ㄧˊ）：贈送。彤（ㄊㄨㄥˊ）：紅色。管：竹製樂器，長一尺周圍一寸的竹管，管上有六孔或八孔，似今日之簫，古時簫則非單管，是編一排長短不同的竹管而成。
⑦ 有煒（ㄨㄟˇ）：煒然、紅紅的顏色。
⑧ 說（ㄩㄝˋ）：即悅、喜悅。懌（ㄧˋ）：也是喜悅的意思，是說喜歡那紅簫管，因為它像姑娘一樣美。

⑨牧：郊外。歸：帶回。荑（ㄊㄧˊ）：茅草針，茅草新長的草心似針，拔下來白嫩像玉簪，有甜味可食。

⑩洵（ㄒㄩㄣˊ）：實在是。異：特別。

⑪匪：不是。女：如「汝」字，你，指茅草針。

【評解】

這真像是一齣短劇，整篇詩洋溢著一片天真浪漫，活潑純樸的氣氛，也表達出了一對戀愛中的小兒女的可愛情態。這樣一位喜歡逗弄對方的女孩兒，偏偏說她是「靜女」。我們可以想像到當她躲在一邊，偷窺被她逗弄的愛人焦急的樣子，她一定會做個鬼臉，暗自高興。因為這一來，她才知道他愛她之深啊！「愛而不見，搔首踟躕」描寫鮮明如畫，讓我們讀著如歷其境，如見其人。

當然這個女孩不忍心讓她的男友過分著急，於是她在適當的時刻突然出現在他的面前，朋友們！請想想，在此刻，他們會有什麼樣的動作，什麼樣的表情呢？

接著第二章就敘寫女孩送了她男友一枝紅紅的簫管，以表達她的深情。簫管泛著紅豔的光彩，也正像女孩子臉面的紅潤可愛。

最後寫這女孩對她的愛人，無時無刻忘懷。你看！她在來這兒的路上，不是沿途採著茅草針嗎？原來她不只預先備好了美麗的紅簫，更在隨時撿取野外可愛的茅草針，為的是和男友有共同欣賞的樂趣。同時從這小小的動作，可以看出她的心裡只有他啊！茅草針在野外遍地都是，毫不稀奇。然而採來送給她的男友，他卻視為至寶，因為在這些很平凡的茅草針中，蘊含了不平凡的意義：它代表了她對他的深情，它說明了她對他時時刻刻地念念不忘。「匪女之為美，美人之貽」道盡天下有情人的心理狀態。而這篇詩也就餘味無窮，值得我們再三欣賞，細細玩味了。尤其是年輕的朋友們，你們是不是也有類似的經驗呢？

四、鄘風三篇

桑中

【故事介紹】

衛國都城朝歌城外的有桑中、上宮、淇水等郊遊之地，等於臺北近郊有野柳、指南宮、淡水等名勝古蹟。朝歌有一位自作多情的紈袴子弟，一有機會，就要追求女朋友，而且沒有一定的目標。凡是有一點名望的美女，就設法和她交往，一認識，就邀約郊遊。他又有用吹牛來自我陶醉的毛病，所以今天對人說：「我已約好漂亮的姜家大小姐在桑中見面。」明天又對人說：「是有名的弋家大小姐她邀我一同踏青去上宮。」而後天就對人說：「庸家大小姐她看上我啦！她約我在桑中見面，見了面她邀我一同踏青去上宮，在上宮吃喝一番，不覺日已西斜，她家的車子前來接她回家，她又請我上她的車，送我到淇水岸上並肩賞月，然後才依依不捨揮手告別。」

可是經人一打聽，他約孟姜，孟姜白了他一眼；他建議孟弋同遊上宮，孟弋笑了笑，到時他去上宮等到天黑，也不見孟弋的蹤影。孟庸有事去上宮，他獻殷勤備車同去。後來孟庸家的車來接她回家，他硬要擠在她車上一起走，結果到得淇水岸上，給她轟下車去，一不小心跌到水裡，成了一隻落湯雞。

於是大家編支對答歌兒來合唱，把他取笑一番以逗樂。

【原詩】

爰采唐矣？①
沬（ㄇㄟˋ mèi）之鄉矣。②
云誰之思？③
美孟姜矣。④
期我乎桑中，⑤要（ㄧㄠ yāo）我乎上宮，⑥
送我乎淇之上矣。⑦

【語譯】

（女聲問）你到哪兒去採蒙菜啊？
（男聲答）我到沬邦的鄉下採啊！
（女聲問）你想追的是誰家姑娘啊？
（男聲答）漂亮大姐她姓姜呀！
（眾聲合唱）她約我在桑中，她邀我去上宮，
她送我到淇水上啊！

爰采麥矣？⑧
沬之北矣。
云誰之思？
美孟弋 yì 矣。⑨
期我乎桑中，要我乎上宮，
送我乎淇之上矣。

爰采葑矣？⑩
沬之東矣。
云誰之思？
美孟庸矣。⑪
期我乎桑中，要我乎上宮，
送我乎淇之上矣。

（女聲問）你到哪兒把小麥採啊？
（男聲答）我到那沬邦北門外啊！
（女聲問）你想追的是誰家姑娘啊？
（男聲答）弋家大姐頂漂亮啦！
（眾聲合唱）她約我在桑中，她邀我去上宮，
她送我到淇水上啊！

（女聲問）你到哪兒採蕪菁啊？
（男聲答）我到沬邦東門東啊！
（女聲問）你想追的是誰家姑娘啊？
（男聲答）庸家大姐我看上啦！
（眾聲合唱）她約我在桑中，她邀我去上宮，
她送我到淇水上啊！

【註譯】

①爰：在哪兒。采：採。唐：蒙菜，可吃。

② 沬（ㄇㄟˋ）：衛國一地名。

③ 云：語詞。之：是。

④ 孟姜：姜姓的大姑娘。

⑤ 桑中：衛國一地名。

⑥ 要（ㄧㄠ）：邀約。上宮：地名，或稱上宮臺，或以為樓，是朝歌附近有建築的名勝。

⑦ 淇：衛國水名。

⑧ 采麥：麥葉初盛時，採來搗成汁，注入米粉中，用以製青色餅糰。

⑨ 孟弋（ㄧˋ）：弋姓的長女。

⑩ 葑：蕪菁。

⑪ 孟庸：庸姓的長女。

【評解】

國風本來只是朱熹《詩集傳．序》中所說：「出於里巷之歌謠，所謂男女相與詠歌各言其情」的作品，當然與政府官員為政治的目的而作的雅頌不同。其內容多與男女的私情有關，其風格也自有它特異的地方。但是周代的歌謠，到漢代就只留下了一份歌辭，已不知怎樣唱法。而且漢儒（漢代的學者）也把這些歌辭講解得都和政治有關係，而把原有的特點抹煞了好多。現在我們留心去考察，有些地方，還是可探索出它原來的形態。

像這篇〈桑中〉詩，漢儒雖把它編在鄘風裡，現在我們已可確定，邶、鄘、衛三風，其實都是衛國的產品，內容都是衛國的事，所唱的也是一種腔調。邶腔、鄘腔、衛腔本來相似，邶鄘二地併入衛國後，三種腔調更融化起來，漸漸不能區分了。所以這篇〈桑中〉雖稱鄘風，它的產地和衛風相同，都是淇水之上。其腔調也可說是衛腔，所以也有人把它舉作衛風的代表的。

國風中有一種一問一答的對唱形式，我已舉召南的〈采蘋〉為代表來讀過。這篇〈桑中〉每章前四句就是一問一答的對唱式。但每章的後三句就改變了，變成都用相同的三句話。這種形式，清儒顧亭林稱之為「章餘」。就是說不是各章的正句，而是附加上去的餘音。這就是男女對唱以後，大家合唱的和聲。這種三章前四句用相似的一問一答的形態構成〈采蘋〉式的疊詠，再各附加上三句合唱章餘的和聲，便顯現了由國風發展出來，較完整的特有民謠風格來，也是《詩經》基本形式變化的運用。所以我們對〈桑中〉篇的講解，不僅洗刷去了漢代以來給它塗抹上去的政治色彩，也做了一番形式上的復原工夫。語譯部分更加工譯成白話民謠，並在括弧中指出了應有的唱法。

這篇〈桑中〉詩的新欣賞，是我和丈夫糜文開多年研究《詩經》所得成果之一，我們另有詳細的報告，這裡只作簡單的說明。

總之，本篇的形式，因為有男女問答式的對唱，已顯得很靈活。再加上章餘大家合唱的和聲，氣氛顯得格外的熱鬧。二者的混合使用，便充分表現了一種民謠的特色，其內容則可得「謔而不虐」的四字總評。

相鼠

【內容提示】

為人在世，禮儀是很重要的。人際間靠著禮儀的維繫，可以促進社會的和諧和進步。一個不懂禮儀的人，連隻人人討厭的賤老鼠都不如，應該趕快死掉，不要活在世上害人。

【原詩】

相（ㄒㄧㄤˋ xiàng）鼠有皮，①人而無儀。②
人而無儀，不死何為？
相鼠有齒，人而無止。③
人而無止，不死何俟？④
相鼠有體，⑤人而無禮。
人而無禮，胡不遄（ㄔㄨㄢˊ chuán）死？⑥

【語譯】

看看那老鼠都還有張皮，做人反而沒有禮儀。做人要是沒有禮儀，不死還活著做什麼？
看看那老鼠都還有牙齒，做人反而沒有容止。做人要是沒有容止，不死還要等何時？
看看那老鼠都還有肢體，做人反而不懂禮。做人要是不禮懂，為什麼還不趕快死？

【註譯】

①相（ㄒㄧㄤˋ）：看。

②儀：禮儀。

③止：容止。儀容舉止。

④俟：等待。

⑤體：肢體。

⑥遄（ㄔㄨㄢˊ）：快速。

【評解】

我們中國號稱禮義之邦，「禮」維繫了我們自古至今的社會秩序，構成了我國自古至今的文化特質。所以我們中國人，自古就特別重視禮。國家的郅治（國家治理得很好）靠禮，社會的秩序靠禮，家庭的和諧靠禮，人心的方正靠禮。沒有禮，國家則亡，社會則亂，家庭則破，人心則邪。可見禮是何等的重要！一個不懂禮儀的人活在世上，所作所為，小則損人，大則害國，而自己也得不到任何好處。所以本詩痛罵不懂禮的人，簡直連隻人人討厭的賤老鼠都不如，責罵他「不死何為」？「不死何俟」？咒他死掉，免得活著做個害群之馬擾亂社會，危害國家。不但咒他死，而且咒他快死，早死一天，對人類社會國家就早好一天。請看！一個不懂「禮」的人，是多麼惹人討厭啊！

不過，禮是因時因地而有所不同的。古代的禮和現代的不同；中國的禮和外國的不同。古代認為是「合禮」的不一定適合於今日的時代；外國所謂「合禮」的也不一定適合於中國的國情。雖然有這些不同，然而大家都應該「守禮」，都應該按照「禮」去行事這一點，卻是古今中外絕對不變的道理。

載馳

【故事介紹】

衛惠公即位時年幼，才十四、五歲，又因讒殺了太子伋，不得民心，四年亂起，惠公逃到齊國去。衛人立太子伋的弟弟黔牟為君。黔牟八年，齊襄公率諸侯伐衛，又將惠公送回去。惠公的母親宣姜，本來是齊國人，答應將她嫁給宣公的太子伋的，卻給宣公佔了去。宣公死了，齊人便強使黔牟的弟弟昭伯（即公子頑，也是宣公的兒子）和宣姜成親，生二子三女，最小的女兒便是許穆夫人穆姬。所以惠公和穆姬，是同母所生，但穆姬又是惠公的姪女（穆姬的父親昭伯，是惠公的同父異母哥哥），惠公卒，子赤立，就是以喜歡鶴，讓鶴乘軒（軒是大夫所乘的車）出名的懿公。懿公是宣姜的孫子，而又是穆姬的堂房兄弟。

穆姬的大姊嫁給齊國，稱齊子。齊桓公有六個如夫人（妾），六人中有大小兩個衛姬，大衛姬就是穆姬的大姊齊子。穆姬的二哥名申（即衛戴公），三哥名燬（即衛文公），四姊嫁宋桓公，是為宋桓夫人，稱桓姬，生子襄公（春秋五霸之一），所以也稱宋襄公母。

穆姬幼年就在國際間很有名，後來許國、齊國都來求婚，穆姬自己便反對答應許國，她說：「諸侯嫁女兒，是可以使她向大國求援的。許國小而遠，齊國大而近，假使我邊疆有戰事發生，去向大國齊國求救，而有我在齊國，不是更好些嗎？」她眼光的遠大，愛國的熱忱，可見一斑，結果她卻被嫁給許國。衛在黃河之北，鄭在黃河之南，許更在鄭國之南，是一個姜姓男爵的小國（公侯伯子男五爵的最後一等），就是現在河南省的許昌縣。她的丈夫名新臣，即許穆公。她婚後的十年，當周惠王十七年（公元前六六〇年）冬，狄人侵入衛國，衛懿公不得民心，大臣不肯為他打仗，都說：「你喜歡鶴，把我們的車子給鶴乘，那你就叫鶴去給你打仗好了。」結果在熒澤地方被狄人打敗並戰死。衛國的都城朝歌淪陷。懿公無子，惠公遂絕嗣。同年的十二月，宋桓公迎接衛國的遺民七百三十人渡過黃河，在衛國的漕邑地方暫時定居下來，立穆姬的二哥申為戴公。不久戴公病死，三哥燬繼立，是為文公。穆姬聞祖國淪亡，二哥又去世，哀痛異常。但以許國地遠力弱，無法援救，就在次年（公元前六五九年）春天驅車赴漕，回去弔唁死者（二哥），安慰生者（三哥），並計劃向大國求援。許國大夫前往阻擋，責備她父母去世就不得歸寧的道理，穆姬就作了這篇有名的〈載馳〉一詩。《左傳》魯閔公二年記載此事，並清楚地說「許穆夫人賦〈載馳〉」。

以後齊桓公終於使武孟（即穆姬大姊齊子所生公子無虧）率師戍守漕邑，又聯合諸侯協助衛國遷都，在楚邱建築新城，文公才能夠復興衛國。

【原詩】

載馳載驅，①歸唁ㄧㄢˋ yàn衛侯。②
驅馬悠悠，③言至于漕。④
大夫跋涉，⑤我心則憂。
既不我嘉，⑥不能旋反。⑦
視爾不臧，⑧我思不遠？
既不我嘉，不能旋濟。⑨
視爾不臧，我思不閟ㄅㄧˋ bì。⑩
陟ㄓˋ zhì彼阿丘，⑪言采其蝱ㄇㄥˊ méng。⑫
女子善懷，亦各有行ㄏㄤˊ háng。⑬
許人尤之，⑭眾穉且狂。⑮
我行其野，芃芃ㄆㄥˊ péng其麥。⑯

【語譯】

驅趕著車子鞭打著馬，慰問衛侯回娘家。快馬加鞭路迢迢，為了趕路快到漕。許國大夫跋涉來阻擋，我既焦急又憂傷。

既然認為我不對，也不能使我心轉回。比起你們那些壞辦法，我的思慮豈不更遠大？

你們既不贊成我，也不能使我轉回許國。比起你們那些壞主意，我的思慮豈不更周密？

登上那阿丘去，採了貝母解愁苦。女子善思又會想，各有各的道理講。許人責怪我不該，真是神經幼稚像小孩！

我在祖國原野行走，大片麥苗好茂盛。要向大邦控于大邦，誰因誰極？⑰
大夫君子，⑱無我有尤。
百爾所思，不如我所之。

去控訴，誰和我親善誰就來相助。
大夫君子聽我說，不要再來責怪我，凡是你們所
想到，都不如我所想的好。

【註譯】

①載……載……：一邊……一邊……。
②唁（ㄧㄢˋ）：慰問。衛侯：指衛文公。
③悠悠：形容路途遙遠。
④言：語詞。漕：衛國的邊邑，狄滅衛後，衛君暫居之地。
⑤大夫：指許國的大夫。國君夫人父母既歿，不得歸寧，今許穆夫人要回衛國，於禮不合，故許國大夫跋涉而來，阻擋許穆夫人回衛，致許穆夫人頗為擔心憂急。
⑥嘉：善。
⑦旋反：回轉，回心轉意，或回轉路程。
⑧視：比。不臧：不善。
⑨旋濟：回轉濟渡，指回轉許國。

⑩閟（ㄅㄧˋ）：謹慎。
⑪陟（ㄓˋ）：登上。阿丘：一邊偏高的山丘，此為衛國一山丘名。
⑫蝱（ㄇㄥˊ）：貝母，藥草，可以治療心頭鬱結之病。
⑬行（ㄏㄤˊ）：道理。
⑭尤：責怪。
⑮穉：同稚，幼稚。
⑯芃芃（ㄆㄥˊ）：茂盛的樣子。
⑰因：親善。極：來到。
⑱大夫：許國的大夫。君子：暗指許國國君。

【評解】

〈載馳〉一詩的內容，自來有各種解釋，然而以全詩文字及前後語氣觀察，應以我現在這種解釋比較恰當。第一章「歸唁衛疾」，自是許穆夫人自述歸唁，如果是許國大夫就不能說「歸」了。而下文的「大夫跋涉」，則是指許國大夫。因按照那時的禮俗，許穆夫人不應歸寧，所以許國大夫跑來攔阻，以致引起許穆夫人的焦急、憂愁和憤怒。因此時衛國已被狄人所滅，許國弱小，不能援救，然而卻還拘於禮俗，不許許穆夫人回去設法營救祖國，實在太不應該了。第一章語氣還比較平和，對許國君臣還沒有責備的意思。第二章語氣就比較憤激，並說出她回衛意志之堅決。所謂「大行不顧細謹」，此時救國要緊，不應再講究禮俗了。第三章語氣更為憤激，簡直是破口大罵了。意思是說「我有深沉的憂慮，也有正當的想法，你們許國人竟然來責怪我，簡直是幼稚又神經！」第四章她提出具體的辦法來，就是要去向和衛國親善的大邦求援。並且說：「如果你們不相信我的辦法好，那麼試問你們誰有比我更好的主意？既然沒有，那為什麼還要責怪我呢？」「我行其野，芃芃其麥」應第一章的「言至于漕」。且看到祖國的大好河山，物產豐富，更興發她的愛國思想，而不容許落入他人之手，所以更要積極設法營救。「芃芃其麥」是春景，所以判斷此詩是狄滅衛後次年春天所作。「大夫君子」應第一章的「大夫跋涉」，因有許國大夫的攔阻，所以才使她發出以下的議論，最後說：「你們不要攔阻我了，不要再和我為難了……」全詩語氣一貫，一氣呵成，組織完密，令人無懈可擊。而許穆夫人之有思想、有決斷，熱愛祖國，意志堅決，更為一般男子愧！後來果然靠齊桓公的幫助而復國，可見夫人有眼光。

衛國因宣公的淫亂，發生兄弟爭死的悲劇。因懿公的好鶴，遭到了亡國的慘禍。但終於靠許穆夫人兄弟姐妹五人的關係和努力，得以復興衛國。許穆夫人雖然識高才大，但在這衛國的救亡運動中，限於環境，只能奔走呼號，不能有別的作為。她的滿腔憂憤，發而為詩，留下了這篇有名的傑作，令我們在二千六百多年後的今天讀了，還深受感動，馬上有心弦上的共鳴，興起無限的同情而油然對她發生至高的崇敬。清朝《詩經》學者方玉潤批評這詩說：「〈載馳〉沉鬱頓挫，感慨唏噓，實出眾音之上。」可見這詩在三百篇中有極高的地位。另有寫衛女思歸的邶風〈泉水〉和衛風〈竹竿〉兩篇，據清人考證，也是許穆夫人所作，所以《詩經》裡共保留了她三篇作品。

《詩經》是中國最早的一部詩歌總集，共輯集了周初至春秋中期以前的詩三百零五篇。其中被推測為女子之作不少，可是確實可靠，正式記載在史籍中的，卻只有許穆夫人的〈載馳〉一篇，所以許穆夫人可稱為是中國第一位女詩人。

五、衛風四篇

淇奧

【內容提示】

衛武公雖然年已九十，仍然孜孜不倦地進德修業，把衛國治理得很好；而且平易近人，很得人民的愛戴，衛人就作這篇詩來稱頌他。

【原詩】

瞻彼淇(qí)奧，①綠竹猗猗(yī)。②
有匪君子，③如切如磋(cuō)，如琢如磨。④
瑟兮僩(xiàn)兮，⑤赫(hè)兮咺(xuǎn)兮。⑥
有匪君子，終不可諼(xuān)兮！⑦

瞻彼淇奧，綠竹青青(jīng)⑧。
有匪君子，充耳琇(xiù)瑩，⑨會(kuài)弁(biàn)如星。⑩
瑟兮僩兮，赫兮咺兮。
有匪君子，終不可諼兮！

瞻彼淇奧，綠竹如簀(zé)。⑪
有匪君子，如金如錫，⑫如圭(guī)如璧。⑬

【語譯】

看那淇河的水灣裡，綠竹長得多茂盛！斐然有文采的真君子啊！他進德修業，精益求精，像切治骨器，切好了還要剉光；像雕琢玉器，雕好了還要磨亮。他的態度端莊而又威嚴啊！他的容止光明而又昭顯啊！這樣一位斐然有文采的真君子呀！讓人永遠不會忘記他啊！

看那淇河的水灣裡，綠竹長得茂盛又蔥鬱。斐然有文采的真君子啊！美好的玉石做充耳，皮帽的綴玉像星光。他的態度端莊而又威嚴啊！他的容止光明而又昭顯啊！這樣一位斐然有文采的真君子啊！讓人永遠永遠不會忘記他啊！

看那淇河的水灣裡，綠竹茂密像涼席。斐然有文采的真君子啊！德業精純像金錫，寬兮綽（ㄔㄨㄛˋ chuò）兮，⑭猗重（ㄔㄨㄥˊ chóng）較兮。⑮
善戲謔兮，⑯不為虐兮！⑰

修養溫潤像圭璧。乘車倚著車箱板，態度從容又安閒啊！有時逗趣開玩笑，卻不過分使人難堪啊！

【註譯】

① 瞻：看。淇（ㄑㄧˊ）：衛國的一條水名。奧：水涯彎曲的地方。
② 猗猗（ㄧ）：茂盛美好的樣子。
③ 匪：即斐。有匪，斐然，形容有文采的樣子。君子指衛君武公。
④ 磋（ㄘㄨㄛ）：用錯刀錯治，使之平滑。治骨角是先切後磋。琢：雕琢。治玉器是先雕琢後磨光。此兩句是比喻求學進德，精益求精的意思。
⑤ 瑟：形容莊重的樣子。僩（ㄒㄧㄢˋ）：形容很有威嚴。
⑥ 赫（ㄏㄜˋ）：顯赫。咺（ㄒㄩㄢˇ）：光明。是形容衛武公的容止昭然顯赫，光明煥發。
⑦ 終：永遠。諼（ㄒㄩㄢ）：忘記。
⑧ 青（ㄐㄧㄥ）：即菁字，茂盛而葱鬱的樣子。
⑨ 充耳：古人用玉石塞耳。琇（ㄒㄧㄡˋ）瑩：美好的玉石。現在「充耳不聞」的說法就是從這詩來

的。

⑩會（ㄎㄨㄞˋ）：接縫的地方。弁（ㄅㄧㄢˋ）：皮帽子。皮帽接縫的地方綴上一些玉石，閃閃發光如星星般。

⑪簀（ㄗㄜˊ）：竹席子，形容綠竹長得很茂密的樣子。

⑫形容武公德業已成熟，像金、錫般鍛鍊精純。

⑬圭（ㄍㄨㄟ）、璧都是美玉。形容武公修養到家，像美玉般溫潤。

⑭寬：寬宏。綽（ㄔㄨㄛˋ）：閒雅從容。

⑮猗：同倚，倚靠。較：車箱兩旁的木板。重（ㄔㄨㄥˊ）較即兩層的木板。

⑯戲謔：開玩笑。此句謂有時講幽默話逗趣。

⑰虐：過分。此句謂不說尖酸粗野的話傷人，即開玩笑不過分。

【評解】

第一章以綠竹開始生長時的美盛，興起衛武公對學問進修的努力不懈。又說他對學問的進益像修治骨器般地把它切磋完善；對品德的修養像雕刻玉器般地琢磨美滿。無論學問品德，他都能精益求精，有進無已。又寫他態度端莊，儀表威嚴，心存正大，容止光明，這樣一位斐然有文采的君上，是國人所永遠不會忘記的啊！

次章實寫他服飾的尊嚴，而以綠竹生長的葱鬱茂盛起興。他耳朵上掛著用以塞耳的美玉，頭上戴著閃閃發光的皮帽，更顯出他的高貴尊嚴。而他的學問品德都能和他的服飾相稱，真是表裡如一。後四句和前章相同，以強調國人對他的難忘之情。

末章以綠竹已長到非常堅實茂密，以興起衛武公的學問德業都已修養到家，到達成熟的階段：他的學問已如金錫般鍛鍊精純，他的品德已修養得如美玉般溫潤。所以他雖然身為國君，日理萬機，卻態度從容，心情輕鬆；雖然他爵高位尊，卻能泰然自若，平易近人。更難得的是他會在適當的時候來點小幽默，以沖淡嚴肅的氣氛，以拉近君臣的距離。而「善戲謔兮，不為虐兮」兩句更有畫龍點睛之妙。《禮記》上說：「張而不弛，文武不能也；弛而不張，文武不為也。一張一弛，文武之道也。」就是說：「如果天天緊張地工作而沒有輕鬆的時刻，連周文王、周武王都辦不到；如果天天遊手好閒，無所事事，周文王、周武王是不肯那樣的。要有緊張工作的時候，也要有輕鬆消閒的時刻，才合乎文王、武王的處世之道。」本來，我們中國自古以來所講求的中庸之道，就在於感情的適當發洩，不趨極端。感情能夠適當發洩，就不會有「過分」和「不及」的現象。那麼處世為人，就都能合乎義（道理）了。

這篇的特點在於用了一些很好的比喻句法，如「如切如磋」、「如琢如磨」、「如金如錫」、「如圭如璧」等句。而後來「切磋琢磨」的成語就是由此詩來的。而且還給了孔子學生子貢一個很好的啟示：《論語．學而》：「子貢曰：『貧而無諂，富而無驕，何如？』子曰：『可也，未若貧而樂，富而好禮者也。』子貢曰：『《詩》云：「如切如磋，如琢如磨」，其斯之謂與？』子曰：『賜也，始可與言詩已矣！告諸往而知來者。』」意思是：子貢問他老師孔子說：「貧窮的人對富人不巴結，不諂媚；富有的人對窮人不驕傲，這種品德怎麼樣？」孔子說：「可是可以了，不過還不如貧窮的人能安貧樂道，富有的人愛好禮儀更好呀！」子貢說：「《詩經》上說：『如切如磋，如琢如磨』就是夫子說的這個意思吧？」孔子聽了很高興就叫著子貢的名字說：「賜啊！像你這樣才可以談論詩了：告訴你過去的，你能由詩而了解未來的。」子貢因孔子的啟發，明白了修身成德是有進無已的，學問之道是要精益求精，學無止境的。於是他就引《詩經．淇奧》的句子說明這種道理，真可以說是會讀詩的人了。

碩人

【故事介紹】

齊莊公的女兒，嫁給衛國的國君莊公，叫莊姜。莊姜不但身分高貴，人又長得非常美麗。衛國能和比它強大的齊國聯姻，已經欣喜萬分。而娶來的齊國公主又那麼美麗，齊國送嫁的行列更是浩浩蕩蕩地渡河而來。車馬人員都裝扮得非常鮮豔華麗，轟動了整個衛國，全國歡騰鼓舞，到處洋溢著一片喜氣。於是，就寫出了這篇〈碩人〉詩，表達他們對莊姜的熱忱歡迎。詩中對莊姜的美，描寫細膩比喻恰當，成為一篇有名的描寫美人的上乘作品。只可惜後來莊姜無子，因而失寵，真是自古紅顏多薄命，美滿的事情，世上少有啊！

【原詩】

碩ㄕˊ（shí）人其頎ㄑㄧˊ（qí），①衣ㄧˋ（yì）錦褧ㄐㄩㄥˇ（jiǒng）衣。②

【語譯】

莊姜個兒很修長，錦繡的衣服套罩袍。她

齊侯之子，③衛侯之妻。④
東宮之妹，⑤邢侯之姨，⑥譚公維私。⑦
手如柔荑（tí），⑧膚如凝脂。⑨
領如蝤（qiú）蠐（qí），⑩齒如瓠犀。⑪
螓（qín）首蛾眉，⑫巧笑倩兮，⑬美目盼兮。⑭

碩人敖敖，⑮說（shuì）于農郊。⑯
四牡有驕，⑰朱幩（fén）鑣（biāo）鑣，⑱
翟（dí）茀（fú）以朝。⑲
大夫夙退，⑳無使君勞。
河水洋洋，㉑北流活活（gūa）。㉒
施罛（gū）濊濊（huò），㉓鱣（zhān）鮪（wěi）發發（pǒ），㉔
葭（jiā）菼（tǎn）揭揭。㉕
庶姜孽孽，㉖庶士有朅（qiè）。㉗

是齊侯的掌上珠，衛侯的君夫人，太子的小妹，邢侯的小姨，譚公是她的姊夫。她的雙手纖纖像茅草針，皮膚似凝結的油脂般白皙柔潤，脖頸像蝤蠐般的柔婉白嫩。額頭方正寬似蟬，眉毛細長彎又彎。笑起來兩頰嫵媚動人，一雙眼睛黑白分明亮閃閃。

體格健美個兒高，車子停息在近郊。四匹公馬好神氣，紅色的鑣飾好華麗，掛著雉羽裝飾的車簾來上朝。大夫們知趣早些退，不要使君上太操勞。

黃河的水流浩蕩蕩，嘩啦嘩啦往北淌，撒下魚網呼呼響；潑喇潑喇鱣魚鮪魚一大網，蘆葦長得高又長。陪嫁的女子們打扮得好漂亮，護送的武士們昂頭闊步好勇壯！

【註譯】

①碩（ㄕˊ）：大。頎（ㄑㄧˊ）：秀長而高的樣子。

②衣（ㄧˋ）：穿，作動詞用。衣錦：穿著有文采的衣服。褧（ㄐㄩㄥˇ）：罩袍。錦衣不能常洗，故用罩袍遮蓋，以免弄髒。

③齊侯：齊莊公。子：女兒。

④衛侯：衛莊公。

⑤東宮：太子所居之宮。用以代表太子。此東宮指齊莊公的太子名得臣。

⑥邢侯：邢國的國君。姨：妻的姊妹叫姨。

⑦譚公：譚國的國君。維：是。私：姊妹的丈夫。

⑧荑（ㄊㄧˊ）：茅草針。茅草抽出的芽，細長白嫩。

⑨凝脂：凝固的油脂，油脂凝固後白潤可愛。

⑩領：脖頸。蝤蠐（ㄑㄧㄡˊ ㄑㄧˊ）：一種蛀蝕木頭的蟲子，白胖而長。此處用來形容莊姜脖頸白嫩柔婉。

⑪瓠犀：瓠瓜子，白而整齊。

⑫螓（ㄑㄧㄣˊ）：小蟬，其額寬廣。蛾眉：眉似飛蛾的觸鬚，細長而彎。

⑬巧笑：笑的樣子很美好。倩：形容兩顆好看的樣子。

⑭盼：黑白分明，形容莊姜眼睛清明有神。

⑮敖敖：修長的樣子。

⑯說（ㄕㄨㄟˋ）：停息。

⑰四牡：四匹公馬。《詩經》中都是一車四馬，四馬都是公馬。有驕：驕然，形容馬的高大神氣。

⑱朱：紅色。幩（ㄈㄣˊ）：馬銜外面的裝飾，用紅繩纏著，所以叫朱幩。鑣（ㄅㄧㄠ）：本指馬銜外面的鐵。鑣鑣：很華盛的樣子。

⑲翟（ㄉㄧˊ）：本指長尾的山雉（一種羽毛美麗的野雞）。在此指翟車，即用美麗的山雉羽毛裝飾的車子。茀（ㄈㄨˊ）：遮蔽，即車簾子，古時婦人乘車，前後都用簾子擋起來。以朝：來上朝，即入朝見衛君。

⑳大夫：衛國的眾官員。夙：早。

㉑河：指黃河，由齊國到衛國要經過黃河。洋洋：汪洋一大片。

㉒活活（ㄍㄨㄚ）：形容河水流的聲音很響亮。

㉓罛（ㄍㄨ）：魚網。施罛：撒魚網。濊濊（ㄏㄨㄛˋ）：形容撒魚網時嘩嘩的聲音。

㉔鱣（ㄓㄢ）：鯉魚。鮪（ㄨㄟˇ）：似鱣而小的魚。發發（ㄅㄛˋ）：形容群魚進網後潑喇潑喇的樣子及聲音。

㉕葭菼（ㄐㄧㄚ ㄊㄢˇ）：蘆葦之類的植物。揭揭：很長的樣子。

㉖庶：眾。姜：指齊國陪嫁來的姜姓女子們。古時女子出嫁，有用姪、娣等陪嫁的禮俗。孽孽：

打扮華麗的樣子。

㉗庶士：護送莊姜來的許多武士。有朅（ㄑㄧㄝˋ）：朅然，很武壯的樣子。

【評解】

這是我國文學史上第一篇成功地描寫美女的傑作。

第一章頭兩句就勾勒出莊姜的一幅小像。我們讀了，好像已經看到一位個兒高高，衣飾華麗，態度雍容，舉止高雅的貴族女子。「齊侯之子，衛侯之妻，東宮之妹」是說她的父族和夫族的尊貴。「邢侯之姨，譚公維私」是說她親戚的尊貴。這五句簡直就是莊姜的一個小傳。而且五句依照親疏遠近之別寫來，井然有序。

二章用比喻的手法，實寫莊姜之美。描寫細膩，比喻恰當，讓人讀了，頗有真實之感。而最後兩句更有畫龍點睛之妙，因為只前五句，不過是一個石膏美人，有了後兩句，才把莊姜寫活了，真是傳神之筆。全章由靜態美寫到動態美，由素質之美寫到絢爛之美，無怪乎清人姚際恆讚美說：「頌千古美人，無出其右，是為絕唱。」

三章寫莊姜嫁來時所乘的車駕，四匹鑣飾飄撒著的高頭大馬，拉著裝飾華麗的貴族禮車，好不神氣！衛君到郊外迎娶來之後，臣下都能體貼入微，相告早些退下，以免君王過於勞累，因為今天是他們的洞房花燭夜啊！

四章寫齊國之富饒，送嫁行列之壯盛，場面之浩大，表現出泱泱大國之氣概。本來，如果按照莊姜來嫁時間的先後，此章應先敘出。但本詩主要是站在衛國立場，以讚美莊姜，光耀衛國為主，所以就把敘述莊姜個人的尊貴，放在第一章。描述齊國富庶強大的詩句，排在末章陪襯的地位，而有主從輕重之別。連用六組疊字，是本章的特點。

全詩雖然著重在描述莊姜的華貴美麗，沒有寫她是如何賢德，但，我們看得出來，不必多說，其賢自見，這就是絃外之音。

《論語．八佾》：「子夏問曰：『巧笑倩兮，美目盼兮，素以為絢兮。』何謂也？」子曰：『繪事後素。』曰：『禮後乎？』子曰：『起予者商也！始可與言《詩》已矣！』」子夏所引的三句詩，前兩句是這篇〈碩人〉詩第二章中的句子，但無第三句。所以宋人朱熹判斷子夏所引的詩是逸詩（散逸在外沒有被收在《詩經》中的句子）。三句中前兩句正如本詩所說是描寫美人嫣然一笑，明眸皓齒，兩頰微現酒窩的嫵媚之態，後一句「素以為絢兮」，素是粉地，絢是彩色。是說，我們繪畫時先要有粉白的底子再加以彩色的顏料。所以孔子回答子夏說「繪事後素」，也就是說人先要有好的本質，再加以修飾就會更好看。而子夏馬上領悟到「禮後」的道理。就是說禮是人為的一些條文，只是表面的一種形式，主要是在內心的真情，所以說禮是在真情之後的。譬如說親人逝世，內心並不憂戚難過，而卻鋪張葬儀，這有什麼意義呢？相反的，內心悲傷萬分，而葬儀並不鋪張，只要簡單隆重已夠，這卻是很可取的。我們為人處世，也都應該以真情為重，那些人為的繁文縟節，虛假的客套是沒有什麼意義的啊！孔子由於子夏的因詩悟道，稱讚他會讀詩且自己也得到了啟發，這是很可貴的。

氓

【故事介紹】

一個土裡土氣的野小子，笑嘻嘻地抱了匹麻布，來找闞上姑娘交換她的蠶絲。哦！他不是真的來換絲，是藉機來聊天打她的主意的。來了兩回，他走的時候，姑娘竟送他過淇水，一直送到頓丘才回轉。原來這位姑娘已動了心，他們約好再相會的日子。但到時候她沒有赴約，他前去責問，她說：「是你沒央媒人來說親啊！不過別生氣，我們決定到秋天再議婚好了。」

這樣，就不見了男的蹤影，但她已像斑鳩吃多了桑葚般給迷醉了。她天天盼他前來相見，天天攀上那垛破牆頭去遙望他的蹤影，而天天都讓她失望。她傷心透了，傷心得涕淚交流。雖然她的兄弟勸她不要那樣癡心，她哪兒聽得進去！忽然一天，他來到了。她高興極了，有說有笑地趕緊前去迎接。於是他告訴她已用龜殼、蓍草卜算過卦，結果都很好，她就相信了他而答應他的求婚。當他駕車來迎娶時，這位姑娘就高高興興地帶了她所有的積蓄跟他而去。於是他的計劃成功，從此人財兩得了。

跟他過了幾年的苦日子，雖然常常鬧窮，雖然天天勞累，她卻從沒怨言，甘心忍受。可是沒想到，當她帶來的積蓄用光，勞累得也失去了當日的美貌，他就變心了。對她不是拳打腳踢，就是怒氣沖天，最後把她休回娘家。她回娘家時又經過來時的淇水，淇水仍然嘩啦嘩啦地淌著，但在她聽來，感受卻不一樣了。更加上車帷被水濺濕，使她顯得格外狼狽難堪，傷心欲絕。她的兄弟不知底細，見她被休回家，對她冷言冷語，嘿嘿冷笑。她只有獨自哀傷，獨吞苦水。

她回想從前說好要白首偕老的，現在想起這話就惹她怨恨。回想當年談情說愛，一團高興地跟他來時是何等地歡樂！而他當初的誓言如今卻完全推翻，還有什麼好說的呢？到此，她是後悔莫及了。

【原詩】

氓（ㄇㄥˊ méng）之蚩蚩（ㄔ chī），①抱布貿絲。②
匪來貿絲，③來即我謀。④
送子涉淇，⑤至於頓丘。⑥
匪我愆（ㄑㄧㄢ qiān）期，⑦子無良媒。

【語譯】

一個野小子笑嘻嘻，抱著麻布來換絲。
並不是真的來換絲，是來找我打主意。
送你送過淇水去，一直送你到頓丘。
不是我有意錯過良時，是你沒有好媒人來說親。

將(qiāng)子無怒，⑧秋以為期。
乘彼垝(guǐ)垣(yuán)，⑨以望復關。⑩
不見復關，泣涕漣漣。⑪
既見復關，載笑載言。⑫
爾卜爾筮(shì)，⑬體無咎(jiù)言。⑭
以爾車來，以我賄遷。⑮
桑之未落，其葉沃若。⑯
于(xū)嗟鳩兮，⑰無食桑葚(shèn)！⑱
于嗟女兮，無與士耽(dān)。⑲
士之耽兮，猶可說也；
女之耽兮，不可說也。
桑之落矣，其黃而隕(yǔn)。⑳
自我徂(cú)爾，㉑三歲食貧。㉒
淇水湯湯(shāng)，㉓漸車帷裳。㉔
女也不爽，㉕士貳其行(háng)。㉖
士也罔(wǎng)極，㉗二三其德。㉘
三歲為婦，靡(mí)室勞矣。㉙

請你不要生氣別著惱，秋天的日期再約好。
登上那破牆去遙望，望望他有沒有回關上。
不見他人兒回關上，我就眼淚鼻涕一齊淌。
見他回到關上來，有說有笑好開心。
你既已占卜又算卦，都是一些吉祥話。
你駕了車子來迎親，我就帶著財物跟你去。
桑葉還沒落的時候，非常光澤又柔嫩。
唉！斑鳩鳥兒呀，可別貪吃桑葚啊！
奉勸女孩子們呀，可別和男人一起歡樂啊！
男人歡樂還可說；
女孩子歡樂可就不像話啊！
當桑葉枯黃了就飄落下來了。
自從我到你家來，多少年都是過窮的日子。
淇水嘩啦嘩啦地淌著，竟濺濕了我的車帷幔。
我這個女人並沒什麼差錯，是你男人行為兩樣，
男人男人太沒良心啊，三心兩意地耍花樣！
做了你家三年的媳婦，從來不嫌家務勞苦啊！

夙興夜寐，靡有朝矣。㉚
言既遂矣，㉛至于暴矣。㉜
兄弟不知，咥ㄒㄧˋ xì 其笑矣。㉝
靜言思之，㉞躬自悼矣。㉟
及爾偕老，老使我怨。

淇則有岸，隰ㄒㄧˊ xí 則有泮ㄆㄢˋ pàn。㊱
總角之宴，㊲言笑晏晏。㊳
信誓旦旦，㊴不思其反。㊵
反是不思，亦已焉哉！㊶

每天早起晚睡，沒早沒晚地操作啊！
沒想到你從前說得好聽，如今卻對我施殘暴啊！
我的兄弟還不知道，知道了可就對我譏笑啊！
靜靜地思前想後，只有自己傷心自苦惱啊！
（你曾說過）「我要和你白首偕老」，想起你這偕老的話就使我怨恨。

淇水都有個岸，濕地也有個邊。
年輕時談情說愛，你有說有笑溫順又和善。
對我誠懇發誓永不變，如今你卻不再想從前。
從前的事情你不再想，只好算了，不必再談了啊！

【註譯】

① 氓（ㄇㄥˊ）：野民，指不知其姓名的男子。蚩蚩（ㄔ）：敦厚的樣子，或解為笑嘻嘻的樣子。
② 布：織好的麻布。貿：交易。古代以己之所有去換己之所無的東西，即以物易物。
③ 匪：不是，下同。

④來即我：來找我，到我這兒來。
⑤涉：徒步過水。淇：衛國一條水名。
⑥頓丘：地名。
⑦愆（ㄑㄧㄢ）：過。愆期：錯過日期。
⑧將（ㄑㄧㄤ）：請。子：對男子的尊稱。
⑨乘：登上。垝（ㄍㄨㄟˇ）：毀。垣（ㄩㄢˊ）：牆。垝垣：毀壞的牆。
⑩復關：回到關上，或說復關是地名，此處是以地名代表她所盼望的人。
⑪漣漣：淚流不止的樣子。
⑫載……載……：一邊……一邊……。載笑載言：一邊說一邊笑，即有說有笑。
⑬爾：你。卜：用龜殼占卜。筮（ㄕˋ）：用一種叫蓍草的算卦。
⑭體：卦體，即占卜出來的結果。咎（ㄐㄧㄡˋ）言：不吉祥的話。
⑮賄：財物。遷：帶過去。
⑯沃若：柔嫩光澤的樣子。
⑰于（ㄒㄩ）嗟：歎辭。鳩：斑鳩鳥。
⑱桑葚（ㄕㄣˋ）：桑仁、桑果。有甜酸之味，吃多了會有醉意。
⑲士：指一般男子。耽（ㄉㄢ）：歡樂。
⑳隕（ㄩㄣˇ）：墜落。

㉑徂（ㄘㄨˊ）：往。

㉒三歲：三年，就是好幾年的意思，古文古詩常以三指多數。

㉓湯湯（ㄕㄤ）：形容水流嘩嘩的聲音。

㉔漸：打濕。帷裳，指車子的帷幔。

㉕爽：差錯。不爽：沒有差錯。

㉖貳：即二。貳其行（ㄏㄤˊ）：行為不一樣。

㉗罔（ㄨㄤˇ）：無。無極：無所極止。心裡怎樣想法，讓人摸不透，即存心不良的意思。

㉘二三其德：即三心兩意。

㉙靡（ㄇㄧˊ）：沒。此句是「不以家務為勞苦」。

㉚朝：早上，此句是說沒早沒晚的（都在操勞）。

㉛遂：成。此句是：原先（結婚時）已經講好的話，（而今卻不照著去做，意思是：好話說在前頭。）

㉜暴：施殘暴，有家暴行為。

㉝咥（ㄒㄧˋ）：譏笑。

㉞言：語詞。

㉟躬：自己。悼：傷心難過。

㊱隰（ㄒㄧˊ）：低下潮濕的地方。泮（ㄆㄢˋ）：涯，邊。

㊲ 總角：即結髮。古時男女未成年時，將頭髮梳成兩邊相對而上翹的辮子。宴：歡樂。
㊳ 晏晏：柔和溫順的樣子。
㊴ 旦旦：很誠懇的樣子。
㊵ 反：以往，從前。
㊶ 亦：語詞。已焉哉：算了吧。

【評解】

自由戀愛而結合的男女，固然能達成有情人終成眷屬的願望，但是如果遇人不淑，導致婚姻破裂，女方遭到被遺棄的命運，可就無人可以去訴苦。因為當初是妳自己選中的，是妳心甘情願的，又怨得了誰？怪得了誰呢？這篇〈氓〉就是寫這樣一個女子的不幸遭遇，也給被愛情沖昏了頭腦的青年男女一個很好的借鑑。

第一章是女的被遺棄後，回想當初他們認識以至發生感情的經過。一開頭就敘述那位貌似忠厚的野小子笑嘻嘻地，以交換物品為藉口，來找這個女孩子攀談。原來他是醉翁之意不在酒，而另有目的啊！當然，可能這不是他們的第一次見面，因為大家都在一個市場；一個供原料，一個出成品，很自然地就要常常交易了，所以日久生情，也是很自然的。這天男的又來找她，乾脆向她求婚要馬上娶她，不料女的並沒有即刻答應。但又心疼男的難過，所以就要他去託媒人說親，並約好以秋天為結婚之期。在這一章裡，女的回憶當初那男子怎樣追求她，她怎樣戀戀不捨地送別，一面矜持，一面又訂後約，寫出女孩子不可測度的心理。那種一面輕責，一面又安慰的情境，真是歷歷如繪。

第二章先寫兩人熱戀中的一段小插曲。女的簡直「不能一日不見君」，所以在她等待他的到來，等得焦急萬分時就登上破牆頭，希望能遙望到情郎的倩影。但是任她癡心遠望，仍是天涯邈邈，毫無蹤影。失望之餘，不禁傷心難過得涕淚交流。正在此時，所切望的人兒卻翩然而至。於是她破涕為笑，欣喜若狂，此時才深深體會到相思之苦，才體會到他對她是多麼地重要，於是不能再矜持，不能再等待了。況且男的說他去占卜的結果也很好，就決定帶了所有的私蓄，坐上他的車子，一團高興地跟他而去。

第三章先以桑葉未落時的肥美光潤，比喻女孩子的青春貌美。在青春散發時候的女孩子，禁不住男孩子的百般引誘，就很容易地沉醉在愛情的美酒裡；然而卻也容易造成一失足成千古恨的悲劇。所以這個女子她以自己的慘痛經驗，警告世上的青春少女，不要像斑鳩鳥似的貪吃桑葚，以博取一時的歡樂陶醉，那是很危險的呀！到此時她已感到往事如煙，不堪回首，只有自怨自艾，悔不當初了。「于嗟女兮，無與士耽；士之耽兮，猶可說也；女之耽兮，不可說也」更是語語酸痛，句句悔恨，既以自悔，又以警人，語重心長，真是最好的醒世警言啊！

第四章以桑葉枯黃落地，比喻女子的色衰愛弛。不管怎樣，總算也曾夫妻一場，跟你共同度過多少的艱苦歲月；如今你卻郎心如鐵，把我遺棄，而我歸返娘家時又經過當初跟你來時的那條淇水。想想那時的情境，真有往事不堪回首之感哪！而且人在倒楣時，連那淇水似乎也在欺負我，竟打濕了我的車帷帳，怎不令我為之心碎啊！想想和你相處的這些年，我並沒有什麼差錯，而是你男人反常變心，你實在太沒良心了。第一句「桑之落矣」，一個「矣」字就有黯然消魂，無可奈何之感，如改為「桑之既落」則索然無味了。在此，我們要注意的，她當初嫁來時經過淇水，難道就沒濺濕車帷帳嗎？只是那時他們正在一團高興，滿心歡喜，認為天地間只有他們兩人的存在，哪還管得了其他呢！而如今卻就不同了……

第五章又自訴她嫁後雖然晝夜操勞，從無怨言。而在他們家境好轉時，男的卻對她施予殘暴。這種情形兄弟還不知道呢，如果說他們知道了一定會譏笑她的。而在她是自作自受，啞巴吃黃連，又能怨誰怪誰呢！只有自我哀憐自我苦惱了。我們看，她內心的痛苦該是如何深沉啊！全章用了六個「矣」字作語助，讀之有哀怨悽苦之感，也有無可奈何之歎！

末章將整個故事的始末再敘述一遍，至此，知道男的已恩斷情絕，沒有挽回的餘地了。她只有飲恨吞聲，自歎自憐，寥寥數語，卻有無限的轉折。一轉一歎、一歎一淚，而她的怨、她的恨、她的悲、她的悔，已達極點！

我們看在第一章「氓之蚩蚩」已透露出這個男子的不可靠：看起來似乎敦厚老實，然而他的鬼心眼兒可多著呢！你看！他不是想不須媒人的一道手續就要女的嫁給他嗎？（子無良媒）難怪女的不肯了。在第二章中，這個「氓」有意不去找她，好叫她嘗盡相思之苦。這樣一來，女的就比較容易答應他的求婚了。這是用的「以退為進」的心理戰術啊！再說「爾卜爾筮」，「爾」是指男方，只是男的告訴她已占卜過了，說卦兆很好。事實上他可能沒去占卜，只是用這種方法騙她。而她被愛情沖昏了頭就相信不疑，所以就輕易地帶著私蓄跟他而去。男的是人財兩得暗自高興。女的卻做了一個大傻瓜，她為什麼不自己也去占卜一下呢？「以爾車來，以我賄遷」寫出女方沒有深加考慮的輕率之態。他們的愛情至此達到最高潮，而高潮過後就是低潮的來臨。於是以下四章都是女的訴說不盡的追悔怨艾，她反覆申訴，盪氣迴腸，哀怨欲絕。更苦的是不能向別人訴說，只有自己忍受，甚至連自己的兄弟知道了都會譏笑她。因而我們可以想到，這個女子一定沒有了父母，也沒經過兄弟的同意，就自作主張地和那男的私奔。所以最後的苦果，只有自己吞食了。

篇中第一章先稱那男子為「氓」，不知哪兒來的一個野小子，說明女方最初對他毫無認識。接著稱「子」，子是對男子的尊稱，這時她已把他當作朋友看待而尊重他了。第二章就稱「爾」，是二人感情很好以後的親暱稱呼。第三章就視這個男子為路人一般而稱之為「士」了，到後來根本連士也不稱了。我們由女子對男子的稱呼，就可看出兩人感情的進展，頗耐人尋味。

〈氓〉和〈谷風〉同是寫棄婦的詩，並為國風中敘事詩可以比美的雙星，然而兩篇的形式與作風都有所不同：〈谷風〉是先陳述夫婦的正道，再敘述被棄的冷落，後敘述被棄的痛苦；〈氓〉是先說當初戀愛時的熱烈，再轉到被棄時的追悔。兩篇所敘兩人結合的情形也不同：〈谷風〉中的女子是按照當時正式婚禮結合的，所以在她被棄訴苦時理直氣壯；而〈氓〉中的女子是自由戀愛自作主張的婚姻，被棄時無人可訴，無處可訴，也無臉可訴。因而她的痛苦較之〈谷風〉中的女子就更深一層了。

伯兮

【內容提示】

衛國的一位女子，由於她丈夫從軍，去為周朝天子打仗，且作開路先鋒，而感到無上的光榮，非常的驕傲，但總免不了相思之苦。起初只是心情懶散，無心打扮，後來竟然相思到生病。在無可奈何的情境下，只好甘心以相思度日了。

【原詩】

伯兮朅（ㄑㄧㄝˋ qiè）兮，①邦之桀兮。②
伯也執殳（ㄕㄨ shū），③為王前驅。
自伯之東，④首如飛蓬。⑤
豈無膏沐？⑥誰適為容！⑦
其雨其雨⑧，杲杲（ㄍㄠˇ gǎo）出日。⑨

【語譯】

我的夫君好勇武喲，是國家傑出的人才喲。
他手持殳杖上戰場，為王打仗做前鋒哪！
自從夫君去東方，我的頭髮就零亂似飛蓬。
哪裡是沒有髮膏和米汁？為誰打扮好姿容！
盼著老天快下雨啊快下雨，偏偏太陽高高照。

願言思伯，⑩甘心首疾。⑪
焉得諼（ㄒㄩㄢ xuān）草？⑫言樹之背。⑬
願言思伯，使我心痗（ㄇㄟˊ méi）。⑭

念念不忘地想夫君，想得頭痛也甘心。
哪兒去找健忘草？把它種在屋後。
念念不忘地想夫君，使我心頭鬱結病纏身。

【註譯】

①伯：老大，此處是女的稱她丈夫。朅（ㄑㄧㄝˋ）：很武壯的樣子。
②邦：國家。桀：同傑，即傑出的人才。
③殳（ㄕㄨ）：兵器。古用竹做，長一丈二尺，有棱無刃。
④之東：往東方去。
⑤蓬：草名，結的實似棉絮，風吹則亂。此形容無心梳洗以致髮亂如飛蓬。
⑥膏：擦頭髮的油。沐：米汁，用以洗髮的，洗髮也叫沐。
⑦適：喜悅。誰適為容：為博得誰的喜悅而打扮。
⑧其雨：希望下雨的意思。
⑨杲杲（ㄍㄠˇ）：明亮的樣子。
⑩願：念。言：語詞。願言思伯：即念念不忘地想丈夫。

⑪首疾：頭痛。
⑫焉：哪兒。諼（ㄒㄩㄢ）：忘。諼草：健忘草。希望得諼草，吃了可以忘去憂思煩惱。
⑬言：語詞。樹：種植。背：屋後。
⑭痗（ㄇㄟˋ）：病。

【評解】

我們讀了第一章，會有一種直覺的感受，就是作為一位軍人的眷屬，既以她丈夫的勇壯傑出為傲，更以能出征殺敵，為國家民族打前鋒為榮。像後來樂府詩〈豔歌羅敷行〉「何用識夫婿？白馬從驪駒」，及唐人詩「良人執戟明光裡」，也都是以丈夫為傲，以丈夫為榮的詩句，但卻都不如此詩所表現的周全而有意義。

然而公義與私情往往是衝突的。固然以丈夫能去殺敵衛國為榮，但總難免相思之苦，所以做妻子的在家就無心梳洗打扮了。本來嘛，女為悅己者容，丈夫不在家，又打扮給誰看呢？第二章對這位思婦的懶散心情，描寫得刻劃入微，也正表示她對丈夫愛情的深固。

第三章就寫出她渴盼丈夫之歸來，正如大旱之望雲霓。然而每天偏偏都是陽光普照，毫無雨意。丈夫的歸來，實在太渺茫了。她只好以相思度日，即使相思得頭痛，也心甘情願。真是所謂「衣帶漸寬終不悔，為伊消得人憔悴」啊！「願言」二字表示寄意的深厚，「甘心」二字寫出這位婦人的可憐可感。

末章寫這位婦人想消愁而愁更愁，以至於想藉健忘草使自己渾然忘掉一切，以免刻骨相思之苦。然而又到哪兒去找這健忘草呢？而且不相思又如何度日？乾脆相思下去算了，即使心頭鬱結成疾，也是樂於忍受的。

此詩對這位思婦的描寫，始則首如飛蓬，頭髮已亂，然而還不至於病；後來就甘心首疾，頭已痛了，而心還沒有病。直到最後「使我心痗」，心也病了，心病是難醫的啊！筆法層層推展，以見征人離家之久，婦人思念之深。全詩無半句怨言，但感人之力卻特別深刻。真是一篇標準的好詩，開啟後世多少征人思婦「閨怨」詩的傑作！

不過像唐詩的「閨中少婦不知愁，春日凝粧上翠樓；忽見陌頭楊柳色，悔教夫壻覓封侯」，不如「打起黃鶯兒，莫教枝上啼；啼時驚妾夢，不得到遼西。」，而「打起黃鶯兒」詩又不如本篇之動人。這一篇是用一些特殊的事件（首如飛蓬，甘心首疾，焉得諼草……）說明她思念的心情，在藝術上是很有成就的。胡適小詩：「也想不相思，可免相思苦；幾度細思量，寧願相思苦」就是由此詩衍化而出的。

六、王風三篇

揚之水

【故事介紹】

話說周朝自平王遷都洛邑，已經聲威不振了。再過五、六十年，南方的楚國越來越強大，時常興兵北上，併吞漢水流域的小國。周桓王十六年，被封為子爵的楚國國君熊通，竟自稱楚王（死後的諡號是武王），通告漢水、淮水一帶諸侯，在沉鹿地方開會，黃、隨兩國不來參加，楚王就出兵攻打隨國，把隨國打敗，勢力就直逼王畿（周天子所直接統轄千里以內的地方）而來。於是周桓王不得不派兵戍守王畿外圍的申、甫、許等國，以為戒備。

有一家兄弟三人，都被徵調而去。先是大哥被徵前往中國，繼而二哥又被徵前往甫國，最後連家中僅剩剛新婚的三弟，也被徵前往許國戍守去了。這樣家中留下三個婦人，天天盼望她們的丈夫早日調防回來。一年過去了，沒有消息；兩年過去了，沒有消息；三年期限也快到了，還是沒有消息。日暮時分，三個婦人站立在村旁山溪激流的溪岸上，向南去的大路眺望，希望她們的丈夫會突然出現，但一點蹤影也沒有。

於是她們試著水占，來卜預兆。先由大嫂抱來一捆木柴，口中喃喃地向天禱告一番，便把整捆木柴拋向溪水中去。木柴被激流沖去，一下子不見了；可是一下子又浮出水面來，被幾塊大石擋住了。大嫂失望之至，似乎聽到大哥在她耳邊低語：「我的那個人兒喲，不能和我一塊兒來戍守中國，想念好想念啊！啥時我才能回家！」接著二嫂抱來一捆小樹枝，比大嫂的木柴要輕了不少。她禱告過後，拋向水中，小樹枝半浮半沉地沖下去，到幾塊大石那兒，也被擋住。二嫂耳邊似乎也聽到了二哥的低語。最後弟媳抱來一捆曬乾的蒲草，簡直像棉花一般輕鬆。她虔誠地跪下，叩了三個頭，然後禱告。禱告完再叩三個頭才站起來把蒲草拋下溪去。蒲草浮在水面，一沖就走。但沖到大石那兒，給二嫂的樹枝扎住了，同樣不再流下去。弟媳耳邊，也聽到了水卜給她的迴響。

三個婦人痴痴地站在那兒望著那遠處被擋住的柴草，直到月亮出來，銀光灑滿一地，還沒有回家。

【原詩】

揚之水，①不流束薪。②
彼其（ㄐㄧ jī）之子，③不與我戍申。④
懷哉懷哉，曷（ㄏㄜˊ hé）月予還歸哉！⑤
揚之水，不流束楚。⑥
彼其之子，不與我戍甫。⑦
懷哉懷哉，曷月予還歸哉！
揚之水，不流束蒲。⑧
彼其之子，不與我戍許。⑨
懷哉懷哉，曷月予還歸哉！

【語譯】

激盪飛濺的水呀，流不動一捆柴薪。我的那個人兒呀，不能和我一塊來戍守申。想念啊想念啊，什麼時候我才能回家！

激盪飛濺的水呀，流不動一捆楚木。我的那個人兒呀，不能和我戍守甫。想念啊想念啊！什麼時候我才能回家！

激盪飛濺的水呀，一捆蒲草都流不去。我的那個人兒呀，不能和我來戍守許。想念啊想念啊！什麼時候我才能回家！

【註譯】

①揚：水飛濺的樣子。

②束薪：一捆柴薪。
③其（ㄐㄧ）：語詞。之子：這人。指戍守人的妻子。
④申：姜姓國，在今河南南陽地方。戍：駐在那兒守備。
⑤曷（ㄏㄜˊ）：何。
⑥楚：樹名，荊棘之類。
⑦甫：也是姜姓國，也在今河南南陽一帶。
⑧蒲：草名。
⑨許：也是姜姓國，在今河南許昌縣。

【評解】

《詩經》多相同句，兩篇第一句相同的更常見。邶風〈柏舟〉和鄘風〈柏舟〉，第一句都是「汎彼柏舟」。國風中有三篇〈揚之水〉，每章的第一句更都是「揚之水」三字。但王風和鄭風的兩篇，所接的第二句是「不流束薪」、「不流束楚」那樣不稱心的句子。而唐風的一篇卻是：「揚之水，白石粼粼」，水清見底的那種舒暢的句子。於是日本人白川靜在他的《詩經》研究中，應用民俗學來研讀《詩經》。他研究的結果，告訴我們，這是古人的風俗，把柴束投入水中占卜吉凶，因卜得的預兆有好壞的不同，所以就有欣喜的歌唱和憂愁的申訴兩種詩歌的差異。日本《萬葉集》本詩歌總集中，尚有這種水占風俗的詩保留下來。那詩是：「伊人久別離，饒石清且淒；借水占安吉，伊家在河西。」又說：「日落渡津，柘枝漂逝；枝阻魚梁，勸君莫失。」久別相思，就去水占以卜安吉，完全和王風這篇〈揚之水〉的情景相符。「枝阻魚梁」得到不好預兆，就只好勸告一番。所不同的，日本的風俗水占是用柘枝，而我國周代是用「束薪」、「束蒲」，大同中有小異而已。

王風這篇〈揚之水〉，國立臺灣大學故校長傅斯年斷定是周桓王、莊王年間，周天子派兵戍守申、甫所產生的作品。因為「桓、莊以前，申、甫未被迫；桓、莊以後，申、甫已滅於楚。」他的推斷，最近情理。我現在再假定是周桓王十六年（公元前七〇四年）楚子稱王，會諸侯於沉鹿以後幾年間的事，並用白川靜的說法來解釋這詩。

葛藟

【內容提示】

這是大動亂時代流落異鄉者的悲歌。其內容可憐得像沿街喊爺要飯的乞丐，所以也有人稱之為亂世的「乞食之歌」。

【原詩】

緜緜葛藟（ㄌㄟˇ lěi），①在河之滸（ㄏㄨˇ hǔ）。②
終遠兄弟，③謂他人父。
謂他人父，亦莫我顧！
緜緜葛藟，在河之涘（ㄙˋ sì）。④
終遠兄弟，謂他人母。
謂他人母，亦莫我有！

【語譯】

牽連不斷的葛藤，牽牽連連河邊生。永離自己的兄弟，稱別人父親流浪外地。雖然對別人稱父親，人家對我絲毫沒有同情心！
葛藤牽牽連連長，長在河水水兩旁。永離自己的兄弟，流浪他鄉去把別人叫親娘，雖把別人叫親娘，也不把我放在心上。

緜緜葛藟，在河之漘ㄔㄨㄣˊ chún。⑤
終遠兄弟，謂他人昆。
謂他人昆，⑥亦莫我聞。

葛藤牽牽連連生，生在岸邊一層層。永離自己的兄弟，流浪他鄉去把別人叫大兄。雖把別人叫大兄，也不會聽到我的呼喊聲。

【註譯】

①緜緜：接連不斷的樣子。葛、藟（ㄌㄟˇ）都是蔓生的植物。
②滸（ㄏㄨˇ）：水邊。以上兩句是說葛藟牽連不斷，互相依託，生長在它所應該生長的地方；而人在亂世，流浪他鄉，無所依託，且不能在自己應該生活的地方生活，真是連無知的葛藟都不如啊！
③終：永。遠：讀作願，是遠離的意思。
④涘（ㄙˋ）：河邊。
⑤漘（ㄔㄨㄣˊ）：水邊、岸邊。
⑥昆：兄。

【評解】

這篇〈葛藟〉是大動亂時代人民流離失所的實錄，不必深解，而鮮明的印象，深深地留在讀者的腦際。真可抵得上杜甫的三吏（〈石壕吏〉、〈新安吏〉、〈潼關吏〉）、三別（〈新婚別〉、〈無家別〉、〈垂老別〉）諸詩。南洋華僑讀了，一定淚下，所以南洋華僑的宗親會、同鄉會特別發達。

牛運震說：「乞兒聲，孤兒淚，不忍卒讀。」每章用一疊句來轉折，最為得力。

采葛

【內容提示】

這是一首男子相思女友的戀歌。

【原詩】

彼采葛兮，①一日不見，如三月兮。

彼采蕭兮，②一日不見，如三秋兮。③

彼采艾兮，④一日不見，如三歲兮。

【語譯】

那人去採葛藤啦，一天見不到她，就像三月之久啦！

那人去採蕭荻啦，一天見不到她，就像三季之久啦！

那人去採艾蒿啦，一天見不到她，就像三年之久啦！

【註譯】

①葛：採之可以織粗細的葛布。

②蕭：荻，祭祀用。

③三秋：可解作秋季的三個月，也可解作三年，但此詩一章已有三月，三章有三年，所以此三秋應解為三季。

④艾：蒿屬，祭祀用或燃點灸病。即針灸中灸所用的艾草。

【評解】

男女相戀，被分開相思不得相見，男子即以相思度日，所以度日如年。當他相思度日的時候，今天推測她是去採葛了，明天推測她是去採蕭了，後天推測她去採艾了。並不是真的只有一天不見，也不是真的知道她在做什麼啊！也不是說一日不見，真像已分別三月三季三年那麼久長了。只是說一旦分別了，起初像是隔三個月沒見面，接著又像隔了三季沒見面，再久一些，就像三年不見了。這些都是強調他的心理感覺。誇張筆法，正合人心，便成好詩。所以「一日三秋」的成語也會被大家公認而普遍流行。正像李白〈秋浦歌〉說：「白髮三千丈，緣愁似箇長；不知明鏡裡，何處得秋霜？」大家也公認是首好詩。他的誇張筆法，粗看令人覺得不合情理。但細想，我們一個人的頭髮，至少有三萬根，只要每根一尺長，加起來就有三萬尺，不就是三千丈長了嗎？這是誇張的技巧。〈采葛〉的技巧，就在他用「一日不見」的話。

再說，李白用白髮代表「愁」，便想到伍子胥過昭關，一夜髮白的故事。在流亡的日子裡，難關在前，就會讓他愁得過一夜，像過了十年似的白了頭髮，更成了「一夜十年」。據說李白的〈秋浦歌〉，作於他流放夜郎的途中。亂世人的心情，往往趨向於極端，不是十分冷酷，就是非常熱烈。一日三月，一日三秋，以至一日三歲，就是產生於亂世的心理狀態。所以我們從社會心理學來分析，〈采葛〉詩可能是大動亂時代的產品。

七、鄭風六篇

緇衣

【內容提示】

公務員的生活是清苦的，但因為有位賢淑能幹的妻子，為他縫製合身的制服，讓他穿了去上班。下班回來，熱騰騰的飯菜已在等他。使他在清苦的生活中感到莫大的幸福，無上的安慰。本來，物質的清苦又算得了什麼？

【原詩】

緇（ㄗ zī）衣之宜兮，①敝，②予又改為兮！
適子之館兮，③還，予授子之粲兮！④
緇衣之好兮，敝，予又改造兮！
適子之館兮，還，予授子之粲兮！
緇衣之蓆兮，⑤敝，予又改作兮！
適子之館兮，還，予授子之粲兮！

【語譯】

黑色的制服很合身啊，等穿舊了，我再為你翻個新呀！去上辦公廳吧，下班回來，我就給你準備好飯菜啦！

黑色的制服很好看啊，等穿壞了，我再給你改一遍呀！去上辦公廳吧，下班回來，我就給你準備好飯菜啦！

黑色的制服很寬鬆啊，等穿破了，我再給你縫一縫呀！去上辦公廳吧，下班回來，我就給你準備好飯菜啦！

【註譯】

①緇（ㄗ）：黑色。緇衣：公務員上班時所穿的制服。
②敝：破舊。
③適：往。館：辦公廳。

④授：給。粲：同餐。
⑤蓆：寬大。

【評解】

此詩三章意思相同，只是為了押韻改了幾個字。這篇詩的好處，在於樸實中有一種溫馨恬淡之美。詩中用幾個單字「敝，還」作為意思的轉折，是很有技巧的寫法。而每章幾個「予」字「子」字，表現了兩人之間一種親密溫熱的關係，恰是相敬如賓的夫婦口吻。讀了它，在我們腦海中浮現出一幅儉樸而溫暖的小家庭圖畫：丈夫奉公守法，清廉盡職；妻子賢淑能幹，克勤克儉。家中收拾得樸實整潔，自己打扮得簡潔樸素，對丈夫體貼入微，對家計量入為出，使丈夫沒有後顧之憂而能安心於公務，真是標準的公務員家庭。如果全國公務員都能如此，政治哪有不清明之道？國家哪有不興盛之理？而這幕後的關鍵人物，卻是那位賢慧的主婦——公務員的妻子。朋友們！你們認為怎樣呢？

將仲子

【內容提示】

戀愛中的一對情侶，男的急於想找女的談情，而女的雖然也很想他，卻一再拒絕他來，為的是怕父母、兄長、以及鄰居的責罵恥笑。然而男的卻不聽這一套，一步步由爬過里門而跨越院牆而闖進花園，一路摧折花木，一闗闗地闖過來找她。愛情的力量使人勇敢，但這樣便變成不守秩序，犯了擾亂別人的不當行為了。所以女的就勸他不要做出越軌的行動。

【原詩】

將（ㄑㄧㄤ qiāng）仲子兮，①無踰（ㄩˊ yú）我里，②
無折我樹杞（ㄑㄧˇ qǐ）。③
豈敢愛之？畏我父母。

【語譯】

喊一聲仲子啊，可別爬過里門來呀！也別把那杞柳折斷啦！我哪兒是愛惜那杞柳，只怕父母罵我壞丫頭。我想仲子也想得夠苦惱的，可是父母的責罵我也受不了啊！

仲可懷也，父母之言，亦可畏也。
將仲子兮，無踰我牆，無折我樹桑。
豈敢愛之？畏我諸兄。
仲可懷也，諸兄之言，亦可畏也。
將仲子兮，無踰我園，無折我樹檀。④
豈敢愛之？畏人之多言。
仲可懷也，人之多言，亦可畏也。

喊一聲仲子啊，可別跨過我的牆呀，也別把那桑樹踩斷啦！我哪兒是愛惜那桑樹，只是怕哥兒們罵我太糊塗。我想仲子也想得夠苦惱的，可是哥哥們的責罵我也受不了啊！

喊一聲仲子啊，可別越過我的園呀！也別把我檀樹來踩斷呀！我哪兒是愛惜那檀樹，只是怕人們會羞辱。我想仲子也想得夠苦惱的，可是人們的羞辱我也受不了啊！

【註譯】

① 將（ㄑㄧㄤ）：語詞，沒有意義。仲子：古人兄弟姊妹的排行多用伯仲叔季，仲子就是老二的意思。

② 踰（ㄩˊ）：越過，或寫作逾。里：住處，即今之所謂村莊，古時二十五家為一里，里有里門。

③ 樹杞（ㄑㄧˇ）：杞樹，木名，即杞柳。

④ 檀：樹名。

【評解】

此詩描寫這位女孩子的心理可說刻劃入微。三章也是用的漸層式的寫法，寫「仲」的來到，由里而牆而園，一步步地逼近。是愛情的力量使他有這勇氣。而寫女孩子的畏懼心理，由父母而諸兄而眾人，關係由親近而漸漸疏遠，這是受了禮俗的約束，不敢做出越軌的行為。人際關係之中，當然父母和自己最為密切，父母對自己最為關心，所以首先要顧及的也是父母的態度，然後才是諸兄，做哥哥的在家中地位相當高，是有權管教妹妹的，所以說「諸兄」而不說「兄弟」。最後顧到的才是和自己沒有親屬關係的左右鄰人。父母諸兄的責罵是出於一種親人之間的愛護心理，而其他人的閒言閒語可就是一種恥笑的心理了。所以也要顧到，不能由於自己的不當行為而連累家人蒙羞。這個女孩子可以說很有理性而能夠「發乎情，止乎禮」，是值得我們稱讚的。

蘀兮

【內容提示】

秋風送爽，五穀收成，家人團聚，歡談共樂，唱出這支表現安和樂利，滿足幸福的純樸之歌來。

【原詩】

蘀（ㄊㄨㄛˋ tuò）兮蘀兮，①風其吹女。②
叔兮伯兮，倡，③予和（ㄏㄜˋ hè）女。④
蘀兮蘀兮，風其漂女。
叔兮伯兮，倡，予要（ㄧㄠ yāo）女。⑤

【語譯】

樹葉枯黃落下地啦，風兒一吹就飛起。
我的叔叔和伯伯呀，領頭唱歌我來和。
樹葉落地已枯黃啦，被風吹著飄蕩蕩。
我的叔叔和伯伯，你先領頭我接唱。

【註譯】

①蘀（ㄊㄨㄛˋ）：凡是草木皮葉脫落叫蘀，是秋天的景象。
②女：同汝。你。下同。
③倡：領頭唱。
④和（ㄏㄜˋ）：應和著合唱。
⑤要（ㄧㄠ）：接著唱。

【評解】

此詩兩章，意思與句法完全一樣，也是為押韻而換幾個字。讀了此詩，讓我們有一種知足常樂的感覺。炎熱的夏天過去，宜人的秋天來到，涼風習習，令人精神為之一振，倍覺舒暢。農田又有滿意的收穫，於是家人團聚一起，歡樂歌唱，由長輩們領頭，晚輩跟著相和。歌聲在秋風中飄蕩著，他們的幸福之感也在心湖中飄蕩著，這是一幅多麼美好的家庭和樂圖啊！

東門之墠

【內容提示】

鄭風多女戀男的詩，這就是女子思念男友的一篇真情流露的好詩。

【原詩】

東門之墠ㄕㄢˋ shàn，①茹ㄖㄨˊ rú藘ㄌㄩˇ lǔ在阪ㄅㄢˇ bǎn。②
其室則邇ㄦˇ ěr，③其人甚遠。
東門之栗，④有踐家室。⑤
豈不爾思？⑥子不我即。⑦

【語譯】

東門門外土墩高，斜坡上面長茜草。
他家的房子在眼前，他的人兒卻很遠。
東門門外有栗樹，排列整齊有房屋。
我豈不把你常思念，你不來找我可怎麼辦！

【註譯】

①墠（ㄕㄢˋ）：土墩。

②茹藘（ㄖㄨˊ ㄌㄩˊ）：茜草，可染絳色。阪（ㄅㄢˇ）：斜坡，不平的地方。

③邇（ㄦˇ）：近。

④栗：栗樹。

⑤有踐：踐然，排成行列。

⑥爾：你。

⑦即：親近。

【評解】

這是一篇女戀男的情詩，鄭風多女戀男是其特點之一。此詩首章詩人寫女子因戀其男友，不自覺地走到男友居處去探望。但限於禮儀，徘徊不前，所以有「其室則邇，其人甚遠」的名句產生。次章女子又去遙望男友的居處，終於直陳其相思之苦，而怪她男友不來探望她，微露怨意。全詩真情流露，毫不造作，不需斧鑿，而技巧上乘，並合於「哀而不傷，怨而不怒」的條件，實在是一篇不可多得的好詩。

明人鍾惺說：「秦風秋水伊人六句，便是室邇人遠妙注。」（按：秋水伊人指秦風〈蒹葭〉）

風雨

【內容提示】

淒風苦雨之夜，妻子在漆黑的空房裡獨宿，格外覺得恐懼孤寂。這時，忽聽得群雞齊啼，而所期待的丈夫居然冒著風雨回到家來了。你說，這該是多麼高興啊！

【原詩】

風雨淒淒，雞鳴喈喈（ㄐㄧㄝ jiē）。①
既見君子，云胡不夷。②
風雨瀟瀟，③雞鳴膠膠。④
既見君子，云胡不瘳（ㄔㄡ chōu）。⑤
風雨如晦（ㄏㄨㄟˋ huì），⑥雞鳴不已。

【語譯】

是一個風雨淒淒，雞鳴喈喈的夜晚，我好不孤單寂寞而又害怕啊！正在此時，丈夫忽然回來了，見到了他，內心怎麼會不喜悅呀?!

是一個風雨瀟瀟，雞鳴膠膠的夜晚，我好不孤單寂寞又害怕啊！正在此時，丈夫忽然回來了，見到了他，我的心病怎麼不馬上好呀?!

是個天昏地暗的風雨之夜，公雞不停地在啼叫，既見君子，云胡不喜。

我好不孤單寂寞又害怕啊！丈夫忽然回來了，見到了他，我的內心怎麼會不喜歡呀?!

【註譯】

① 喈喈（ㄐㄧㄝ）：雞鳴的聲音。

② 云胡：如何。夷：喜悅。

③ 瀟瀟：暴風雨的聲音。

④ 膠膠：雞鳴的聲音。

⑤ 瘳（ㄔㄡ）：病痊癒。

⑥ 晦（ㄏㄨㄟˋ）：天色昏暗。

【評解】

這是一篇風雨懷人的名作，在氣氛的傳達方面，獲得特別的成功。在風雨侵襲，黑暗籠罩，人們徬徨無主的時代，「風雨如晦，雞鳴不已」兩句詩，常被引用來鼓舞人心，衝破黑暗，迎接黎明！人們受到這兩句詩的感應，正會有重新振作，堅定意志，繼續奮鬥的一股力量產生出來。其作用簡直是一服醫治心病的靈藥！我們讀到這詩篇，也像詩中主人般獲得無比的欣喜了！

姚際恆對此詩做過一番分析工夫：首章喈喈是頭雞鳴（初號），次章膠膠是二雞啼（再號），三章不已是三雞啼（三號）。三雞啼就是黎明時分了。他說：「如晦，正寫其明也；惟其明，故曰如晦。惟其如晦，則淒淒瀟瀟時尚晦可知。詩意之妙如此，可與語而心賞者。」

牛運震評此詩說：「風雨雞鳴，一片陰慘之氣，亂世景況如見。」又說：「景到即情到，首二句令人慘然失歡；接下既見君子，便自渾化無痕，即此可悟作詩手法。」

出其東門

【內容提示】

一位男子愛情很專一，雖然處於美女如雲的環境中，仍然無動於衷，心中只想著他那位裝飾樸素的糟糠之妻。詩人就為他寫下了這篇讚美的詩。

【原詩】

出其東門，有女如雲。
雖則如雲，匪我思存。①
縞（ㄍㄠˇ gǎo）衣綦（ㄑㄧˊ qí）巾，②聊樂我員。③
出其闉（ㄧㄣ yīn）闍（ㄉㄨ dū），④有女如荼（ㄊㄨˊ tú）。⑤
雖則如荼，匪我思且（ㄐㄩ jū）。⑥
縞衣茹藘（ㄌㄩˇ lǚ），⑦聊可與娛。⑧

【語譯】

走出東門啊出東門，看見美女一大群。雖然有美女一大群，卻都不是我的意中人。白布衣服青佩巾，聊且快樂我心神。
走出曲城啊出曲城，美女多似茅草花兒遍地生。雖似茅草花兒遍地生，一個也不能動我情。白布衣服佩巾紅，和她相處才樂融融。

【註譯】

①匪：不是。思存：思之所存，即在念，所想念的。

②縞（ㄍㄠˇ）衣：白布衣。綦（ㄑㄧˊ）巾：蒼艾色的佩巾。縞衣、綦巾都是貧寒女子的服裝。

③聊：且。員：同云，語詞。

④闉（ㄧㄣ）：曲城，城門外面，還有牆環繞以遮蔽城門的小城，即所謂甕城。闍（ㄉㄨ）：城臺，曲城上有臺。

⑤荼（ㄊㄨˊ）：茅草花。形容人很多。

⑥且（ㄐㄩ）：語詞。

⑦藘（ㄌㄩˊ）：即茜草，可以染絳色。此處是指用茜草所染絳色的佩巾。

⑧娛：樂。

【評解】

我們讀過〈谷風〉和〈氓〉兩篇描寫棄婦的詩，好像天下男子都是負心漢似的，其實並不然。像這篇〈出其東門〉，詩中的男主角就是一位不厭糟糠之妻，而無動於成群美女的好丈夫。本來，夫妻一體，同甘共苦，平常還不覺得怎樣，遇到災難病患時，才更看出夫妻之情的可貴。那些打扮得花枝招展的美女，跟自己毫無關係。也許她會在你有錢有勢時，跟你逢場作戲，然而卻只能和你「有福同享」，而不能和你「有難同當」。到了災難來臨你無錢無勢時，她會一走了之，此時再想到家中黃臉婆的好處，恐怕已經晚了。所以本詩中男主角的可佩，就在於他心中只有他那糟糠之妻。她，衣著樸素，不刻意修飾，卻自有她純樸自然的美麗，和對丈夫永恆不變的愛心。這豈是那些路柳牆花所能比得了的?!所以奉勸世上的男士們，當你在外遇到其他美女時，就應該想想家中的糟糠之妻，學學本詩男主角的可佩作風。那麼，世上就可減少多少破裂的婚姻和不幸的家庭了。

八、齊風三篇

盧令

【內容提示】

這是詩人描寫齊國人俗尚游獵的詩，短短幾句，卻是一篇絕妙小品。

【原詩】

盧令令，①其人美且仁。

【語譯】

黑色獵狗脖頸下面環叮噹，獵人英俊又有好心

盧重環，②其人美且鬈（ㄑㄩㄢˊ quán）。③

盧重鋂（ㄇㄟˊ méi），④其人美且偲（ㄙㄞ sāi）⑤。

腸。

黑色獵狗脖頸下面子母環，獵人英俊又強健。

黑色獵狗脖頸下面有重環，獵人英俊好壯漢。

【註譯】

①盧：黑色獵狗。令令：即鈴鈴，犬脖所戴頸環發出令令的聲音。

②重環：子母環，大環套小環。

③鬈（ㄑㄩㄢˊ）：勇壯。

④鋂（ㄇㄟˊ）：一環套兩個環。

⑤偲（ㄙㄞ）：強壯。

【評解】

齊國地處濱海，有漁鹽之利，國家富庶，所以人們有閒情逸致玩鬥雞走狗以消遣。他們雖好打獵，但卻不像秦國人借打獵習武藝，而是為了誇耀自己的本領像〈還〉，以及炫耀打獵時的裝備像本篇，詩人就他所見而作詩歌詠它。每章只有兩句八字，三章連環式的疊詠，共只有二十四字。但既寫獵犬的修飾，又寫獵人的丰姿，讀了已給人留下深刻的印象。而且讀起來音調和諧，很有韻味，可稱絕妙小品。

全詩重點在寫聲容美觀，以「令令」二字表聲，以重環、重鋂、鬈、偲等字表聲容，而不重視獵犬的猛鷙，獵人的勇武，這表現了生活的藝術化，也反映了齊俗趨向浮誇的一面。

還

【內容提示】

齊國人愛好田獵，這詩描摹齊人驅馳追逐，互相稱譽，情景如繪，等於是一幅齊人田獵的風情畫。詩中寫齊俗的風尚，齊人的性格，寫得那麼深刻生動，比〈盧令〉更活！更絕！

【原詩】

子之還（ㄒㄩㄢˊ xuán）兮，①遭我乎猺（ㄋㄠˊ náo）②之間兮。
竝驅從兩肩兮，③揖（一 yī）我謂我儇（ㄒㄩㄢˊ xuán）兮。④
子之茂兮，⑤遭我乎猺之道兮。
竝驅從兩牡兮，⑥揖我謂我好兮。
子之昌兮，⑦遭我乎猺之陽兮。
竝驅從兩狼兮，揖我謂我臧兮。⑧

【語譯】

你的身手好便捷啊，在猺山之間遇到我啦。
並駕齊驅追兩肩啊，作揖誇我好矯健啊！
你的本事真正好啊，在猺山道上咱碰到啦。
並駕齊驅追獸兩隻呀，作揖誇我了不起啊！
你的身體好強壯啊，在猺山南面咱遇上啦。
並駕齊驅追兩狼呀，作揖誇我技精良啊！

【註譯】

①還（ㄒㄩㄢˊ）：便捷的樣子。
②遭：遇到。峱（ㄋㄠˊ）：齊國山名。
③竝：即並字。從：同蹤，追蹤。肩：即豣字，獸三歲叫肩。
④揖（ㄧ）：拱手作揖行禮的樣子。儇（ㄒㄩㄢˊ）：同旋，健捷的樣子。
⑤茂：才美。
⑥牡：雄性的獸。
⑦昌：盛壯。
⑧臧：善。

【評解】

清人方玉潤《詩經原始》評此詩說：「〈還〉，刺齊俗以弋獵相矜尚也。序謂刺哀公，然詩無『君』、『公』字，胡以知其然耶？此不過獵者互相稱譽，詩人從旁微哂，因直述其詩，不加一語，自成篇章，而齊俗急功利，喜夸詐之風自在言外，亦不刺之刺也。至其用筆之妙，則章氏潢云：『「子之還兮」己譽人也；「謂我儇兮」，人譽己也；

並驅則人已皆與有能也。』寥寥數語，自具分合變化之妙，獵固便捷，詩亦輕利，神乎技矣！」

宋人呂祖謙說：「當是時，齊以游畋成俗，馳驅相遇，意氣飛動，鬱鬱見於眉睫之間，染其神者深矣。」還詩寫出了齊國民風的特色。

牛運震《詩志》評此詩：「意氣飛動，栩栩眉睫之間。」姚際恆《通論》更說此詩「多以我字見姿。」普賢說：「此詩以白描勝，寫來如見其人，如聞其聲，如電影的放映，而且成功地把典型的一群齊國獵人活畫了出來。是詩，是畫，也是一部風格別具的影片。」

東方未明

【故事介紹】

魏文侯的長子名擊，次子名摯。摯年紀小，魏文侯卻立他為太子，將來好繼承他的君位。而把中山這個地方封給擊，叫他去做中山的國君。魏文侯和擊之間，三年沒有往來。擊的手下趙倉唐上前進言說：「為人子的三年不向父親請安，不能算孝子；為人父的三年不查問兒子，不能算慈父。你為什麼不派個使者去朝見你父親呢？」擊說：「我很久就想這樣做，只是沒有找到可派的人員！」趙倉唐說：「我願意去！」擊說：「好！」因此趙倉唐就問擊他父親有什麼嗜好？擊說：「我父喜歡玩北方出產的狗，愛吃一種叫晨鳧的野鴨。」於是趙倉唐找到北犬和晨鳧作為禮物，帶了去見魏文侯。

趙倉唐到達魏文侯的宮庭，請人傳話給魏文侯說：「不肖子擊的使者不敢當著大夫們上朝時來進見，請在空閒時奉上晨鳧，敬獻給廚師好做給君侯吃；牽了北犬交給管事的好讓君侯玩。」文侯聽了很高興地說：「擊真是愛我，知道我愛吃什麼，曉得我愛玩什麼。」於是就召趙倉唐進見，問道：「擊還好嗎？」倉唐只應了兩聲：「嗯，嗯。」又問：「擊沒有煩惱嗎？」倉唐仍只是「：「嗯，嗯。」卻不說下去。文侯問：「你怎麼不答我話呢？」這時趙倉唐才說：「君侯已封太子為中山小國的國君，竟然直呼其名，於禮不合，所以不敢回答。」文侯吃了一驚，趕快很正經地問：「中山君還好嗎？」倉唐說：「臣來時中山君恭敬地送臣到郊外，身體很好。」又問：「中山君的身材高矮，長得比我怎樣？」倉唐說：「不敢和君侯相比，不過，我想如果把君侯的衣服賜給中山君，他一定穿得很合身。」問：「中山君平常讀什麼書？」倉唐答：「《詩經》。」文侯又問：「喜歡讀《詩經》裡的哪幾篇？」倉唐說：「喜歡〈晨風〉和〈黍離〉。」魏文侯就自己念出〈晨風〉詩來：「鴥（ㄩˋ yù）彼晨風，鬱彼北林；未見君子，憂心欽欽。——如何如何，忘我實多！」（那隻晨風鳥很快地飛著，那北面的樹林長得很茂盛。沒有見到君子你，我內心非常憂愁。他對我怎麼樣？他對我怎麼樣？他實在完全忘記我了啊！）念完，文侯說：「中山君以為我忘記他了嗎？」倉唐說：「不敢，時常想念君侯而已。」文侯又念出〈黍離〉來：「彼黍離離，彼稷之苗。行邁靡靡，中心搖搖。知我者謂我心憂；不知我者謂我何求。悠悠蒼天，此何人哉？」（那些黏米的穗子長長地下垂，那些小黃米正長出了幼苗。我慢騰騰地走路，心神恍惚不定。了解我的，說我心裡憂愁；不了解我的，說我還想有什麼要求。高高在上的蒼天啊！這些責備我的是什麼人啊？」文侯就問：「中山君怨恨我嗎？」倉唐說：「不敢，時常想念君侯而已。」

魏文侯於是就賞賜中山君一套衣服，用盒子裝好，命趙倉唐帶去，並叮囑他一定要在雞鳴時到達。帶到後，中山君跪拜受賜，打開盒子一看，上衣和下裳都顛倒地放著，中山君說：「趕快備好車馬，君侯召我去啊！」倉唐說：「臣回來時君侯並沒有下這道命令啊！」中山君說：「君侯賜我衣裳，不是為了禦寒；他想召我去，但耳目眾多，不便明說，所以把衣裳顛倒放著；而且你剛才說君侯叮囑你在雞鳴時到達。《詩經》裡不是說嗎？『東方未明，顛倒衣裳；顛之倒之，自公召之。』這不是召我去嗎？」

中山君前往晉謁，魏文侯大喜，就備酒席招待並宣布說：「遠離賢能而親近寵愛的人，不是國家社稷的長治久安之策。」就恢復太子擊為繼承人，而派次子摯出去，封為中山君。

魏文侯藉〈晨風〉、〈黍離〉兩詩來了解太子的心意，已經像把詩篇作為謎語來猜謎，這還有些像春秋時代外交上的賦詩言志的遺風。至於顛倒了衣裳送給太子擊，傳達秘密的心意，簡直將《詩經》代替密碼來應用了。故事極妙，真是天下奇聞，今古奇觀呀！

【原詩】

東方未明，顛倒衣裳。①
顛之倒之，自公召之。②
東方未晞（xī），③顛倒裳衣。
倒之顛之，自公令之。
折柳樊圃，④狂夫瞿瞿（qú）。⑤
不能辰夜，⑥不夙則莫。⑦

【語譯】

東方還沒有發亮，就急急忙忙地穿衣裳，以致於把衣裳都穿顛倒了。所以會把衣裳穿顛倒，是因為國君發來了緊急的召喚令啊！

還沒到太陽要出來的時候，就匆匆忙忙地穿衣裳，以致於把衣裳穿顛倒了。所以會把衣裳穿顛倒，是因為國君發來了緊急的召喚令啊！

（因為摸黑往外跑）以致把柳條籬笆踩斷了。簡直像狂人似的驚慌四顧。這都是那個司夜官不好好盡責，把上朝的時間弄得不是太早就是太晚！

【註譯】

① 衣是上衣，裳是下衣，如褲子、裙子之類。顛倒衣裳即在黑暗中摸著褲子往頭上套，摸著上衣往腿上穿，形容匆忙之狀。

② 召是上對下的說法，即公（指齊國之君）有命令叫他去。

③晞（ㄒㄧ）：太陽將出來的時候。

④樊：籬笆。圃：菜園。形容臣下匆忙應召，驚慌趕路，天又沒亮，所以把柳條編的籬笆都踩斷了。

⑤瞿瞿（ㄑㄩˊ）：形容驚慌四望的樣子。

⑥辰夜即時夜，就是司夜的意思。司是管理，司時有專門管理夜間時刻的官，不能辰夜是怨司夜官不能管好夜間的時刻。

⑦夙：早。莫：音義同暮，晚。

【評解】

這是一篇諷刺齊國國君沒有法度，不管時間的早晚，隨便發布命令，弄得臣子手忙腳亂，驚慌失措的詩。寫得非常有趣。頭兩章意思差不多。〈曲禮上〉說：「父召無諾，君命召不俟駕。」父親召喚兒子，不要先說「是」然後再站起來，而是要一邊站起來一邊答應，表示尊敬的意思。而國君有命令召喚臣下，不要等車馬駕好了再乘著去，而是要趕快走去，車馬駕好了隨後跟來，也是表示對國君的尊敬。所以在這篇詩裡，雖然天還沒亮，而有國君的召喚令，就匆忙穿衣趕去，以致在黑暗中把衣裳穿顛倒了。用顛倒衣裳來形容臣下接奉君命時的匆忙樣子，真是形容得太好了。最後一章更妙，因為急急趕路，在黑暗中竟把籬笆踩斷，這一來更驚慌四顧，尋找正當的走道。我們看「瞿」字的構造上面是一對眼睛，所以用「瞿瞿」二字形容這位臣下的驚慌四顧，更是維妙維肖，入木三分。為臣子者不免有所抱怨，但卻不能抱怨國君，只好抱怨那司夜官不盡職守。因為齊君起居無時，既有「未明之時」就會有「晚起之時」，是早是晚，都隨他的高興，這當然不能歸咎於司夜官。但詩人不願明說君上的過失，只好說是司夜官的不對。他這樣說，只是希望這詩能傳到齊君的耳朵裡而有所改過，一片忠君愛國之情溢於言表。

《詩》三百篇，本來是各種禮儀中所應用的樂歌，所以春秋時代的貴族們，一定要熟習它們，才可辦事。孔子教學生，也就把三百篇詩作為他的課本。孔子學生中，子夏是《詩經》的專家。子夏教授於西河，魏文侯尊他為師，所以當時魏國上下都熟讀《詩經》。孔子曾說：「不學《詩》，無以言。」又說：「誦《詩》三百，授之以政，不達；使於四方，不能專對，雖多，亦奚以為？」我們看了魏文侯召還太子擊的故事，知道到了戰國初年，雖已新樂盛行，三百篇不再用於國家大典，可是用《詩經》代言的功用，依然存在，而且已經發揮到了極點。趙倉唐也真有專對的才能，可以出使四方，不辱君命了。

九、魏風二篇

伐檀

【內容提示】

這是魏國農民終身勞動，而讓貴族們坐享其成的不平之鳴。

【原詩】

坎坎伐檀兮，①寘ㄓˋ zhì之河之干兮，②

【語譯】

砍伐檀木坎坎響，把它放在河岸上呀！（將

河水清且漣猗。③
不稼不穡（ㄙㄜˋ sè），④胡取禾三百廛（ㄔㄢˊ chán）兮？⑤
不狩（ㄕㄡˋ shòu）不獵，⑥胡瞻爾庭有縣貆（ㄏㄨㄢˊ huán）兮？⑦
彼君子兮，⑧不素餐兮！⑨

坎坎伐輻兮，⑩寘之河之側兮，
河水清且直猗。
不稼不穡，胡取禾三百億兮？⑪
不狩不獵，胡瞻爾庭有縣特兮？⑫
彼君子兮，不素食兮！
坎坎伐輪兮，寘之河之漘（ㄔㄨㄣˊ chún）兮，⑬
河水清且淪猗。⑭
不稼不穡，胡取禾三百囷（ㄐㄩㄣ jūn）兮？⑮
不狩不獵，胡瞻爾庭有縣鶉兮？⑯
彼君子兮，不素飧（ㄙㄨㄣ sūn）兮！⑰

有用之物，置於無用之地。好像有才幹的人不被任用）河水清清波盪漾呀！不耕種來不收割，為啥收取三百戶的米糧啊？既不狩也不獵，為啥看到豬獾掛在你家院牆上啊？那些大人貴族呀，吃飯絕不吃素呀！

坎坎伐木做車輻呀！把它放在河邊路呀，河水清清直流去呀！不耕種呀不收割，為啥取糧多又多啊？既不獵也不狩，為啥看到你家院牆上掛小獸啊？那些大人貴族呀，吃飯絕不吃素啊！

坎坎伐木做車輪呀，把它放在河水濱呀，河水清清起皺紋呀。既不收割不耕耘，為啥取糧三百囷呀？既不獵呀也不狩，為啥看到你家院中鵪鶉掛牆頭呀？那些大人貴族呀，吃飯絕不吃素啊！

【註譯】

①坎坎：伐木聲。檀：木名，質堅，可以做車。
②寘（ㄓˋ）：置，放。河之干：河岸。
③漣：風吹水起波紋。猗：同兮，語詞。
④稼：耕種。穡（ㄙㄜˋ）：收割。
⑤胡：何。廛（ㄔㄢˊ）：一夫所居叫廛，一夫有田百畝，三百廛就是三百戶人家的田賦。
⑥狩（ㄕㄡˋ）：冬天打獵。獵：夜間打獵。
⑦瞻：看到。縣：音義同懸。下同。貆（ㄏㄨㄢˊ）：獸名。
⑧君子：指貴族。
⑨素餐：素食。
⑩輻：古音讀若逼，車輪間的細木。
⑪億：萬萬叫億，三百億形容所取之多。
⑫特：獸三歲叫特。
⑬漘（ㄔㄨㄣˊ）：水涯、水邊。
⑭淪：輕風吹水成紋如車輪般。
⑮囷（ㄐㄩㄣ）：圓形穀倉。
⑯鶉：鵪鶉。

⑰ 飧（ㄙㄨㄣ）：熟食。

【評解】

魏國地隘民貧，農民們辛苦下地耕田，而他們收穫的糧食，卻進了貴族的穀倉；他們冒險入山打獵的獵獲物，卻掛在貴族的庭院。農民們一有空閒，還要義務勞動砍伐樹木，給貴族去造車乘坐。而貴族們卻藉重斂不勞而獲，席豐履厚，山珍滿桌，安坐而食。這詩用對照的手法，寫出社會的不合理、不公平來。用三章疊詠、一唱三歎的曲調申訴出來，博取人們的同情。而四字句外，又雜用了五字、六字、七字以至八字的長句來使句調變化，氣勢磅礴，不愧是國風中社會詩的傑作。

這詩可說是東周初年，農民覺醒，封建制度將趨崩潰的時代警鐘的第一聲。

碩鼠

【內容提示】

魏國統治者的貪婪重斂，把老百姓剝削得困苦無告，因而詩人將他們比做大老鼠來加以責問。並說百姓們將棄此而去，遷往樂土，來發洩他們心中鬱結的怨憤。

【原詩】

碩ㄕˊ shí 鼠碩鼠，①無食我黍！②
三歲貫女，③莫我肯顧。④
逝將去女，⑤適彼樂土。
樂土樂土，⑥爰得我所？⑦
碩鼠碩鼠，無食我麥！
三歲貫女，莫我肯德。⑧
逝將去女，適彼樂國。

【語譯】

大耗子啊大耗子，別再吞吃我的黃黍！小心伺候你整三年，你卻一丁點兒也不把我照顧。我發誓離開你這兒，搬家去找快樂土——快樂土啊快樂土，哪兒能找到我的安身所？

大耗子啊大耗子，別再吞吃我的小麥！小心伺候了你整三年，你卻一丁點兒也不感激我。我發誓離開你這兒，搬家去找快樂國——快樂國啊快樂樂國樂國，爰得我直？⑨
碩鼠碩鼠，無食我苗！
三歲貫女，莫我肯勞（ㄌㄠˋ lào）。⑩
逝將去女，適彼樂郊。⑪
樂郊樂郊，誰之永號？⑫

國，搬到哪兒才真值得？

大耗子啊大耗子，別再吞吃我的豆苗！小心伺候了你整三年，你卻一丁點兒也不把我慰勞。我發誓離開你這兒，搬家去找快樂郊——快樂郊啊快樂郊，誰還用得著長聲呼號？

【註譯】

①碩（ㄕˊ）：大。
②黍：有黏性的小黃米。
③三歲：三年。貫：伺候，或讀作慣，習慣，即大人對小孩百依百順給慣壞了的慣。女：即汝。下同。
④顧：照顧，莫我肯顧即莫肯顧我。
⑤逝：作誓講，即發誓。
⑥適：往。
⑦爰：「於焉」二字的合音，作何處講。所：安身之所。
⑧德：恩德，這句是說不感激我飼養你的恩德。

⑨直：即值，值得。
⑩勞（ㄌㄠˋ）：慰勞。
⑪郊：鄉野。
⑫永：長。號：呼號。

【評解】

看了以上的註釋，我們知道這詩並非真的對碩鼠講話，詩人所譴責的實在是魏國那些貪婪的統治者。他將他們比作碩鼠，要讓讀者自己去領悟，而始終沒有把他們明指出來。這就是「以彼物比此物」而只說彼物，卻避而不說此物，將此物隱蔽起來了。這是《詩經》中比體的特例，也是比體運用的高超手法。這在修辭學上說，就叫「隱喻」。用隱喻做成的詩，在西洋文學中稱為象徵詩；而我們中國，則稱之為「託物言志」。例如唐朝詩人駱賓王的〈在獄詠蟬〉詩：「露重飛難進，風多響易沉」，表面上是詠蟬，骨子裡是以蟬的高潔自比，而以風露暗射愛說人壞話的讒人。其中最有名的託物言志詩是曹植的〈七步詩〉：

煮豆燃豆萁，豆在釜中泣；
本是同根生，相煎何太急！

有許多事有許多話，在某種的環境裡是不宜或不許直說的，於是只得用託物言志的象徵手法來隱約地表現出來。文學作品經過這一番曲折，便有了含蓄之美，往往能到達一種微妙的境界，而耐人尋味，令人愛好，樂於欣賞。曹植〈七步詩〉，便是在他哥哥曹丕的煎迫之下，以託物言志的方式，感動了他哥哥的手足之情，才免於被殺的傑作。周南〈螽斯〉的比體，只是對比式的譬喻，而魏風〈碩鼠〉的比體，卻是象徵手法的託物言志。詩中表面上是責罵碩鼠之貪婪無情，而骨子裡所責罵的卻是魏國的統治者。因此，雖同屬比體而較之周南〈螽斯〉更令人激賞。

從前人解「爰」為「在彼處」，現在我們又增加了「在何處」的新解，這樣〈碩鼠〉三章，都以問句作結，格外生動有深度。因為本來是發誓要離去另找理想樂土，而一轉折間，憬悟於理想樂土之難於找到，希望的夢境即時幻滅，現實的困苦仍擺在眼前，令人徒喚奈何，這樣詩的意味更是無窮了。

十、唐風二篇

蟋蟀

【內容提示】

這不是反映晉人性格的最好例證嗎？晉人勤儉耐勞，已成習性。雖然也知道韶光易逝，人生幾何，歲暮閒暇時也應當及時行樂；但不敢放懷痛飲，更未歌舞狂歡，已覺享樂過度，就戰戰兢兢的以「好樂無荒」警戒自己。〈蟋蟀〉是一篇晉人的歲暮述懷詩，我們從這詩中，對晉人可有所認識。

【原詩】

蟋蟀在堂，①歲聿ㄩˋ yù 其莫ㄇㄨˋ mù。②
今我不樂，日月其除。③
無已大ㄊㄞˋ tài 康？④職思其居。⑤
好樂無荒，良士瞿瞿。⑥
蟋蟀在堂，歲聿其逝。⑦
今我不樂，日月其邁。⑧
無已大康？職思其外。⑨
好樂無荒，良士蹶蹶ㄍㄨㄟˋ guì。⑩
蟋蟀在堂，役車其休。⑪
今我不樂，日月其慆ㄊㄠ tāo。⑫
無已大康？職思其憂。
好樂無荒，良士休休。⑬

【語譯】

蟋蟀進到屋裡啦，一年又到年底啦。如今我們不享樂，時光就空過去啦。不是太享樂？只要想想我們的職責。享樂不能太過分，賢士都知要戒慎。

蟋蟀進到屋裡啦，一年又快消逝啦。如今我們不享樂，時光過去不留情呀！不是已經太享樂？只要想想什麼事情還沒做？享樂不要太過分，賢士都知道要勤謹。

蟋蟀進到屋裡啦，役車也該休息啦。如今我們不享樂，時光飛逝快快過。不是已經太享樂？只要想想什麼事情在煩我。享樂不能太過分，賢士才會放寬心。

【註譯】

①蟋蟀在堂：是說九月、十月時，蟋蟀因天氣寒冷而進到屋內。

②聿（ㄩˋ）：語詞。莫（ㄇㄨˋ）：暮。夏曆十月即周曆的十二月，已是歲暮。

③除：除去。

④大（ㄊㄞˋ）：太。康：樂。

⑤職：僅只。居：所居之事，即所負的責任。

⑥良士：賢士。瞿瞿：驚顧的樣子，即提高警覺戒慎恐懼。

⑦逝：消逝。

⑧邁：往，過去。

⑨外：其他的事。

⑩蹶蹶（ㄍㄨㄟˋ）：勤快做事。

⑪役車：在外行役的車。

⑫慆（ㄊㄠ）：跑。

⑬休休：安閑的樣子。

【評解】

這是唐風十二篇的第一篇，《左傳》記吳季子到魯國去觀周樂，給他歌唐風，大約就是唱的開頭這一、兩篇。季子批評說：「思深哉：其有陶唐氏（帝堯）之遺風乎？不然，何其憂之遠也！」《毛詩．序》以為這篇是晉僖公時（西周共和宣王年間）詩。也說：「此晉也，謂之唐，本其風俗憂深思遠，儉而用禮，乃有堯之遺風焉。」周初虞叔被封於唐堯故都晉陽，本稱唐侯，後改稱晉國。但《詩經》所輯歌謠仍稱為唐風。唐之遺風，是指憂深思遠，儉而用禮。所以《漢書．地理志》也說：「其民有先王遺教，君子深思，小人儉陋。」詩中描寫一年勤勞，過年時應該及時行樂，但馬上又怕太享樂了，以「好樂無荒」自我警戒，這就是本詩的特色。

本詩先寫時序變化，天氣寒冷了，野外的蟋蟀就跑進屋裡來了。（豳風〈七月〉詩有：「七月在野，八月在宇，九月在戶，十月蟋蟀入我床下。」）才知道光陰易逝，倏忽已經到年底，理應尋歡作樂一番了。到此才表現心胸開曠，人生達觀。文筆一放縱，還沒有敘怎樣尋歡作樂，放懷暢飲，歌舞狂歡等，卻已筆鋒陡轉，出人意外，緊接著一連串的說：「無已大康，職思其居。好樂無荒，良士瞿瞿」來緊緊的束縛住自己。這種不忘職責，刻苦自己，戰戰兢兢，不許稍存放縱之念的作風，固然是晉人的性格，也是晉國強盛的基本條件。而且也形成了我中國民族性的一部分。與歐美民族的工作時專心工作，玩樂時只管玩樂，略異其趣。以前華僑的所以能立足於海外，也靠這一點能時時刻苦勤奮的長處。可是西俗之工作玩樂兩不牽掛，才完全符合「一張一弛，文武之道」！我們不贊同西人以追求工作效率為目標的生活，但我們今日工作效率的提高，正當休閒生活的提倡，還是得特別注意的。

葛生

【內容提示】

夫婦情篤，有一個先去世，另一個則悼念不已。從此在她有生之日，盡是傷悼哀思之年，只願在自己度完殘生之後去和他團聚。

【原詩】

葛生蒙楚，①蘞（ㄌㄧㄢˋ liàn）蔓于野。②
予美亡此，誰與？獨處！
葛生蒙棘，③蘞蔓于域。④
予美亡此，誰與？獨息！
角枕粲兮！⑤錦衾（ㄑㄧㄣˊ qín）爛兮！⑥
予美亡此，誰與？獨旦！⑦
夏之日，冬之夜。

【語譯】

葛藤繞著楚樹長，蘞草一片遍地生。我愛的人兒不見了，有誰來陪伴啊？獨自一人好可憐！
葛藤繞滿了小棗樹，蘞草一片墓地生。我愛的人兒不見了，有誰來陪伴啊？獨自安眠好可憐！
牛角枕頭亮晶晶，錦緞被子閃爍紅。我愛的人兒不見了，有誰來陪伴啊？獨自一人挨天明！
天天像夏季的白晝那麼漫長，夜夜像冬天的夜晚百歲之後，⑧歸于其居。
冬之夜，夏之日。
百歲之後，歸于其室。

不到天亮。等我過完了這餘年，回到你那兒去團圓。

夜夜像冬天的夜晚不見天亮，天天像夏季的白晝那麼漫長。等我過完了這餘年，回到你那兒去團圓。

【註譯】

①葛：葛藤，蔓生植物。蒙：掩蓋。楚：樹名，楚荊樹。

②蘞（ㄌㄧㄢˋ）：草名，也是蔓生。

③棘：小棗樹。

④域：指墓地。

⑤角枕：用牛角裝飾的枕頭。粲：鮮明光亮的樣子。

⑥錦衾（ㄑㄧㄣˊ）：錦緞被子。爛：鮮明燦爛。

⑦旦：天亮。

⑧百歲：人壽百歲，此句說是老死後。

【評解】

這是一篇非常感人的悼亡詩，開頭兩句就引發了無限荒涼悽楚的氣氛，這種氣氛籠罩了全詩。這是詩人很善於利用外物增加悽愴的情緒，一看就知道是一種墓園的景象。所以接著就說「予美亡此」。而「誰與？獨處！」的一問一答，說的是死者也是說生者。因為從此以後天人永隔，各自過孤獨寂寞的日子了。

次章意思和首章差不多，最後的一問一答卻只是指死者，從此以後獨自在此安息了。

三章是從荒涼的墓園轉到溫馨的居室。然而舊日的溫馨徒然增加今日的悲悽，物在人亡，情何以堪！那美麗的枕頭，那閃亮的被子，曾經供他們度過多少甜蜜的歲月！而如今，死者已矣，生者睹物思人，輾轉難眠，忍受著孤獨寂寞挨到天亮。所以這章的一問一答是指生者而言。下面四、五章就接敘生者的情況。

四章、五章用日夜、冬夏顯示歲月的流轉。日夜表示天天，冬夏代表年年。夏日晝長，冬日夜長，從此以後生者所過的日子，天天都像夏天的白晝那麼漫長，夜夜都像冬天的夜晚挨不到天亮。就這樣，度日如年，從此有生之時盡是相思之日，其悲悽傷痛可想而知。

詩中纏繞的葛藤象徵兩人感情的糾結纏綿；遍地的蘞草，象徵對死者的綿延思念。所以這兩種植物在詩中的作用，一方面是環境的寫實，一方面是情感的象徵，更有著比喻的含蓄。

這詩之所以感人，固然是由於所表達感情的真摯，但利用外物如葛藤、蘞草的烘托，也是很有關係的。這些外物不只是描繪出荒涼的景象，更增加傷痛的情緒。用角枕、錦衾回憶舊日的歡樂，接著就轉到今日誰與獨旦的冷落。這是用一種對照的寫法，這種寫法，可以增加舊時和今日感情的濃度。而整篇詩，字裡行間處處都充滿一種悽愴酸楚，悲痛難抑的情緒，令人不忍卒讀，真是一篇上乘的悼亡詩。

十一、秦風四篇

蒹葭

【內容提示】

〈蒹葭〉描寫的是在長著一片蘆荻的浩渺秋水中，尋找一個人的詩篇。有人說是追蹤情人的戀歌，有人說是懷友訪舊的作品，也有人說是求賢招隱之詩，更有人說是祭祀水上女神之曲，這些都可言之成理。總之，它對你有若隱若現的神秘感，有不可捉摸的誘惑力。加上它措詞婉秀雋永，音節的流轉優美，言有盡而意無窮，真使人百讀不厭，可稱三百篇中抒情詩的代表作。

【原詩】

蒹（jiān）葭（jiā）蒼蒼，①白露為霜。
所謂伊人，②在水一方。③
遡（sù）洄（huí）從之，④道阻且長；
遡游從之，⑤宛在水中央。⑥

蒹葭淒淒，⑦白露未晞（xī）。⑧
所謂伊人，在水之湄（méi）。⑨
遡洄從之，道阻且躋（jī）；⑩
遡游從之，宛在水中坻（chǐ）。⑪

蒹葭采采，⑫白露未已。
所謂伊人，在水之涘（sì）。⑬
遡洄從之，道阻且右；⑭
遡游從之，宛在水中沚（zhí）。⑮

【語譯】

蘆荻一片色蒼蒼，白露落上變為霜。
我所說的那個人，就在河水水一方。
逆著水流去找他，道路阻礙又漫長；
順著流水把他找，好像就在水中央。

蘆荻萋萋一大片，上面的露水還沒乾。
我所說的那個人，就在河水水岸邊。
逆著水流去找他，道路阻礙上坡難；
順著流水把他找，像在水中高沙灘。

蘆荻采采一大片，露水還沒完全乾。
我所說的那個人，就在河水水涯邊。
逆著水流去找他，道路阻礙又多彎；
順著流水把他找，又像在水中小洲間。

【註譯】

①蒹葭（ㄐㄧㄢ ㄐㄧㄚ）：蘆荻。蒼蒼：深青色，形容蘆荻之盛多。

②伊人：那個人。

③一方：一旁。

④遡洄（ㄙㄨˋ ㄏㄨㄟˊ）：逆流而上。

⑤遡游：順流而涉。

⑥宛：好似，彷彿。

⑦淒：一作萋，茂盛的樣子。

⑧晞（ㄒㄧ）：乾。

⑨湄（ㄇㄟˊ）：水邊。

⑩躋（ㄐㄧ）：升。

⑪坻（ㄔˊ）：水中高地。

⑫采采：茂盛的樣子。

⑬涘（ㄙˋ）：水涯。

⑭右：迂迴。

⑮沚（ㄓˇ）：小渚，即水中高出的小洲。

【評解】

陳風之有〈月出〉，秦風之有〈蒹葭〉，都是在形式上仍保留著民間歌謠三章疊詠的形式，而詩的意境已超越民歌，進而為「詩人之詩」的傑作了。王國維在《人間詞話》裡就說：「《詩・蒹葭》一篇，最得風人深致。」在敵愾同仇，殺伐氣氛濃厚的秦風中，忽然出現〈蒹葭〉這樣一篇高逸出塵的抒情詩，尤覺有清新之感。

〈蒹葭〉的內容，你可當它是一首情歌讀，可當它是一首訪友詩讀，但也不妨當它是一篇求賢招隱的詩歌，甚至當它是有所寄託的象徵詩來欣賞。日人白川靜更因〈漢廣〉三家詩有漢水女神的傳說，指此詩為漢水上游祭祀女神的歌曲。我們試讀《楚辭》祭神〈九歌〉的〈湘君〉、〈湘夫人〉兩詩，也確有些相似。

牛運震評這詩說：「國風第一篇縹緲文字。『所謂伊人』，神魂隱躍，不可色相。鍾惺以為可想不可名是也。」的確，這篇詩的表現方法極淡遠，而有一往情深之感。用景來寫情，極纏綿、極惝恍，蕭疏曠遠，情趣絕佳，在悲秋懷人之外，更有一種可思不可言的深沉感慨。

黃鳥

【內容提示】

秦穆公是秦國歷史上少有的偉人，多少人讚美他！多少人崇拜他！但等他死了，這篇〈黃鳥〉詩並不哀悼他，卻只哀悼子車的三兄弟，而且是出乎絕對的真情。為什麼呢？只因為當時有用活人殉葬的壞風俗，穆公沒能革除，而為他殉葬的人達一百七十七人之多，連當時傑出的人物子車氏三兄弟也被迫殉葬了。秦人就寫下這篇哀悼「三良」的詩。

【原詩】

交交黃鳥，①止于棘ㄐㄧˊ jí。②
誰從穆公？③子車ㄐㄩ jū奄息。④
維此奄息，⑤百夫之特。⑥
臨其穴ㄩˋ yù，⑦惴惴ㄓㄨㄟˋ zhuì其慄ㄌㄧˋ lì。⑧

【語譯】

黃鳥唧唧叫得好哀傷，唧唧叫著棲止在酸棗樹上，是誰跟了穆公去殉葬？子車家的奄息最遭殃。說起這個奄息，能力抵得百人強。走到他的墓穴旁，嚇得全身發抖心發慌。那青天大老爺我彼蒼者天，殲（ㄐㄧㄢ jiān）我良人！⑨
如可贖（ㄕㄨˊ shú）兮，⑩人百其身。
交交黃鳥，止于桑。
誰從穆公？子車仲行（ㄏㄤˊ háng）。⑪
維此仲行，百夫之防。⑫
臨其穴，惴惴其慄。
彼蒼者天，殲我良人！
如可贖兮，人百其身。
交交黃鳥，止于楚。
誰從穆公？子車鍼（ㄓㄣ zhēn）虎。⑬
維此鍼虎，百夫之禦。⑭
臨其穴，惴惴其慄。
彼蒼者天，殲我良人！
如可贖兮，人百其身。

把你問，為什麼殺死我們的好人？如果能夠贖回他呀，犧牲一百個人我們都甘心！

黃鳥唧唧叫得好哀傷，唧唧叫著棲止在桑樹上。是誰跟了穆公去殉葬？子車家的仲行最遭殃。說起這個仲行，能力抵得百人強。走到他的墓穴旁，嚇得全身發抖心發慌。青天大老爺我把你問，為什麼殺死好人？如果能夠贖回他呀，犧牲一百個人都甘心！

黃鳥唧唧叫得好哀傷，唧唧叫著棲止在楚樹上。是誰跟了穆公去殉葬？子車家的鍼虎最遭殃。說起這個鍼虎，能力抵得百人強。走到他的墓穴旁，嚇得全身發抖心發慌。青天大老爺我把你問，為什麼殺死好人？如果能夠贖回他呀，犧牲一百個人都甘心！

【註譯】

①交交：通咬咬，形容鳥叫的聲音。
②棘（ㄐㄧˊ）：酸棗樹。
③從：從死，就是殉葬。穆公：秦穆公，春秋五霸之一。
④子車（ㄐㄩ）：姓。奄息：名。下二章子車仲行、子車鍼虎為其兄弟。
⑤維：語詞。
⑥特：匹，當。百夫之特就是說抵得上一百個人。
⑦穴（ㄩˋ）：墓穴。
⑧惴惴（ㄓㄨㄟˋ），形容害怕的樣子。慄（ㄌㄧˋ）：發抖。
⑨殲（ㄐㄧㄢ）：殺滅。良人：有才幹的人。
⑩贖：音ㄕㄨˊ。
⑪行：音ㄏㄤˊ。
⑫防：抵得上。
⑬鍼：音ㄓㄣ。
⑭禦：抵得上。

【評解】

《左傳》文公六年載：「秦穆公卒，以子車氏三子為殉；國人哀之，為之賦〈黃鳥〉。」這是〈黃鳥〉詩的本事。此詩作於秦穆公逝世之年，那是公元前六二一年。

陸侃如、馮沅君合著《中國詩史》批評說：「這是中國輓歌之祖，較〈薤露〉、〈蒿里〉之悲田橫，尤為沉痛。惜其人至願以身相贖，其情之真摯可知。故詩的音節也極為高亢，我們疑惑這是當時送葬的樂曲。各章章末相同的六句大約是合唱的。」糜文開說：「此詩雖極沉痛，仍能含蓄不露。三良殉葬，冷語怨天，這是含蓄，也是做詩的技巧。怨天即所以尤人，正不必破口大罵。後世之論詩者，或謂此詩刺穆公，或歸罪康公之不應從父之亂命。我們則著眼於後世能因此詩而革除殉葬之惡俗，此詩已發揮最大的力量，獲致最大的效果。這也就是詩之所以可貴。」

無衣

【故事介紹】

楚平王二年，平王派大臣費無極去秦國，給太子建娶秦哀公的妹妹孟嬴為妻。費無極見秦女漂亮，先一步回國，獻媚於平王，使平王自己娶孟嬴，而給太子另娶，並命他去鎮守城父，防守邊疆。後來無極又向平王說太子的壞話，說太子因為抱怨，就外交諸侯想要謀反。平王先召太子的太傅伍奢加以責問，伍奢勸平王不要聽小人之言而疏遠了至親骨肉。無極又勸王趁早制裁，平王就把伍奢打入大牢，並下令召回太子建，要殺掉他。太子建聽到消息，就逃到宋國去。費無極知道伍奢的兩個兒子都很能幹，不把他們殺掉將有後患，於是又建議平王命伍奢寫信叫他的兩個兒子到楚國的都城郢都來，那樣就可赦免他們父親的死罪。結果長子伍尚盡孝，遵父命而來。次子伍員（字子胥）說：「前往必全死，應逃亡活命，為父報仇。」於是就隻身逃到吳國去，幫助吳王來圖謀楚國。楚平王果然把伍奢、伍尚父子都殺死了。

楚平王十三年時去世，孟嬴所生的兒子珍即位，是為昭王。昭王十年（公元前五〇六年）因蔡國、唐國的請求，吳王闔閭與伍子胥大舉攻楚，十一月戰於柏舉，楚軍大敗，吳軍乘勝追逐，五戰而直搗郢都，掘平王墓，伍子胥鞭打他的屍首三百以洩憤。楚昭王倉惶北奔，流亡到隨國去躲起來。

伍子胥在楚國時，和楚國另一大臣申包胥很友善，當他逃向吳國去時，對申包胥說：「我一定要滅亡楚國。」申包胥說：「你若能把楚國滅亡，我就一定能把楚國復興。」如今楚國被打敗，昭王逃走，於是申包胥要實踐他當初對伍子胥立下的誓言，要恢復楚國。他想到楚昭王是秦哀公的外甥，只有秦國能救楚。就晝夜奔馳，西行去秦國討救兵。走得兩腳皮開血流，撕下衣裳包紮了再走，直奔秦國當時的都城雍州告急，請秦哀公看在甥舅的情分上出兵相救。秦哀公說：「我秦國兵員不足，將材又少，自保都還來不及，哪還能救人呢？」申包胥就對秦哀公說：「吳國早想併吞諸侯，滅楚不過是他第一步計劃。吳若滅楚，下次就輪到秦國了。現在發兵救楚，還來得及，和吳共分楚國土地；如果救楚成功，楚國一定感激秦國，情願世世北面事秦；若不救楚而楚亡，那不就等於秦國也喪失一大塊領土嗎？」秦哀公聽了這話，就請申包胥暫且在賓館歇息，他將從長計議，但終不肯發兵。

於是申包胥不解衣、不脫帽，站在秦庭之中，日夜號哭，其聲不絕。這樣哭了七日七夜，水漿一滴不入口，哀公知道了，大驚說：「楚國竟有如此急救君難的大夫啊？楚國有這樣的賢臣，吳國都還要滅掉它；而我秦國沒有這樣的賢臣，吳國豈能放過我們嗎？」哀公被感動得淚流滿面，就命樂隊唱起〈無衣〉這篇詩來，答應馬上出兵。〈無衣〉詩共三章，每唱一章，申包胥本來只要一拜以答禮。而今他每章三頓首，竟一共頓首叩了九個頭，這樣才挽救了楚國滅亡的命運。

【原詩】

豈曰無衣？與子同袍。①
王于興師，②脩我戈矛，③與子同仇。
豈曰無衣？與子同澤。④
王于興師，脩我矛戟ㄐㄧ jī，⑤與子偕ㄐㄧㄝ jiē作。⑥
豈曰無衣？與子同裳。⑦
王于興師，脩我甲兵，⑧與子偕行。

【語譯】

哪裡說沒有衣裳穿呢？我願和你共穿一件戰袍。天王說聲去打仗，就把戈矛修理好，去攻打我們共同的敵人好把國仇報！
哪裡說沒有衣裳穿？我和你戰褲共一件，天王說聲去打仗，就把矛戟修理好，和你一起總動員。
哪裡說沒有衣裳穿？我和你戰裙共一件。天王說聲去打仗，我的甲兵修理好，同把敵人去打跑。

【註譯】

①同：共同。袍：戰袍。

②王：指周王。于：曰，即說，發命令。

③脩：即修字，修理的意思，下同。戈、矛都是古時作戰的兵器。

④澤的音義同襗字，襗是內衣或褲子。

⑤戟（ㄐㄧ）：也是古代作戰的兵器。

⑥偕（ㄐㄧㄝ）：是共同、一起。作：興作，即起而行的意思。

⑦裳：下衣叫裳，如裙子之類。

⑧甲兵：也是指武器。

【評解】

秦人尚武，由這篇〈無衣〉詩充分看得出來，可以說是秦國的一首軍歌。而這篇詩最初的寫成，根據《史記．秦本紀》所記載的史事，應該是在秦襄公護衛周平王東遷的時候（公元前七七〇年）。我們知道周幽王被犬戎所殺，秦襄公就帶領軍隊救周有功；幽王的兒子周平王為避犬戎之難東遷洛邑，秦襄公護送周平王，周平王就封他為諸侯。秦襄公一生和戎人作戰，勤王救周，送王東遷，所以他都是為王興師，這篇〈無衣〉詩就是在那個時候寫成的。到秦哀公時（公元前五〇六年）為申包胥唱這篇現成的詩，作為對申包胥的回答了。

讀著這篇詩，的確可以振奮士氣，讓人油然生出一種同仇敵愾的心理。如果大隊人馬行軍時高歌此詩，更能使大家士氣如虹，增加殺敵的勇氣和信心。這篇詩的寫作方法也是漸層式的：第一章「同仇」只是一種心理狀態；二章「偕作」是共同站起來了；三章「偕行」，就共同一起上戰場殺敵了。所謂「同袍」、「袍澤之愛」的典故就是從這詩來的。當然，同袍、同澤、同裳，並不是真的共穿一件，只是表示同心同德、同仇敵愾的心理而已。

權輿

【內容提示】

這是反映春秋時代社會變遷的作品。沒落的貴族失去了依憑，以致於貧困到食不果腹的地步。往日的豪華徒成追憶，因而獨自悲歎，唱出這貴族沒落的哀歌來了。

【原詩】

於（ㄨ ū）！①我乎！夏屋渠渠（ㄑㄩ qū）；②
今也，每食無餘。
于嗟乎！③不承權輿！④
於！我乎！每食四簋（ㄍㄨㄟˇ guǐ）；⑤
今也，每食不飽。
于嗟乎！不承權輿！

【語譯】

唉！我呀！從前是住的深院大屋，而如今呀，吃飯都沒得剩餘。唉嗐唉嗐呀！不能繼續當初那麼舒服！

唉！我呀！從前每飯都是四盤好菜餚；而如今呀，每飯都不能吃得飽。唉嗐唉嗐呀！不能繼續當初那麼美好！

【註譯】

①於（ㄨ）：歎詞。
②夏屋：大廈。渠渠（ㄑㄩ）：深廣的樣子。
③于嗟：同吁嗟，歎氣。
④承：繼續。權輿：起初、開始。造衡（度量衡即稱東西的稱）先造權（稱錘）；造車先造輿（車箱），所以權輿是開始的意思。
⑤簋（ㄍㄨㄟ）：扁圓形的食器。

【評解】

馮諼在孟嘗君門下做食客。孟嘗君起先沒有禮待他。他彈鋏而歌：「長鋏歸來乎！食無魚！」孟嘗君知道了，就給他魚吃。他又歌：「長鋏歸來乎！出無車！」於是又給他車子坐。但這篇〈權輿〉詩一再呼喊：「每食無餘」、「每食不飽」，都沒有迴響，只得自歎命薄，這和戰國時代競相養士的食客情形不同。這是春秋時代的詩，貴族紛紛沒落，而養士的風氣還沒盛行，所以解為貴族沒落的哀歌，比較合適。

兩章末二句也是召南〈騶虞〉一樣的章餘，不過一樣是「于嗟乎」，有一篇是讚美，一篇是悲歎的區別。

十二、陳風五篇

宛丘

【內容提示】

周武王封虞舜的後代嬀滿於陳，是為陳國的第一位國君陳胡公，並將自己的大女兒太姬嫁給他。太姬沒有生兒子，喜歡叫男巫、女巫作歌舞的表演來祈禱鬼神。陳國人民受她的影響，也就特別愛好歌舞音樂，整天遊蕩，沉溺於其中。詩人看不慣，就編支歌來描寫一番，諷刺一下。

【原詩】

子之湯兮，①宛丘之上兮。②
洵有情兮，③而無望兮。④
坎其擊鼓，⑤宛丘之下。
無冬無夏，值其鷺羽。⑥
坎其擊缶（ㄈㄡˇ fǒu），⑦宛丘之道。
無冬無夏，值其鷺翿（ㄉㄠˋ dào）。⑧

【語譯】

你只知道歌舞遊蕩啊，在那宛丘山上啊！
真是很有情調啊，卻沒有威儀可望呀！
鼓聲敲得坎坎響，在那宛丘山丘旁。
不分寒冬和炎夏，手揮著鷺羽跳舞耍。
敲打著瓦盆坎坎響，在那宛丘山道上。
不分寒冬和炎夏，手持羽扇跳舞狂。

【註譯】

①湯：即蕩，遊蕩。
②宛丘：四方高中央低的山丘。
③洵：真正。
④望：德望、威望。
⑤坎：擊鼓聲。
⑥值：持，拿著。鷺羽：鷺鷥鳥的羽毛，跳舞時拿著指揮。

⑦缶（ㄈㄡˇ）：陶器，敲打著可以配合樂拍。

⑧鷺翿（ㄉㄠˋ）：用鷺羽所製的羽扇。

【評解】

跳舞是休閒的娛樂，也是藝術的表現，但在街頭道旁，城裡城外到處跳舞，已經不像話；現在還整年累月，無冬無夏的只是跳舞，沉溺於玩樂，更不成體統，這個國家的前途也就可想而知了。難怪吳季子聽了樂工歌唱陳風，要說：「國無主，其能久乎」了。

有人說：舞是頌詩的特徵。但陳風的〈宛丘〉、〈東門之枌〉兩詩，雖都全篇不見一個「舞」字，卻是舞蹈的詩。足見國風也有舞的。不過，這和頌詩的又有音樂又有舞蹈是不同的。這只是描寫陳俗沉迷舞蹈的詩歌，對陳俗加以諷刺，並不是唱這兩詩時需要伴以舞蹈的。

清人馬瑞辰著《毛詩傳箋通釋》，解釋此詩「而無望兮」句，說「望」是祭祀的名稱。古時巫（女巫）、覡（ㄒㄧˊ xí，男巫）降神，必有望祭，所以「無望」可以解釋為沒有望祭。這樣解釋也通。因為巫、覡在行望祭時有歌舞，現在陳國人民不舉行望祭也整天跳舞，那就只是不務正業的遊蕩，這是千萬要不得的壞風氣啊！

東門之枌

【內容提示】

請看！詩人用白描手法，繪出了一幅陳國人民醉心歌舞，男女交歡的風情畫！這畫不用彩色來渲染，卻用歌聲來表現。

【原詩】

東門之枌（fén），①宛丘之栩（xǔ）。②
子仲之子，③婆娑（suō）其下（hù）。④
穀旦于差，⑤南方之原。
不績其麻，⑥市（pèi）也婆娑。⑦
穀旦于逝，⑧越以鬷（zǒng）邁。⑨
視爾如荍（qiú），⑩貽（yí）我握椒。⑪

【語譯】

東門外面有白楡，宛丘上面有栩樹，子仲家的女子啊，在那樹下婆娑起舞。

選個好日子，到南方平原上。不在家紡麻，只知跳快舞。

好時光是容易消逝的，大家趕快尋歡作樂吧！我看你像朵錦葵花，你就送我花椒一大把。

【註譯】

①枌（ㄈㄣˊ）：樹名，白榆。
②宛丘：四方高中央低下的丘山。栩（ㄒㄩˇ）：樹名，橡子。
③子仲：姓。
④婆娑（ㄙㄨㄛ）：跳舞的樣子。下：音ㄏㄨˋ。
⑤穀旦：吉日、好日子。于：語詞。差：選擇。
⑥績：紡。
⑦市（ㄆㄟˋ）：疾速。
⑧逝：過去、消逝。
⑨越以：于是。鬷（ㄗㄨㄥˇ）：眾多。邁：前行。
⑩荍（ㄑㄧㄡˊ）：錦葵花。
⑪貽（ㄧˊ）：給。椒：花椒，有香味，又花椒多子，含有如娶她即可多得子的意思。

【評解】

這詩寫陳國的男女，不事生產，只知尋歡作樂。所以他們有時在枌樹下跳舞，有時在栩樹下跳舞。這表示他們不管什麼時候，不論什麼地方，隨時隨地都在跳舞，甚至把正事丟下不管。不必正面說他們怎麼不對，我們已看出詩人諷刺的意味了。因為我們知道，農業社會，最重要的就是男耕女織，從事生產，人民能夠樂其業，才能安其居。如今陳國男女，不事生產，只知歌舞歡樂，是不正常的現象，所以要加以譏刺，認為此風不可長，更不足為法。不只是陳國人應該警戒，任何人都應該以此為戒。你說對不？

衡門

【內容提示】

當世之人，醉心富貴，競尚奢華，而賢士卻能甘貧無求，隱居自樂。這篇就是安貧樂道者的隱士之歌。

【原詩】

衡門之下，①可以棲遲。②
泌之洋洋，③可以樂飢。④
豈其食魚，必河之魴？⑤
豈其取妻，⑥必齊之姜？⑦
豈其食魚，必河之鯉？
豈其取妻，必宋之子？⑧

【語譯】

搭一根橫木就當門，橫木下面可以安身。
泌泉的水流很充沛，看了就樂得不知飢困。
難道要吃魚，一定要吃黃河的大鯿魚？
難道要娶妻，一定要娶齊國貴族的女子？
難道要吃魚，一定要吃黃河的大鯉魚？
難道要娶妻，一定要娶宋國貴族的女子？

【註譯】

①衡門：搭一根橫木當門，是形容住處的簡陋。

②棲遲：止息、棲身。

③泌：泉水。洋洋：水流充沛的樣子。

④樂飢：觀泉水之流動，自得其樂而忘了飢餓。

⑤河：黃河。魴：鯿魚，黃河所產之魚皆味美。

⑥取：娶。

⑦姜：姜是齊國大姓。齊之姜即齊國貴族的女子。

⑧宋之子：宋國姓子。宋之子即宋國貴族之女子。

【評解】

姚際恆《詩經通論》說：「此賢者隱居甘貧而無求於外之詩。一章甘貧也；二章、三章無求也。唯能甘貧故無求，唯能無求故甘貧。一章云『可以』，二、三章云『豈其必』，詞異而意同。又因飢而言食，因食而言取妻，皆飲食男女之事，尤一意貫通。」

方玉潤《詩經原始》說：「〈衡門〉，賢者自樂而無求也。陳之有〈衡門〉，亦猶衛之有〈考槃〉（也是隱士之歌），秦之有〈蒹葭〉，是皆從舉世不為之中，而已獨為之。衛雖淫亂，實多君子；秦雖強悍，不少高人；陳則委靡不振，巫覡盛行，其狂惑之風，尤難自拔，而此獨澹（淡）焉無慾，超然自樂，可謂中流砥柱，挽狂瀾於既倒，有關世道人心之作矣。」

牛運震《詩志》說：「兩『可以』，四『豈其』，呼應緊足，章法甚靈。」又他對「樂飢」兩字的解釋最平易而別有心得，他說：「『樂飢』字深妙，勝於療飢、忘飢等字。」

孔子說：「飯疏食，飲水，曲肱而枕之，樂亦在其中矣！不義而富且貴，於我如浮雲。」（《論語・述而》）又說：「一簞食，一瓢飲，在陋巷，人不堪其憂，回也不改其樂，賢哉回也！」（《論語・雍也》）這是《論語》上所記載的孔子、顏回等的快樂。本詩不食魴、鯉，不娶姜子，衡門棲遲，泌水樂飢。安貧樂道，彷彿孔顏，其境界自高人一等，這就是此詩所描述的隱士之難能可貴的地方。

東門之楊

【內容提示】

男女約會，約定黃昏見面，現在等呀等的，等到曉星也出現天空，仍不見心上人的倩影，你想，該是怎樣的滋味呀！

【原詩】

東門之楊，①其葉牂牂ㄗㄤ zāng。②
昏以為期，明星煌煌。③
東門之楊，其葉肺肺ㄆㄟˋ pèi。④
昏以為期，明星晢晢ㄓㄜˊ zhé。⑤

【語譯】

東門外面有白楊，風吹葉子唰唰響。約好黃昏來見面，等著等著，卻只見金星亮閃閃。
東門外面有白楊，風吹葉子啪啪響。約好黃昏來相見，等著等著，卻只見金星亮閃閃。

【註譯】

①楊：白楊樹，葉圓柄長，風吹相碰作響，有淒涼之感，多種在荒郊墓園之地。

②牂牂（ㄗㄤ）：樹葉茂盛，致風吹時啪啦啪啦作響的聲音。

③明星：星名即金星，春夏秋多在日出前出現於東方，叫啟明星，開啟光明的意思，又稱曉星；冬天多在日落後出現於西方，叫長庚，即繼日之長的意思。煌煌：很明亮的樣子。

④肺肺（ㄆㄟ）：形容風吹樹葉發生啪啪的聲音。

⑤晢晢（ㄓㄜ）：明亮的樣子。

【評解】

陳風中抒情詩最特出的有星、月兩篇。月篇指〈月出〉，星篇即〈東門之楊〉。男女約會在東門白楊樹下，以日落黃昏為期，對方失約沒到，他仍然在那兒等著，等著，只聽到風吹樹葉的聲音，好像在對他耳語；只看到星星在向他眨著眼睛，好像在笑他的癡情。此詩寫來很是含蓄，而情景活現，十分深刻、十分生動，耐人尋味。牛運震批評說：「不必作負約怨恨語，不說完便渾便遠。」

十五國風大多是流傳民間的活潑潑地自然之歌聲，充分發揮文學的創造性。但後世詩人的作品，雖說是一個人的創作，卻擬古的模仿心很重，到唐朝已經從四言的《詩經》時代，演變為五七言律絕大盛的時代，詩人們還在考求字字有來歷。劉禹錫是被友人白居易稱許為「詩豪」的，重陽節作詩想用「餻」字，但因五經中沒有此字，所以就沒做成這首詩。後來宋祁嘲笑他說：「劉郎不敢題餻字，虛負詩中一世豪。」可是聰明的詩人，卻能融合《詩經》中的意境，成為自己的好句子。陳風星、月兩篇各有美妙的意境，我們看宋詞中的名句「月上柳梢頭，人約黃昏後」，難道不就是星、月篇的改頭換面嗎？把「東門之楊」的楊字，改成了柳字，再把昏以為期「明星煌煌」的黃昏星，換上了月篇的黃昏月，就變成了另一意境。這是偷星換月的辦法，我們可以說，這兩句正是星、月兩篇的結晶啊！

又唐人李商隱詩「昨夜星辰昨夜風，畫樓西畔桂堂東；身無彩鳳雙飛翼，心有靈犀一點通。」便是直接承襲這篇意境的了。

月出

【內容提示】

詩人單戀著一位美女，靜夜獨坐，望月興歎，創作了一篇優美的抒情詩，挑動後世億萬讀者的心弦，永遠不厭地享受著無限的欣賞情趣。

【原詩】

月出皎兮，①佼（ㄐㄧㄠ jiāo）人僚（ㄌㄧㄠˊ liáo）兮。②
舒窈（ㄧㄠˇ yǎo）糾（ㄐㄧㄠˇ jiǎo）兮，③勞心悄兮。④
月出皓兮，⑤佼人懰（ㄌㄧㄡˊ liú）兮。⑥
舒懮（ㄧㄡˇ yǒu）受兮，⑦勞心慅（ㄘㄠˇ cǎo）兮。⑧
月出照兮，佼人燎（ㄌㄧㄠˊ liáo）兮。⑨
舒夭紹兮，⑩勞心慘兮。⑪

【語譯】

月光皎潔灑滿地啊，美人的樣子好秀麗啊；
儀態綽約好豐姿啊，憂心悄悄有誰知啊！
月光潔白灑滿地啊！美人樣子好秀麗啊；
豐姿綽約真正妙啊，日思夜想忘不掉啊！
月亮出來照大地啊，美人樣子好明麗啊；
豐姿儀態好優美啊，想她想得好傷神啊！

【註譯】

①皎：月光皎潔

②佼（ㄐㄧㄠˇ）人：美人。僚（ㄌㄧㄠˊ）：美好的樣子。

③舒：發語詞。窈糾（ㄧㄠˇ ㄐㄧㄠˇ）：同窈窕，美好的樣子。

④勞心：憂心。悄：憂心的樣子。

⑤皓：光明潔白。

⑥懰（ㄌㄧㄡˊ）：美好的樣子。

⑦懮（ㄧㄡˇ）受：窈窕。

⑧慅（ㄘㄠˇ）：憂念的樣子。

⑨燎（ㄌㄧㄠˊ）：明媚的樣子。

⑩夭紹：窈窕。

⑪慘：憂傷。

【評解】

〈月出〉共三章，三章每句句末有一兮字，而於兮上的第三字用韻。這樣一韻到底，也一兮到底，便建立了特有的風格，再配合上熱情戀歌的浪漫主義情調，我們幾乎疑惑這不是國風中的民歌，而是《楚辭》中的詩人傑作。在漢朝經學家的眼光之中，〈月出〉是刺好色的詩。我們站在文學欣賞的立場來讀它，卻實在是一篇優美的小品。宋代的偉大作家蘇軾，便是最欣賞月篇的一人，他在泛舟遨遊赤壁之夜，等待月出之時，便一面飲酒，一面將〈月出〉先朗誦了一遍，又高歌不已。他把這情景寫入〈赤壁賦〉中，說：「誦明月之詩，歌窈窕之章。」（就是〈月出〉的第一章）。一會兒「月出於東山之上」後，又扣舷而歌道：「渺渺兮予懷，望美人兮天一方。」因誦〈月出〉之篇而望美人，這完全擺脫了經學家「刺好色」的頭腦，來欣賞〈月出〉了。至少，蘇軾已把〈月出〉作為象徵詩來欣賞。所謂《楚辭》中的香草美人，是指賢能的人，或指君王。然而既可以美女象徵賢者或君王，那麼好色也並非壞事了，孟子所謂：「如好好色，如惡惡臭」，是人之常情，只要不越禮便可。因好色而趨於淫亂，當然是要不得的。

清人牛運震也說出這詩和《楚辭》的關係來。他說：「極要眇流麗之體，妙在以拙峭出之。調促而流，句聱而圓，字生而豔，後人騷賦之祖。」方玉潤則說：「其用字聱牙，句句用韻，已開晉唐幽峭一派。」姚際恆更講到律詩的作法：「似方言之聱牙，又似亂辭之急促；尤妙在三章一韻，此真風之變體，愈出愈奇者。每章四句，又全在第三句使前後句法不排。蓋前後三句皆上二字雙，下一字單；第三句上一字單，下二字雙也。後世作律詩，欲求精妙，全講此法。」

十三、檜風一篇

隰有萇楚

【故事介紹】

強大的敵兵，侵襲弱小的檜國，檜人無法抵抗，以致國破家亡，不得不扶老攜幼，向鄰近荒僻地區逃難，以維殘生。其中一人，挈妻抱子，輾轉流徙，不堪家室之累，苦痛之極，而無可告訴。就在這時，看見道旁澤畔，長著幾株茂盛的羊桃樹，有的開滿鮮花，有的已結實纍纍，微風吹拂著它枝葉搖擺，自由自在，正像開心地跳舞一般。於是他對著這無知的植物，傾吐他欣羨的痴話說：「你自由自在地生長著，長得柔潤又光彩，我好羨慕你的無知！我好羨慕你的沒有家室之累！」詩人把這小故事歌唱出來，便成為一篇很有藝術價值的好詩。

【原詩】

隰（ㄒㄧˊ xí）有萇（ㄔㄤˊ cháng）楚，①猗（ㄜ ē）儺（ㄋㄨㄛˊ nuó）其枝。②
夭之沃沃，③樂子之無知！
隰有萇楚，猗儺其華。④
夭之沃沃，樂子之無家！
隰有萇楚，猗儺其實。⑤
夭之沃沃，樂子之無室。

【語譯】

低濕的地方長著羊桃樹，樹枝搖擺著好自在，
看來柔嫩有光澤，羨慕你的無知無識無憂慮！
低濕的地方長著羊桃樹，美麗的花朵開滿枝。
看來柔嫩有光澤，羨慕你沒有家累真快樂！
低濕的地方長著羊桃樹，果實纍纍掛滿枝。
看來柔嫩又光澤，羨慕你沒有家累真快樂！

【註譯】

① 隰（ㄒㄧˊ）：低濕的地方。萇（ㄔㄤˊ）楚：羊桃樹，今稱楊桃樹。
② 猗儺（ㄜ ㄋㄨㄛˊ）：美盛的樣子。
③ 夭：柔嫩美好的樣子。沃沃：光澤。

④華：即「花」字。
⑤實：果實。

【評解】

〈毛詩序〉：「隰有萇楚，疾恣也。國人疾其君之淫恣而思無情慾也。」因而解詩的人就把「夭」講成「少年」，把「無知」講成「無匹配」，實在牽強。朱熹改定興體為賦體，另出新解。詩人於苦痛之餘，無可告訴時，見萇楚長得很美盛，就轉向無知的萇楚發言，傾吐他的羨慕之情。這表現了文學的情趣，解釋得頗為高超。方玉潤再加以修正，將朱子所指「政煩賦重」之苦，改為遭亂攜眷流亡之苦，說來更為圓通。

牛運震批評此詩道：「自恨不如草木，極不近情理。然悲困無聊，不得不有此苦懷。三樂字較『尚寐無訛』（王風〈兔爰〉中語）蘊藉，然愁乞之聲，更自可憐！」又說：「三樂字慘極，真不可讀，無一語自道，卻自十分悲苦，妙！」

我們知道，人都是願意有知，而不願意無知；我們也知道，只聽說有人以無家為苦，而沒聽說以無家為樂的。而如今，檜國的人民，羨慕無知無家的萇楚，卻是反乎人情之常態。因為，太平時代，人民能室家相保；亂離時代，則人民室家相棄。相保相棄，全由一國在上者之所為。的確，人在亂世真是不如草木。俗語說：「寧為太平狗，不作亂世人」，就是這個意思。朋友們！我們不應該珍惜我們自由安定的生活嗎？

十四、曹風一篇

候人

【故事介紹】

話說晉獻公聽信寵妾驪姬的讒言，殺死了太子申生。申生的弟弟公子重耳就逃到狄國去，在狄娶了季隗。十二年後，又離開狄到齊國去，齊桓公待他很好，也把女兒嫁給他，並送他八十匹馬。隔一年，桓公死了，齊國將有內亂，他就又經過衛、曹、宋、鄭四國而去楚國。周襄王十年冬，他到衛國時，衛文公因有邢狄來犯，不能招待他。他就離開衛國，到了曹國。曹共公不但不按禮招待他，反而因為聽說他的肋骨是連成一片的，為了好奇，就當他洗澡時偷看，真是太沒禮貌了。

本來公侯之國只設五位大夫。要大夫以上的官才可赤芾乘軒（穿紅蔽膝的朝服，乘高貴的軒車），而曹更是伯爵的小國，但曹共公即位十二年來卻把高官隨便送人，以致赤芾乘軒者多達三百位，且都是草包，只知奉承共公，沒有一位知道勸諫的。只有一個小官僖負羈向共公進言，勸他應該禮遇公子重耳。說：「公子重耳十七歲從晉國出奔流亡，就已有公卿之材的三個人狐偃、趙衰、賈佗隨從他，他的賢能而得人心，可想而知。我們應該好好招待他，不應該對他沒有禮貌，我們花費一些玉帛酒食，算得了什麼？現在得罪了他，將來要吃虧的。」曹共公不聽，僖負羈的妻子建議僖負羈自己準備一盤飯菜，放了一塊白璧，恭敬地奉獻給公子重耳。公子重耳感謝他的好意，接受了他的飯菜，退還了他的白璧。

公子重耳到宋國，宋襄公送給他八十匹馬。經過鄭國，鄭文公也不禮待他。到了楚國（周襄王十四年），楚成王用隆重的大禮招待他。酒席上楚王問公子：「你若回到晉國主政，將何以報答我？」公子說：「如果晉楚兩軍相遇，當退避三舍（九十里）。」令尹子玉（當時楚國的宰相）私下勸楚王殺了晉公子，以絕後患。楚王說：「不可，曹詩曰：『彼己之子，不遂其媾。』（不能有始有終地對人好）不可非禮。」這兩句曹風裡的詩，就引自〈候人〉第三章。而〈候人〉第一章有「三百赤芾」之句，所以我們知道〈候人〉所詠，就說的是曹共公的事。後來秦穆公派人到楚國去邀請公子，楚王就備了許多禮物把公子送到秦國去。

公子重耳到了秦國，秦穆公把女兒懷嬴等五個人嫁給公子。周襄王十五年十二月，秦穆公把公子重耳送回晉國繼位做國君，從此晉國大治。在外流亡了十九年的公子重耳，在歷史上就成為周襄王二十年，城濮一戰勝楚而霸諸侯的晉文公。

晉文公即位後，就去打曹國，報復「窺浴」之恥。當晉兵到達曹國時，晉文公拘捕了曹共公，責問他為什麼乘軒者三百人，而偏偏不重用僖負羈？並為了報答僖負羈，給了他特別的榮譽。

〈候人〉詩寫的就是曹共公用了三百個赤芾乘軒者，高官厚祿，耗盡國家財富。而一般小吏和人民可就非常苦了。像〈候人〉所寫的小吏，就是其中的一個例子。他晝夜辛勤，枵腹從公（餓著肚子為公家做事），卻得不到一點好處。

【原詩】

彼候人兮，①何戈與祋（duó）。②
彼其之子，③三百赤芾（fú）。④
維鵜（tí）在梁，⑤不濡（rú）其翼。⑥
彼其之子，不稱（chèn）其服。⑦
維鵜在梁，不濡其咮（zhòu）。⑧
彼其之子，不遂其媾。⑨
薈（huì）兮蔚兮，⑩南山朝隮（jì）。⑪
婉兮孌（luǎn）兮，⑫季女斯飢。⑬

【語譯】

那個守在路邊的候人呀，扛著金戈和殳棍。他們那些人兒呀，身穿紅色蔽膝竟有三百人！

他就像鵜鶘站在魚梁上，不曾沾濕兩翅膀。（因無魚可食，比喻候人枵腹從公的可憐相）。他們那些人兒呀，朝服穿著不像樣！

鵜鶘站在魚梁上，一滴水也沒沾到嘴巴上。他們那些人兒呀，得寵的日子不會長！

雲興起呀好燦爛，南山的朝雲升上天。我的么女天真爛漫似朝雲，卻小小年紀受飢困。

【註譯】

①候人：官名，在道路上迎送賓客的官。
②何：同荷，扛在肩上。祋（ㄉㄨㄛˊ）：長一丈二尺而無刃之兵器。
③其：語詞。

④赤芾（ㄈㄨˊ）：紅色的蔽膝，大夫以上所穿的朝服。
⑤鵜（ㄊㄧˊ）：即鵜鶘，吃魚的一種水鳥。梁：魚梁，在水中築高以捕魚。
⑥濡（ㄖㄨˊ）：沾濕。
⑦稱（ㄔㄣˋ）：適當，合適。
⑧咮（ㄓㄡˋ）：鳥嘴。
⑨媾：厚，此句是說：不能長久處於厚愛之中，即不能長久得寵。
⑩薈（ㄏㄨㄟˋ）、蔚：雲興起，形容黎明時朝雲由紫黑色變化成五色燦爛的樣子。
⑪隮（ㄐㄧ）：雲升。
⑫婉、孌（ㄌㄩㄢˇ）：形容年少而美好的樣子。
⑬季女：指候人的幼女。斯：語詞。

【評解】

〈候人〉詩是看到曹共公的朝中，無功受祿的大臣有三百之多，只知虛耗國家的庫銀，不知所為何事，以致下級小吏，像荷戈守候在路邊接待賓客的候人，只得枵腹從公，活似守在魚梁上無魚得食的鵜鶘般可憐。詩人寄予無限的同情，為他抱不平。最成功的是末章的描寫：候人小吏在路邊守候終夜，眼看著天邊由紫黑色漸變成五彩，南山的朝雲，冉冉而升，因而想到他那天真爛漫，美麗如朝雲的么女，小小年紀，就要熬受飢餓的困苦。從朝雲著筆，筆法似宕開卻更緊束，格外動人。難怪牛運震要說：「末章精神飛動，更是一篇生色爭勝處」了。

十五、豳風三篇

七月

【內容提示】

農民的生活是困苦的，也是勞碌的，一年中只有過年時才有幾天的休息。這篇〈七月〉詩就是描述豳地農民一年到頭勞苦忙碌的情形。按時令的變換，對他們的一切，描寫詳盡而生動，不啻是一篇豳地農民生活的風俗畫。

【原詩】

七月流火，①九月授衣。②
一之日觱(bì)發，③二之日栗烈。④
無衣無褐(hè)，⑤何以卒歲？⑥
三之日于耜(sì)，⑦四之日舉趾。⑧
同我婦子，饁(yè)彼南畝，⑨田畯(jùn)至喜。⑩

七月流火，九月授衣。
春日載(zǎi)陽，⑪有鳴倉庚。⑫
女執懿(yì)筐，⑬遵彼微行(háng)，⑭爰求柔桑。⑮
春日遲遲，⑯采蘩(fán)祁祁，⑰
女心傷悲，殆(dài)及公子同歸。⑱

七月流火，八月萑(huán)葦。⑲
蠶月條桑，⑳取彼斧斨(qiāng)，㉑
以伐遠揚，㉒猗(yī)彼女桑。㉓

【語譯】

七月裡火星往西沉，九月裡該把寒衣分。冬月裡寒風呼呼吹，臘月裡寒氣真凍人；粗衣細衣沒一件，怎麼度過這一年？正月裡把鍬來修理，二月裡踏著去耕地。老婆孩子都做事，都到南畝送飯食。田官到來看著好歡喜。

七月火星向西沉，九月就該把寒衣分。春天開始天氣暖，黃鶯鳥兒歌宛轉。女孩拿著深籮筐，順著小路去採桑，柔嫩的桑葉好漂亮。春天的時間過得慢，很多人們去採蘩。女孩子心裡正悲傷，嫁給公子就要遠離爹和娘！

七月裡火星往西落，八月割蘆葦做曲簿。三月裡把桑枝修剪好，拿著斧頭砍短長枝條，嫩枝條兒才會長繁茂。七月裡伯勞鳥

七月鳴鵙（ㄐㄩㄝ juē），㉔八月載績（ㄐㄧˊ jí），㉕
載玄載黃，㉖我朱孔陽，㉗為公子裳。
四月秀葽（ㄧㄠ yāo），㉘五月鳴蜩（ㄊㄧㄠˊ tiáo）。㉙
八月其穫，十月隕（ㄩㄣˇ yǔn）蘀（ㄊㄨㄛˋ tuò）。㉚
一之日于貉（ㄏㄜˊ hé），㉛取彼狐狸，為公子裘（ㄑㄧㄡˊ qiú）。㉜
二之日其同，㉝載纘（ㄗㄨㄢˇ zuǎn）武功。㉞
言私其豵（ㄗㄨㄥ zōng），㉟獻豜（ㄐㄧㄢ jiān）于公。㊱
五月斯螽（ㄓㄨㄥ zhōng）動股，㊲六月莎（ㄙㄨㄛ suō）雞振羽。㊳
七月在野，八月在宇，㊴
九月在戶，十月蟋蟀入我床下。㊵
穹（ㄑㄩㄥˊ qióng）窒熏鼠，㊶塞向墐（ㄐㄧㄣˇ jǐn）戶。㊷
嗟我婦子，曰為改歲，㊸入此室處。
六月食鬱及薁（ㄩˋ yù），㊹七月亨葵及菽（ㄕㄨ shū）。㊺
八月剝（ㄆㄨ pū）棗，㊻十月穫（ㄏㄨˋ hù）稻，㊼

兒啼，八月裡紡絲織布匹。有黑有黃很好看，我染的紅色最鮮豔，做成衣裳給公子穿。

四月裡葽草結子了，五月裡到處蟬兒叫。

八月裡莊稼收穫好，十月裡樹葉往下掉。

冬月就去獵貉獸，打了狐狸剝下皮，做好皮袍送公子。臘月裡田獵大會眾，借此機會練武功。獵得小獸自己有，大獸送給公爺去享受。

五月裡螽斯腿抖動，六月裡紡織娘翅膀碰。七月裡蛐蛐兒在郊外，八月搬到房簷底下來。九月裡就向門口遷，十月裡直往床底下鑽。堵住窟窿熏老鼠，塞住北窗塗門戶。唉！我的老婆和孩子，舊的一年就過去，我們也可休息屋裡住。

六月裡吃唐棣野葡萄，七月裡把葵菜豆子炒。八月裡打棗，十月裡煮稻，釀成美酒

為此春酒，㊽以介（gài）眉壽。㊾
七月食瓜，八月斷壺，㊿九月叔苴（jū），(51)
采荼（tú）薪樗（shū），(52)食（sì）我農夫。(53)

九月築場圃，(54)十月納禾稼，(55)
黍稷重（chóng）穋（lù），(56)禾麻菽麥。
嗟我農夫，我稼既同，(57)上入執宮功。(58)
晝爾于茅，(59)宵爾索綯（táo），(60)
亟（jí）其乘屋，(61)其始播百穀。

二之日鑿冰冲冲，(62)三之日納于凌陰。(63)
四之日其蚤，(64)獻羔祭韭。(65)
九月肅霜，(66)十月滌場。(67)
朋酒斯饗，(68)曰殺羔羊。(69)
躋（jī）彼公堂，(70)稱彼兕（sì）觥（gōng），(71)
萬壽無疆。

新春喝，以求長壽壽命高。七月就可吃甜瓜，八月割斷葫蘆蒂，九月拾麻子，採了荼菜砍伐樗樹枝，我們莊稼漢也該有得吃。

九月裡修築打穀場，十月就把穀子裝進倉。有早熟晚熟的小黃米，還有禾麻豆麥也藏起。唉！可嘆我們莊稼漢，自己的糧食收藏完，還得進城去公幹。白天忙著理茅草，晚上就把繩搓好。趕快把屋頂蓋嚴密，播種百穀就要開始。

臘月裡鑿冰冲冲響，正月裡冰塊地窖裡放。二月裡趁早準備好，祭獻羔羊韭菜開冰窖。九月裡天冷就下霜，十月裡洗掃打穀場。朋友們飲酒共宴饗，還要殺隻肥羔羊。登上那公爺的廳堂去，牛角杯兒雙手舉：「萬壽無疆」齊祝福。

【註譯】

①七月：指夏曆的七月，夏曆七月是周曆的九月。流火：火，星名，六月初黃昏時在南方出現，到七月黃昏時就向西方流下，所以說是流火，即火星下沉的意思。

②九月：夏曆的九月，即周曆的十一月，天氣已寒冷，所以分發衣服，使人們可以禦寒。授：給予。

③一之日：是周曆的一月（正月），夏曆的十一月。觱（ㄅㄧˋ）：可以吹著發聲的一種角，聲音悲涼，像寒風的聲音，所以說觱發是風寒。

④二之日：是周曆的二月，夏曆的十二月。栗烈即凜烈，非常寒冷的意思。

⑤褐（ㄏㄜˊ）：粗布衣。

⑥卒歲：過完一年。何以卒歲：靠什麼度過冬天，過完這一年？

⑦三之日：是周曆三月，夏曆的正月。耜（ㄙˋ）：農具，即今日之鍬，用以剷土。于耜：修理農具，準備開始農田的工作。

⑧四之日：周曆四月，夏曆二月。舉趾：舉腳踏耜，去耕田。

⑨饁（ㄧㄝˋ）：送飯到田裡給農夫們吃。畝：古音讀米。

⑩田畯（ㄐㄩㄣˋ）：田官，勸導耕作的官。

⑪載（ㄗㄞˇ）：開始。陽：溫暖。

⑫倉庚：黃鶯鳥，春天鳴叫，聲音悅耳。

⑬懿（ㄧˋ）筐：很深而好看的籮筐。

⑭遵：順著，沿著。微行（ㄏㄤˊ）：小路。

⑮爰：乃，於是。

⑯春天日漸長，所以說遲遲，時光過得好像很慢的感覺。

⑰蘩（ㄈㄢˊ）：白蒿，用白蒿水澆在蠶子上，便沒生的蠶可以生出來。祁祁：人很多。

⑱殆（ㄉㄞˋ）：將要，擔心將被貴公子強要帶回去。或說女孩許嫁給公子，因將和家人離別而傷悲。

⑲萑（ㄏㄨㄢˊ）葦：即蘆葦，八月收割蘆葦，以備來年用為曲簿，曲簿是養蠶的器具。

⑳蠶月：養蠶之月，夏曆的三月。條作動詞用，即修理修剪，剪去枯老的桑枝，可以多生幼嫩的新枝。

㉑斨（ㄑㄧㄤ）：也是斧，插柄的孔，方形的叫斨，橢圓形的叫斧。

㉒遠揚：長而揚起的樹枝。砍伐短了可以多生小枝，小枝多，桑葉就多，這都是為明年養蠶準備。

㉓猗（ㄧ）：美盛的樣子。女桑：柔嫩的小桑樹。

㉔鶪（ㄐㄩㄝ）：伯勞鳥。

㉕載：則，就。績（ㄐㄧˊ）：紡絲。

㉖玄：黑色。載玄載黃：又是黑色又是黃色。

㉗朱：紅色。孔：非常。陽：鮮明。
㉘秀：結子。葽（ㄧㄠ）：草名。
㉙蜩（ㄊㄧㄠˊ）：蟬。
㉚隕（ㄩㄣˇ）：落。蘀（ㄊㄨㄛˋ）：草木皮葉落地。
㉛貉（ㄏㄜˊ）：獸名，于貉：去獵取貉。
㉜裘（ㄑㄧㄡˊ）：皮袍子。
㉝同：會同，冬天大會眾人去打獵。
㉞載：則、就。纘（ㄗㄨㄢˇ）：繼續練習。
㉟言：語詞。私：私有，歸自己有。豵（ㄗㄨㄥ）：一歲的豬叫豵，此處是指小的獸。
㊱豜（ㄐㄧㄢ）：三歲的豬，此處是指大的獸。
㊲斯螽（ㄓㄨㄥ）：蟲名，蝗屬。股：大腿，大腿抖動磨翅發聲。
㊳莎（ㄙㄨㄛ）雞：紡織娘。振羽：翅膀相碰而發聲。
㊴宇：屋簷。
㊵下：古音讀戶。
㊶穹（ㄑㄩㄥˊ）：洞穴。窒：堵塞。熏：用煙熏，將室中穴洞堵塞，免入寒風，用煙熏鼠穴，以免藏在洞中。
㊷向：向北的窗子，冬天吹北風，所以要把向北的窗子堵塞住，以免透風。墐（ㄐㄧㄣˇ）：用泥塗

物。農家多用竹片或木條編成門，有縫隙，冬天則用泥塗縫隙，以免透風，可以禦寒。

㊸曰：語詞。為：將。

㊹鬱：唐棣之類的果物。薁（ㄩˋ）：野葡萄。

㊺亨：即烹，煮。葵：菜名。菽（ㄕㄨ）：豆類。

㊻剝（ㄆㄨ）：同扑，用桿子扑打棗使落下。

㊼穫（ㄏㄨˋ）：濩字的假借字，濩是煮的意思，煮稻釀酒，北方很少種稻，所產不多，只用來釀酒，不用來煮食。

㊽春酒：凍醪，冬天天凍時釀造，新春飲用，所以叫春酒。

㊾介（ㄍㄞˋ）：同匄，求。眉壽：高壽。

㊿壺：瓠。斷壺：斷蒂取瓜。

51叔：拾。苴（ㄐㄩ）：麻子，可作菜羹。

52荼（ㄊㄨˊ）：苦菜。樗（ㄕㄨ）：下等的木材，可作柴薪用。

53食（ㄙˋ）：給人食物。

54場：打穀場。圃：菜園子。同一塊地，秋冬平了做打穀場，春夏翻耕做菜園。此處場圃合言，即指打穀場。

55納：收納，禾稼指穀物。

56黍：黏性的小黃米。稷：不黏的小黃米。重（ㄔㄨㄥˊ）：後熟的。穋（ㄌㄨˋ）：先熟的。

㊼同：聚，已收聚完畢。
㊽上入：到都城去。執宮功：為豳公建造房屋。
㊾爾：語詞。于茅：整理茅草，以備覆蓋屋頂之用。
㊿索綯（ㄊㄠˊ）：搓麻繩。
⑥①亟（ㄐㄧˊ）：急，趕快。乘屋：覆蓋屋頂。
⑥②冲冲：鑿冰的聲音。
⑥③凌陰：地窖，地底下的冷藏室。
⑥④蚤：音義同早。
⑥⑤羔：小羊。韭：韭菜。用羔羊及韭菜祭獻，然後開冰窖。
⑥⑥肅霜：九月霜降，收縮萬物。即天冷下霜之意。
⑥⑦滌：洗。打穀場用完即洗掃乾淨。
⑥⑧朋酒：朋友們一起喝酒。斯：是。饗：宴飲。
⑥⑨曰：語詞。
⑦⓪躋（ㄐㄧ）：升上去。公堂：豳公的廳堂，登上去為豳公祝壽。
⑦①稱：兩手並舉。兕觥（ㄙˋ ㄍㄨㄥ）：牛角杯。

【評解】

本篇是十五國風的第一長詩，共三百八十三字，第一章寫民生主要問題衣食的解決，沒有禦寒的冬衣，就沒法度過酷寒的冬天，也就沒有從事農作的人。所以先說授衣，然後再說到食——農田耕作的事情。所以此章衣食雙起，是民生最先要解決的。在農村社會裡，是沒有閒人的。像本章所寫，男人們在田間耕作，婦女孩子們就擔任煮飯送飯的事，大家分工合作，真是一幅美好的農家耕作圖。難怪田官看到會歡喜了。

第二章先敘蠶桑雜事。因為一方面是王政以養老為最要，所以孟子述王政之始，是要人們在牆外種桑，使五十歲的老人就可以有綢衣穿；一方面是承接上章「四之日舉趾」而言，所以就接著敘述「四之日」的事情。四之日是夏曆二月。夏曆二月就要開始生蠶，要採柔嫩的桑葉餵養幼蠶。「女執懿筐，遵彼微行，爰求柔桑」幾句寫來，勾勒出一幅絕妙的採桑圖。最後添上兩句兒女私情，就覺文意生動，文筆不呆板。

三章承接上章仲春二月的時令，已是夏曆三月季春時節，仍然著重在蠶桑的事情。今年蠶絲已成，要為來年的幼蠶預作準備。並將蠶絲紡績染色以至做成衣裳。在平淡的敘事中加入「七月鳴鵙」一句，全章就覺有生氣而不枯燥。

四章先從四月、五月慢慢敘來，直到八月收穫。不久冬天來到就要去打獵，為的是獵取了狐狸好給公子做皮袍。由私人的打獵，寫到大家的會獵。會獵的目的在練習武備，如同現在的軍事演習，至於將獵獲物獻給公爺是次要的目的。

五章由蝗蟲的鳴叫、蟋蟀的搬家，說明時令的變遷，由夏而秋而冬，寒氣轉深。於是要將居室打掃乾淨，堵塞縫隙，準備好好過個年，也可使勞碌了一年的身心，得到暫時的休息。

六章敘述農桑餘事，凡有關蔬菜瓜果，釀酒取薪等事，都瑣細陳述，是綜合了他們複雜而真實的生活的具體寫照。然而讀起來並不令人覺得瑣碎，反而有一種真實親切之感。「為此春酒，以介眉壽」更洋溢著一片祥和溫馨之氣。

七章先說築場圃，表示國無曠土，同一塊土地，秋冬春夏各有不同的利用價值；納禾稼表示地無遺利，將收成的莊稼好好收藏；而秋收冬藏之後，還要利用這段農閒時間為公家服役，然後才能顧到自己房屋的修補，這就是人無遺力，農民們是年頭忙到年尾，沒有空閒時間可以讓他們過過輕鬆日子的。他們世世代代、年復一年地就是這麼刻板地生活著，然而他們不但沒有怨言，反而會有一種理所當然，心滿意足之感，我們的農民是多麼可愛啊！

此詩首章寫于耜舉趾，是農事之始；此章敘築場納稼，是農事之終。首尾呼應，章法整齊。

最後第八章先敘藏冰之事：冰可以消暑，可以防腐用之於祭祀。而從前沒有人造冰，就須在嚴冬時分將大塊的天然冰藏入地窖中，到春天二月開窖取冰應用。周時朝中有司冰之官，專門管頒冰的事。所以那時鑿冰、藏冰、用冰，都有一定的制度。《禮記．月令》說：「仲春獻羔開冰。」所以開冰窖也有一定的典禮。

冬天米糧已收進穀倉，大家就喝著美酒吃著羊肉，共同登上公爺的廳堂，一齊舉杯祝頌公爺「萬壽無疆」。

我們看這篇詩所寫，有日月霜露等天象的變化，有蟲鳥草木等動植物的點綴；有男耕女織，男主外、女主內的生活秩序，整個社會都能維持著父父、子子、夫夫、婦婦的倫常關係，既能養老，又能慈幼。且上下融通，一片和睦，洋溢著知足常樂的太平景象。詩中更包括了那時的禮儀制度、風俗習慣。從詩中我們可以看到他們的活動，聽到他們的聲音；分擔了他們的勞碌，分享了他們的幸福。真是一篇值得我們再三誦讀，細細玩味的千古奇文。而周曆、夏曆同用，更是此詩的特點。

鴟鴞

【故事介紹】

武王革命，牧野一戰而滅商，紂王自焚死，武王仍封其子武庚於殷商舊都，派自己的兩個弟弟管叔和蔡叔去監督他。數年後，武王病死。武王的太子繼位，就是成王。這時成王才只有十三歲，而周朝剛得天下，一切都還沒安定下來，所以由成王的叔父（武王的另一個弟弟）周公攝政（代理政權），做得成績很好，管叔、蔡叔很嫉妒，散布謠言說：「周公將對小孩子成王不利，要篡取他的王位。」成王聽到謠言，就對周公起了疑心。周公對當時的兩位重要大臣召公和太公說：「我若不避嫌，就無法告慰我們死去的先王。」他就避居東都。商紂的兒子武庚就利用這個機會勾結管叔、蔡叔，領導東方的淮夷等一起舉兵叛亂。周公奉成王之命領兵東征平亂。周公做了一篇〈禽言〉詩，來表明自己的心跡，陳述他滿懷苦衷保衛周室的赤忱之心。這篇詩開頭就說：「鴟鴞！鴟鴞！既取我子，無毀我室！」把武庚比做兇猛的夜貓子，說他攫取了周室的管、蔡二子，還想來毀滅周室。全詩周公把自己比做辛苦經營鳥巢的一隻鳥兒，對鴟鴞的侵襲，焦急萬分，弄得焦頭爛額，只有恐懼得哀鳴了。

這篇〈鴟鴞〉詩流傳在民間，一路傳唱到鎬京成王的耳朵裡，但成王並沒有什麼表示。

周公東征經過兩年，殺了武庚、管叔，放逐了蔡叔，平定了叛亂，才班師回報成王。但因成王還不覺悟，周公自己只好仍留東都。

次年秋天，五穀大熟，但還沒收割，忽然天變，刮著大風，雷電交作，田裡的穀物都仆倒，大樹也連根拔起。成王和高級官員們都驚慌得不得了，於是穿上了朝服，打開「金縢之書」——用金屬繩子捆著的禱告書，看看裡面是不是有什麼秘密、有什麼啟示。結果他們看到是周公的祝禱文。那是滅商以後，武王病得很厲害，周公禱告三代祖先，自願代替武王去死的禱告詞。當時因周公的禱告，武王的病便好了。召公、太公和成王就查問史官和執事人員，他們回答說：「確實有這回事，只是當時周公囑咐我們不許張揚，所以不敢告訴別人。」於是成王感動得拿著禱告書哭泣著說：「不用占卜了，周公一向忠心耿耿，勤勞王事，而我年幼無知，現在上天發威來表揚周公的美德，我該去迎他回來。」

於是成王派使者迎接周公回朝，並郊祭謝天，這年乃得豐收。

以上〈鴟鴞〉詩的故事記載在《尚書．金縢》和《史記．魯世家》中，詩文則輯錄在十五國風的豳風中。

【原詩】

鴟（ㄔ chī）鴞（ㄒㄧㄠ xiāo）！①鴟鴞！
既取我子，②無毀我室！③
恩斯勤斯，④鬻（ㄩˋ yù）子之閔斯！⑤
迨天之未陰雨，⑥
徹彼桑土（ㄉㄨˋ dù），⑦綢繆（ㄇㄡˊ móu）牖（ㄧㄡˇ yǒu）戶。⑧
今女下民，⑨或敢侮予！⑩
予手拮（ㄐㄧㄝˊ jié）据（ㄐㄩ jū），⑪予所捋（ㄌㄜˋ lè）荼，⑫
予所蓄租，⑬
予口卒瘏（ㄊㄨˊ tú）。⑭曰予未有室家。⑮
予羽譙（ㄑㄧㄠˊ qiáo）譙，⑯予尾翛（ㄒㄧㄠ xiāo）翛，⑰
予室翹（ㄑㄧㄠˊ qiáo）翹，⑱
風雨所漂搖。予維音嘵（ㄒㄧㄠ xiāo）嘵。⑲

【語譯】

貓頭鷹呀貓頭鷹！你既然已經抓走了我的孩子，可別再毀壞我的窩巢呀！我一片愛心，殷勤照顧，完全是為了可憐的稚子呀！

趁著還沒陰天下雨，早早去採取那桑樹的細根，把鳥巢纏繞紮緊，那麼，現在你們那些在巢下面的人，有誰還敢來欺侮我呢？！

我的手為了採樹根、小草，已經累得不得了；我的口為了採蘆荻穗子鋪巢，也都累病了，但是好像還沒有把窩弄好，我是如何地焦急啊！

我的羽毛脫落了，我的尾巴也不上翹了；我的屋子就要倒，在風吹雨打中飄飄搖搖，看著這種危險的情形，只有嚇得喳喳叫啊！

【註譯】

①鴟鴞（ㄔ ㄒㄧㄠ）：夜貓子，即貓頭鷹，性兇猛，專捕其他小鳥為食。

②子：指管叔、蔡叔。

③室：鳥巢，比喻周室。

④恩：恩愛。斯是語助詞，無意義，下同。

⑤鬻（ㄩˋ）子：稚子，即小孩子，指周成王。閔：同憫，是可憐的意思。

⑥迨：趁著。

⑦徹：取。桑土（ㄉㄨˋ）：桑樹根。東齊謂根曰杜。

⑧綢繆（ㄇㄡˊ）：纏繞結紮。牖（ㄧㄡˇ）：是窗子。戶是門。此處指鳥巢，鳥巢是用草或細根紮結而成的。

⑨女：音義同汝，你。下民：巢下的人。

⑩或：或人，即誰，有誰還敢來欺侮我呢?!

⑪拮据（ㄐㄧㄝˊ ㄐㄩ）：手口並用，操作勞苦的意思。

⑫捋（ㄌㄜˋ）：採取。荼：蘆荻的穗子，可以鋪巢。

⑬蓄：積聚。租：同苴，是草墊子。

⑭卒：盡，都。瘏（ㄊㄨˊ）：病。

⑮曰：語詞。

⑯譙譙（ㄑㄧㄠˊ）：羽毛因勞累而脫落減少。
⑰翛翛（ㄒㄧㄠ）：鳥尾疲敝的樣子。
⑱翹翹（ㄑㄧㄠˊ）：危險的樣子。
⑲維：只是。嘵嘵（ㄒㄧㄠ）：恐懼的聲音。

【評解】

魏風〈碩鼠〉的隱喻，已顯出比體的高超手法，而這篇〈鴟鴞〉，又更勝一籌。因為〈碩鼠〉和碩鼠講話的還是人，而〈鴟鴞〉連對鴟鴞說話的也改用一隻鳥，而成為一篇禽言的寓言詩了。

〈鴟鴞〉是一篇童話式的寓言詩。詩中所表現的是老鳥愛護小鳥的一片苦心。但是我們讀了它，就能體會出當年周公體國愛國的一片赤忱。雖然對於鳥巢的經營已盡心盡力，但是仍然擔心它在狂風暴雨中有被毀壞的危險。第一章是責備鴟鴞的過失，但又有哀求的意味，讀了不禁令人寄予無限的同情。二章寫預防災難的發生，可謂不遺餘力，似乎有了信心，以為從此以後不會再有人敢來欺侮我了。然而又一想，鴟鴞是很壞的，是防不勝防的，我雖然勞累得手酸嘴破，仍然覺得這個家不夠完善。末章寫為了使鳥巢更堅固、更完善，以至操勞疲累得羽毛脫落，尾巴衰敝，看著風雨中飄搖欲墜的窩巢，嚇得只有嗟嗟地驚叫，只有乾著急。在這種情況下，人事已盡，只有寄望於上天的保佑了。

周公為了盡瘁國事，忙碌得一飯三吐哺（一頓飯沒吃完就為了公事，而好幾次把含在口裡的飯吐出來），一沐三握髮（洗一次頭都為了忙公事，而好幾次握著還沒洗好的頭髮來處理），又曾經制禮作樂，所以他不只是對周朝有偉大的貢獻，也可以說是對我們中華民族有偉大的貢獻，就只他表現在〈鴟鴞〉詩中的這種忠誠為國之心，已足夠讓我們有所感動而應以他為榜樣了。而本篇也是三百零五篇詩中唯一的一篇禽言詩，開後世寓言童話之祖。〈鴟鴞〉詩的音調鏗鏘而有力，自用「鴟鴞」疊語開篇，至用「嘵嘵」疊字作結，詩中多用雙聲疊韻之辭。拮据雙聲；恩勤、綢繆、漂搖疊韻。而自二章最後一字用一「予」字，以下兩章幾乎每句都以「予」字開頭，句法新奇，音調更為美妙。末章五句都押韻，而且連用譙譙、翛翛、翹翹、嘵嘵等四句疊字，當中只隔一句疊韻，尤覺有力！

東山

【故事介紹】

在〈鴟鴞〉的故事介紹中，我們知道了周朝初，有紂子武庚聯合管叔、蔡叔叛亂的史事，當時周公為了保護王室，就帶領了豳地的青年壯丁到東方去平定叛亂。前後經過三年之久，艱苦備嘗，最後總算把亂事平定了。如今凱旋歸來，從軍的青年歸心似箭，偏偏遇上細雨濛濛，致使路途泥濘，延遲了他們抵達家園和家人團聚的時間，心中自是不樂。更想到自己離家三年，家中因為沒有男人的幫助，不知已荒涼到什麼景象；閨中人更是在渴盼他的歸來；又想到自己初婚時的種種，如今久別重逢，不知該如何地高興呢！

【原詩】

我徂ㄘㄨˊ cú東山，①慆慆ㄊㄠ tāo不歸。②
我來自東，零雨其濛。③

【語譯】

我往東山去打仗，好久不得回家鄉。
如今我從東山還，濛濛細雨下不完。

我東曰歸，④我心西悲。
制彼裳衣，勿士行(ㄏㄤˊ háng)枚。⑤
蜎(ㄩㄢ yuān)蜎者蠋(ㄕㄨˊ shú)，⑥烝(ㄓㄥ zhēng)在桑野。⑦
敦彼獨宿，⑧亦在車下。⑨
我徂東山，慆慆不歸。
我來自東，零雨其濛。
果蠃(ㄌㄨㄛˊ luó)之實，⑩亦施(ㄧˋ yì)于宇。⑪
伊威在室，⑫蠨(ㄒㄧㄠ xiāo)蛸(ㄕㄠ shāo)在戶。⑬
町(ㄊㄧㄥˇ tǐng)畽(ㄊㄨㄢˇ tuǎn)鹿場，⑭熠(ㄧˋ yì)燿(ㄧㄠˋ yào)宵行(ㄏㄤˊ háng)。⑮
亦可畏也？伊可懷也。
我徂東山，慆慆不歸。
我來自東，零雨其濛。
鸛(ㄍㄨㄢˋ guàn)鳴于垤(ㄉㄧㄝˊ dié)，⑯婦嘆于室。
灑埽穹(ㄑㄩㄥˊ qióng)窒，⑰我征聿(ㄩˋ yù)至。⑱
有敦瓜苦，⑲烝在栗薪。⑳
自我不見，于今三年。
我徂東山，慆慆不歸。

我在東方就想回，悲傷的心兒向西飛。
縫製一套便裝，不再去上戰場。
蠕動的野蠶彎又彎，蠕動在桑樹田野間。
蜷著身子獨個兒睡，戰車下面好安身。
我往東山去打仗，好久不得回家鄉。
如今我從東山還，濛濛細雨下不完。
栝樓的果實已長成，蜿蜿蜒蜒簷底生。
土鼈屋裡到處有，長腳蜘蛛掛門口。
鹿腳印兒滿空場，螢火蟲閃閃發亮光。
荒涼的景象好可怕啊！使我對她更牽掛呀！
我往東山去打仗，好久不得回家鄉。
如今我從東山還，濛濛細雨下不完。
鸛鳥土堆上鳴叫，老婆屋裡嘆氣好煩惱。
打掃屋子把空隙塞，我的征夫就要回來。
團團的苦瓜很好看，長在柴薪上一大片。
自我不見這景象，三年的時光真夠長。
我往東山去打仗，好久不得回家鄉。

我來自東，零雨其濛。
倉庚于飛，㉑熠燿其羽。
之子于歸，皇駁其馬。㉒
親結其縭（ㄌㄧˊ lí），㉓九十其儀。㉔
其新孔嘉，㉕其舊如之何？㉖

如今我從東山還，濛濛細雨下不完。
黃鶯鳥兒在飛翔，翅膀閃閃好漂亮。
那天你做新嫁娘，拉車的馬兒白赤又白黃。
親娘為你繫佩巾，拜來拜去成了親。
新婚歡樂似蜜糖，久別重逢又該怎麼樣？

【註譯】

① 徂（ㄘㄨˊ）：往。東山：東方有山之地，指東征所到的地方。
② 慆慆（ㄊㄠ）：很久。
③ 零雨：細雨。其濛：濛然，迷濛。
④ 曰：語詞。
⑤ 勿：不要。士：事，即從事。行（ㄏㄤˊ）：行伍，打仗。枚：銜枚。古時行軍時怕大家說話被敵方聽到，所以每人口中含著一根像筷子般的木條，就可以不出聲、不講話。
⑥ 蜎蜎（ㄩㄢ）：蠕動的樣子。蠋（ㄕㄨˊ）：桑蟲，野蠶。
⑦ 烝（ㄓㄥ）：語詞。

⑧敦：團，因怕冷將身子蜷著團團的樣子。

⑨亦：語詞。車下：行軍在外，夜晚就在戰車下過夜。

⑩果臝（ㄌㄨㄛˇ）：栝樓，藥草名。實：果實。

⑪亦：語詞。施（ㄧˋ）：延伸。宇：屋簷。

⑫伊威：蟲名，俗稱土鼈，常在陰濕的地方。

⑬蠨蛸（ㄒㄧㄠ ㄕㄠ）：長腳蜘蛛。

⑭町畽（ㄊㄧㄥˇ ㄊㄨㄢˇ）：鹿所到之處，或者說是鹿的腳印。

⑮熠燿（ㄧˋ ㄧㄠˋ）：光閃動的樣子。宵行（ㄏㄤˊ）：螢火蟲。

⑯鸛（ㄍㄨㄢˋ）：水鳥，喜歡下雨。垤（ㄉㄧㄝˊ）：蟻塚，螞蟻因造窩而盜出的土形成一土墩，有的高大如一小墳墓。

⑰穹（ㄑㄩㄥˊ）：空洞，空隙。窒：堵塞。

⑱征：出征的人。聿（ㄩˋ）：語詞。

⑲有敦：敦然，團團的樣子。瓜苦：苦瓜。

⑳烝：語詞，或眾多。栗薪：堆積的柴薪。

㉑倉庚：黃鶯鳥。于飛：在飛。

㉒皇：馬黃白色。駁：馬赤白色。馬：古音讀ㄇㄨˇ。

㉓縭（ㄌㄧˊ）：佩巾，即蔽膝。古時女子出嫁，母親為她繫上佩巾，是結婚儀式之一。

㉔ 九十：形容儀式之多，九種十種的。
㉕ 新：新婚。孔：很。嘉：美好。
㉖ 舊：久，指久別。

【評解】

豳地是現在陝西省的邠縣，東山是在東方，兩地相距，非常遙遠。在那時既沒有快速的交通工具，路途又崎嶇難行，而此行又是去打仗，其困苦情形，更是可想而知。如今能夠凱旋而歸，當然恨不得一步到家。然而偏偏遇到濛濛細雨的壞天氣，使原本難走的道路，更是泥濘不堪，寸步難行。再加以夜晚只能睡在兵車下面，不得安眠，使得白天精神疲憊，舉步維艱。再想到自己已離家三年，家中不知荒涼到什麼樣的景象。想著想著，既擔心又害怕。老婆應該知道我就要到家而在打掃準備迎接吧！提到老婆，不禁使我回憶起新婚時候的景象：那是一個風和日麗的美好春天，黃鶯鳥兒都在空中飛舞祝賀，又黃又白的馬兒拉著新嫁娘的禮車，我和她左拜右拜地結成了夫妻，那是一段多麼美好的時光啊！不知經過三年的分別，再見面將是何等滋味呀！他一邊走、一邊想，一會兒快樂、一會兒憂愁，只恨身無彩鳳雙飛翼，能夠即刻飛到她的面前該是多好！寫征人歸來的心情，淋漓盡致，深刻動人。

篇中第二章所寫家中的荒涼景象，是一種淒愴的色澤；第四章回憶結婚時的甜蜜，是一種豔麗的色澤，這也是用的對照的寫法：兩種完全不同的顏色，並不覺得矛盾，反而增加色澤的濃度，增加感情的深度，使我們覺得荒涼的更可怕，甜蜜的更美好，是一種很有技巧的寫法。

雅之部十五篇

一、小雅十一篇

鹿鳴

【內容提示】

鹿兒是一種合群的獸，在野外看到可食的美草，必呼朋喚友來共同享受，這有似一個國家中君臣能夠互相照顧的情形。詩中敘述君上宴請臣下，不但有美酒佳餚，奏樂娛賓，並且贈送禮物，為的是臣下能在和樂的氣氛中暢所欲言，對國家有所建議，以便在上者作為施政的參考，真是上下一心，一片和諧。

【原詩】

呦呦（ㄧㄡ yōu）鹿鳴，①食野之苹（ㄆㄧㄥˊ píng）。②
我有嘉賓，③鼓瑟吹笙。④
吹笙鼓簧，⑤承筐是將。⑥
人之好（ㄏㄠˋ hào）我，⑦示我周行（ㄏㄤˊ háng）。⑧

呦呦鹿鳴，食野之蒿（ㄏㄠ hāo）。⑨
我有嘉賓，德音孔昭：⑩
「視民不恌（ㄊㄧㄠ tiāo），⑪君子是則是傚」。⑫
我有旨酒，⑬嘉賓式燕以敖（ㄠˊ áo）。⑭

呦呦鹿鳴，食野之芩（ㄑㄧㄣˊ qín）。⑮
我有嘉賓，鼓瑟鼓琴。
鼓瑟鼓琴，和樂且湛（ㄔㄣˊ chén）。⑯
我有旨酒，以燕樂嘉賓之心。

【語譯】

鹿兒在呦呦地鳴叫，是呼朋喚友來共同享受藾蕭。我宴饗高貴的賓客，又鼓瑟吹笙奏出美好的音樂，共同歡娛，還捧著籮筐贈送賓客禮物。客人要是愛好我，就請指示我一條大道，我好遵循著去做。

鹿兒在呦呦地鳴叫，是呼朋喚友來共同享受香蒿，我宴貴賓滿人廳，貴賓說的話很高明：「對待人民不輕賤，君上應當取法照著辦。」我有美酒請大家，務請喝個痛快盡情歡。

鹿兒在發出呦呦的聲音，是呼朋喚友來共同享受嫩芩，我宴請尊貴的賓客，彈琴鼓瑟大家共歡樂，彈琴鼓瑟共歡樂，氣氛融洽快樂多。我有美酒請大家喝，大家喝了好快活。

【註譯】

①呦呦（ㄧㄡ）：鹿鳴聲。

②苹（ㄆㄧㄥˊ）：草名，一名藾蕭，嫩時可食。

③嘉賓：主人尊稱客人之詞。

④鼓：對樂器的敲擊彈奏都可說是鼓。瑟、笙都是樂器名。

⑤鼓：鼓動。簧：笙的舌片，吹笙時鼓動舌片發聲，或以簧也是一種樂器。

⑥承：捧著。筐：用以盛幣帛等禮物的筐子。將：致送，進獻。又古時玉、馬、皮、圭、璧等均可稱幣。

⑦好（ㄏㄠˋ）我：愛好我。

⑧示：指示。周行（ㄏㄤˊ）：大道，蓋指治國之大道。

⑨蒿（ㄏㄠ）：一種野草，即香蒿。

⑩德音：別人的言語。孔：甚。昭：明。孔昭即很高明。

⑪視：看待。恌（ㄊㄧㄠ）：輕賤。

⑫君子：指在上之君王或國君。則：法則。傚：仿效，效法。

⑬旨酒：美酒。

⑭式：語詞。燕：同宴。敖（ㄠˊ）：舒暢。

⑮芩（ㄑㄧㄣˊ）：草名。

⑯湛（ㄔㄣˊ）：樂之久。

【評解】

這詩是小雅的第一篇，是宴會應用樂歌最重要的一篇。天子讌饗公卿及諸侯用它，各國國君讌饗群臣也用它，所以可稱是代表五倫之中君臣一倫的樂章。

孟子說：「君之視臣如手足，臣之視君如腹心；君之視臣如犬馬，臣之視君如國人；君之視臣如土芥，臣之視君如寇讎。」由此可知，在我國古代，君權與臣權是相對的。由本詩中，我們也可以看出君上對待臣下，好像對待尊貴的賓客一般，情意優厚，謙沖有禮，為的是要臣下能「示我周行」。因為我們知道君臣的關係，平常受禮俗的拘束，雖有所建議，也不敢輕易出口，怕冒犯龍顏。而在宴飲時候就不同了，在宴飲中，大家吃吃喝喝，說說笑笑，不覺拉近了君臣的距離，感情融通，上下一體。臣下在此時有所建議，即使是君上不喜歡聽的話，他也不會生氣的，這真是「乞言」的最好辦法。更何況君上已表明「人之好我，示我周行」，為君者如此謙虛有禮，為臣者得到君上如此優厚的禮遇，哪有不被感動而願赤誠盡忠的！自然就知無不言，言無不盡了。但是治國之道，千頭萬緒，從何說起？而在此詩的第二章卻能提綱挈領，把治國最重要的原則說出來，那就是「視民不恌」，對待人民不輕賤，即尊重人民。我們知道，古今中外任何一個治國者，沒有哪個不尊重人民而能成功的。所以「尊重人民」是治理國家要想成功的不二法門。可見我國的民主思想，在三千多年以前就已經很發達了。孟子讀了此詩，得到啟示，發明了他的「民貴君輕」的思想，因而〈鹿鳴〉一詩在三百篇中也就有了它特別重要的地位了。

全詩文筆樸實，情意真摯，感人至深。而其聲調和悅，流暢圓潤，更有令人百讀不厭之感。

常棣

【內容提示】

常棣花開之所以好看，是因為有承花的萼托，所以牡丹須要綠葉扶持，兩兩配合，才能相得益彰，二者是互有關連的，缺一則不能成其美好。這就像兄弟手足之親情，也是互相關連的。本詩就特別強調兄弟親情之重要。依次寫死生之間、急難之間、私鬥之間、共安樂之間，以及家室之間兄弟相親的情形。

【原詩】

常棣（ㄉㄧˋ dì）之華，①鄂不（ㄈㄨˊ fú）韡韡（ㄨㄟˇ wěi）。②
凡今之人，莫如兄弟。
死喪之威，③兄弟孔懷。④
原隰裒（ㄆㄡˊ póu）矣，⑤兄弟求矣。
脊令在原，⑥兄弟急難。

【語譯】

棠棣花開真好看，萼柎相承好鮮豔。
凡是今日世上人，沒誰能比兄弟親。
人們都怕看死人，只有兄弟懷念深。
死屍堆滿原野地，也要去找自己的兄弟。
鶺鴒鳥兒在高原，就像兄弟救急難。

每有良朋，⑦況也永歎。⑧
兄弟鬩（ㄒㄧˋ xì）于牆，⑨外禦其務。⑩
每有良朋，烝也無戎。⑪
喪亂既平，既安且寧。
雖有兄弟，不如友生。⑫

儐（ㄅㄧㄣ bīn）爾籩豆，⑬飲酒之飫（ㄩ yū）。⑭
兄弟既具，⑮和樂且孺（ㄖㄨˊ rú）。⑯
妻子好合，如鼓瑟琴。
兄弟既翕（ㄒㄧˋ xì），⑰和樂且湛。
宜爾室家，⑱樂爾妻帑（ㄋㄨˊ nú）。⑲
是究是圖，⑳亶（ㄉㄢˇ dǎn）其然乎！㉑

雖然你有好朋友，只能一再長聲歎。
兄弟在家常打鬥，外侮來了齊連手。
雖有好友幫助你，時間太久趕不及。
喪亂既然已平定，生活平安又寧靜。雖然你也有兄弟，不如朋友更親密。（安樂時，兄弟往往為小事而爭吵，災難時反而合作。所以朋友只能於安樂中見友情，兄弟卻能於災難時見親情）

排列滿桌籩和豆，大家喝酒喝個夠。
兄弟必須都到齊，才能和樂且長久。
妻子相處很親愛，如鼓琴瑟好和諧。
必須兄弟很友善，才能和樂且久遠。
兄弟使得全家和，妻子才能真快樂。
細細推究細思量，豈不真正是這樣？

【註譯】

①常棣（ㄉㄧˋ）：即棠棣、唐棣，果如櫻桃可食。華：花。

②鄂：即萼，承花的托。不（ㄈㄨˊ）：即柎，萼足。韡韡（ㄨㄟˇ）：光明，借棠棣之花萼相承，比喻兄弟手足相親之義。

③之：是。威：畏，怕。

④孔懷：非常懷念。

⑤原：原野。隰：低濕的地方。裒（ㄆㄡˊ）：聚。

⑥脊令：即鶺鴒，鳥名，飛則鳴叫，行則搖尾，有急難之義，借以比喻兄弟之相救急難。

⑦每：雖。下同。

⑧況：茲，即滋，多次。永歎：長歎。

⑨鬩（ㄒㄧˋ）：打鬥。牆：家牆以內。

⑩務：同侮。

⑪烝：久。戎：幫助。

⑫生：語詞。

⑬儐（ㄅㄧㄣ）：陳列。籩豆：祭祀或宴飲時所用以盛食物的器皿。

⑭之：是。飫（ㄩˋ）：饜足。

⑮具：俱，都在。

⑯孺（ㄖㄨˊ）：濡的假借字，濡是滯留長久的意思。
⑰翕（ㄒㄧˋ）：合。
⑱家：古音讀姑。
⑲帑（ㄋㄨˊ）：即孥，子。
⑳究：推究。圖：考慮。
㉑亶（ㄉㄢˇ）：誠然。然：如此。

【評解】

這是小雅中宴請兄弟們的樂歌，也是《詩經》裏可以代表五倫之禮中兄弟一倫的作品。

〈常棣〉的作者，說法很多，其中以周公所作的說法，後人贊成的比較多。全詩共八章。第一章以棠棣花開之所以好看，由於萼柎扶持的關係，以興起兄弟的關係是互相依傍而無法分開的。所以世上任何的人際關係，都不如兄弟的重要，總提全詩旨意。次章之所以特別舉出死於戰場上的屍體，是因為一次戰爭就會積屍滿野，無法找到親人的屍體，而且常人都怕看到死屍，更何況到危險萬分的戰場！然而兄弟情深，縱然萬分困難，萬分危險，也要去尋找自己兄弟的屍體，以便運回掩埋。三章以鶺鴒鳥的飛則鳴叫、行則搖尾，好像時時都在急人之難，以興起兄弟遇有急難，雖有良朋，恐鞭長莫及，遠水不救近火；或因總是外人，無法插手，只有在旁長歎的份兒。唯獨自己的兄弟，能及時相救，別人也不會講閒話。四章說兄弟總是兄弟，雖在家中有時吵嘴打架，但一有外侮，就激發了他們的手足之情而齊心抵抗。此時雖有良朋，也幫不上忙。五章感歎世人在安樂時反而親兄弟不如朋友，轉進一層寫，更見兄弟應互相愛護。下三章強調人生手足之情最重要：如果兄弟不在一起，雖有美酒佳餚，也會食不知味；雖有妻子的親情，然而如果兄弟不和，也不能獲得家庭的真正快樂。所以第六章就敘有兄弟同享飲食，才能有長久之樂；七章說夫婦感情雖好，但必須有兄弟的和樂才更美滿。末章頭兩句加重上章的意思，謂一家之中必須兄弟和樂，才能享受妻子之和樂。因為朋友妻子都是以人結合的，而兄弟的關係卻是天生的，是天合的。以人合的，雖親而實疏；以天合的，雖離而仍合。夫婦、朋友相處和諧則是夫婦、朋友；否則夫婦離婚，朋友反目，都會形同路人。而兄弟就不同了，在任何情況下，兄弟的關係是不能改變的。

牛運震評此詩說：「一章有一義，一篇直如一章。淺而真、慘而厚。怨慕曲折、惻怛團結，朱子以為『垂涕泣而道者』得之。」

伐木

【內容提示】

砍伐樹木，不是一人之力可以為功的，人生世上，少不了朋友的幫助；尤其是治理國家，更需要多人的協助。這篇詩就是強調朋友的重要，而且應該厚待我們的朋友。

【原詩】

伐木丁丁（ㄓㄥ zhēng），①鳥鳴嚶嚶（ㄧㄥ yīng）。②
出自幽谷，③遷于喬木。
嚶其鳴矣，求其友聲。
相彼鳥矣，④猶求友聲；⑤
矧（ㄕㄣˇ shěn）伊人矣，⑥不求友生？⑦
神之聽之，⑧終和且平。⑨
伐木許許（ㄏㄨˇ hǔ），⑩釃（ㄙ sī）酒有藇（ㄒㄩˋ xù）。⑪

【語譯】

砍伐樹木聲丁丁，山鳥鳴叫聲嚶嚶。從那山谷飛上去，飛上高大的喬木。山鳥的嚶嚶鳴叫，是在呼朋喚友伴。

看看那些山鳥啊，都還發出求友聲；何況我們人類哪，怎麼可以沒朋友？謹慎交往相聽從，必能相處和樂又平等。

鋸木的聲音呼呼響，過濾的美酒真正香。準備了既有肥羜（ㄓㄨˋ zhù），⑫以速諸父。⑬
寧適不來，微我弗顧。⑭
於（ㄨ wū）粲灑掃，⑮陳饋（ㄎㄨㄟˋ kuì）八簋（ㄍㄨㄟˇ guǐ）。⑯
既有肥牡，⑰以速諸舅。⑱
寧適不來，微我有咎（ㄐㄧㄡˋ jiù）。⑲
伐木于阪，⑳釃酒有衍。㉑
籩（ㄅㄧㄢ biān）豆有踐，㉒兄弟無遠。㉓
民之失德，㉔乾餱（ㄏㄡˊ hóu）以愆（ㄑㄧㄢ qiān）。㉕
有酒湑（ㄒㄩˇ xǔ）我，㉖無酒酤（ㄍㄨˇ gǔ）我。㉗
坎坎鼓我，㉘蹲蹲（ㄘㄨㄣˊ cún）舞我。㉙
迨我暇矣，㉚飲此湑矣。

肥美肉嫩的羔羊，邀請諸父來品嘗。寧肯他剛好有事不能來，也不要我禮貌沒盡到。

啊！打掃得多麼鮮明又整潔，擺設下好菜八大盤。準備了肥美的好牛肉，邀請諸舅來賞光。寧肯他剛好有事不能來，也不要我做事不周詳。

砍伐樹木在山坡，濾好的美酒多又多。籩豆盛菜擺一排，宴請兄弟都要來。人們常常傷和氣，往往因為吃的是粗食。

有酒我就把它濾好，沒酒我就去買到，我擊鼓坎坎聲調和，我蹲蹲跳舞共歡樂。等我哪天有空閒，再濾美酒請大家喝。

【註譯】

① 丁丁（ㄓㄥ）：砍伐樹木的聲音。
② 嚶嚶（ㄧㄥ）：鳥鳴聲。
③ 幽谷：幽深的山谷。

④相：看。
⑤猶：尚且。
⑥矧（ㄕㄣˇ）：何況。伊：語詞。
⑦生：語詞。
⑧神之：慎之，即謹慎交友。聽之：聽從朋友的忠告。
⑨終：既。
⑩許許（ㄏㄨˇ）：形容鋸木的聲音。
⑪釃（ㄙ）酒：用茅草過濾酒去渣滓。有藇（ㄒㄩˋ）：美好的意思。
⑫羜（ㄓㄨˋ）：羔羊，出生五個月大的羊為羜。
⑬速：邀請。諸父：朋友中之同姓而輩尊者。
⑭微：非，不是。弗顧：沒有照顧到。
⑮於（ㄨ）：歎辭。粲：鮮明。
⑯陳：陳列，擺設。饋（ㄎㄨㄟˋ）：食物。簋（ㄍㄨㄟˇ）：裝食物的容器，如盤碗之類，天子宴客八簋。
⑰牡：公牛。
⑱諸舅：朋友中異姓而輩尊者。
⑲咎（ㄐㄧㄡˋ）：過錯。
⑳阪：山坡之地。

㉑衍：多。

㉒籩（ㄅㄧㄢ）：竹編盛物之禮器。豆：木製盛物之禮器。有踐：踐然，陳列的樣子。

㉓兄弟：朋友之同輩者，包括同姓及異姓。

㉔失德：失和。

㉕乾餱（ㄏㄡˊ）：粗劣的食物。愆（ㄑㄧㄢ）：過錯，連上句意思是說：招待朋友要優厚，如果用粗劣的食物宴請朋友、就會有傷友誼而與朋友失和。

㉖湑（ㄒㄩˇ）：過濾。湑我：我湑。

㉗酤（ㄍㄨˇ）：買。酤我：我酤。

㉘坎坎：擊鼓的聲音。鼓我：我鼓，我打鼓。

㉙蹲蹲（ㄘㄨㄣˊ）：跳舞的樣子。舞我：我舞。

㉚迨：及至，等到。暇：空閒。

【評解】

這是小雅中宴請朋友故舊的樂歌，也是《詩經》裏可以代表五倫之禮中朋友一倫的作品。

此詩舊分六章，朱子因詩中章首用「伐木」二字，而全詩只三云伐木，故知當改為三章。今從朱子的分法。

首章以伐木之需人幫助以興起人生在世不能沒有朋友。開頭兩句的「丁丁」、「嚶嚶」，就譜成一曲山林交響樂，頗得山林靜趣。唐人詩：「伐木丁丁山更幽」、「鳥鳴山更幽」都是這一種情趣。下面接敘「出自幽谷，遷于喬木」，山鳥聽到伐木聲音而受驚嚇之餘，仍不忘引朋呼伴，趕快由深谷飛上高大的喬木以避難。這象徵我們交朋友是應該互求上進，雖然自已居於高位，也不可忘記舊日的朋友。孟子更引此兩句，以責難陳良的學生陳相之不知學好，原來陳相要拋棄儒家之學，而去向許行學神農之說。孟子責他道：「吾聞出自幽谷，遷于喬木，未聞下喬木而入幽谷者。」所謂人往高處爬，不應該拋棄華夏的文化，去向蠻夷之俗學習，罵陳相太不善於改變自己了。這又是引詩的另一意義。不過，我們雖然不能沒有朋友，但也不能隨便結交朋友。所以在這第一章就標明交友之道在于「慎與敬」，要謹慎擇交，既相交之後就應尊重友誼，聽從朋友的忠告，這樣才能交到真正的朋友，也才能維持友誼的長久。

第二章只用鋸木呼呼的聲音作引子，就接敘宴飲朋友故舊的情景，表現了慎敬之道的實踐。而在宴請朋友時，應有親疏遠近之別，以為宴請先後的次序。所以先邀請「諸父」，是朋友中同姓而輩尊的；再邀請「諸舅」，是朋友中異姓而輩尊的。而且寧肯對方有事不能來，也不要我禮貌沒做到，所謂「不來在人，弗顧在我」，躬自厚而薄責於人。本來，我們做人，就是要盡其在我，求個心安理得，至於別人怎樣對我，那就不管他了。

三章用伐木于阪作引子，接敘宴請朋友故舊的情景。上章請的是長輩，此章是宴請兄弟，指朋友中之同輩的，包括同姓、異姓在內。上章對尊者說「寧適不來」，不敢請他一定來；而此章對同輩的就說「兄弟無遠」，既無遠則當一定來。這是對長輩、平輩說話的技巧，措詞得法。下面接敘宴請朋友可以增進感情、可以溝通意見。所以宴飲在朋友之間也是很重要的，更何況還有音樂舞蹈以助興呢！到此時已由上章慎敬之道的實踐，到達鼓舞歡洽的地步了。最後「迨我暇矣，飲此湑矣」是以拖宕之筆留有後情，可謂篤厚之至。宋人真德秀說：「玩其詩，只見為人之求友，而不為君之求臣。蓋先王樂道忘勢，但見有朋友相須之義，而不見有君臣相臨之分故也。」

牛運震批此詩的首尾特色說：「伐木鳥鳴二語幽靜之極，空山無人讀之，始見其妙。」「『迨我暇矣，飲此湑矣』，宕筆作結，雋逸耐人諷思。唐人詩『數甕猶未開，來朝能飲否？』亦以拖宕之筆，收結成趣。」

采薇

【內容提示】

西周時代，北方野蠻民族玁狁（秦漢時稱匈奴）常常南侵擾亂，所以周朝不得不派遣軍隊遠征，去從事神聖的保衛戰。他們出門後壯士從戎，誓無生還，跟家人更是相見無期。縱然在歲暮天寒，思鄉情切，也是家書莫達，兩地音訊渺然。最後終於打了勝仗，凱旋歸來，可是已物換星移；出征時是楊柳依依的春天景，如今歸來已是大雪紛飛的嚴冬了。想到這次出征，艱苦備嘗，勝利果實得到的不易，不禁有所感傷而寫下了這篇感懷詩。

【原詩】

采薇采薇，①薇亦作止。②
曰歸曰歸，③歲亦莫止。④

【語譯】

採薇菜呀採薇菜，薇菜剛剛長出來。回家吧！回家吧！時間已到年底下。在外作戰既沒室也沒靡(ㄇㄧˊ mí)室靡家，⑤玁(ㄒㄧㄢˇ xiǎn)狁(ㄩㄣˇ yǔn)之故。⑥
不遑啟居，⑦玁狁之故。
采薇采薇，薇亦柔止。⑧
曰歸曰歸，心亦憂止。
憂心烈烈，⑨載飢載渴。⑩
我戍未定，⑪靡使歸聘。⑫
采薇采薇，薇亦剛止。⑬
曰歸曰歸，歲亦陽止。⑭
王事靡盬(ㄍㄨˇ gǔ)，⑮不遑啟處。⑯
憂心孔疚(ㄐㄧㄡˋ jiù)，⑰我行不來(ㄌㄞˋ lài)。⑱
彼爾維何？⑲維常之華。⑳
彼路斯何？㉑君子之車。㉒
戎車既駕，㉓四牡業業。㉔
豈敢定居？一月三捷。
駕彼四牡，四牡騤騤(ㄎㄨㄟˊ kuí)。㉕
君子所依，㉖小人所腓(ㄈㄟˊ féi)。㉗
四牡翼翼，㉘象弭(ㄇㄧˇ mǐ)魚服。㉙

家，都是為了來把玁狁打！沒有時間可安居，都是為了玁狁的緣故！

採薇菜呀採薇菜，薇菜的幼芽已長嫩。回家吧！回家吧！心裏實在很愁悶。愁悶的情緒很難熬，又飢又渴受不了。我駐防的地方常常換，家中沒法使人來問平安。

採薇菜呀採薇菜，薇菜已長得硬挺挺。回家吧！回家吧！已是十月來到啦。天王的事情沒停止，我就沒空能休息。內心憂愁病已深，沒人慰勞我這出征人。

那好茂盛的是什麼花？那是棠棣開的花。那輛車是誰的車？那是長官的座車。兵車駕好四匹馬，四匹公馬好壯大。哪敢停下來去休息，一月三次告勝利。

駕上四匹公馬，四匹公馬好高大。長官倚在車中坐，士兵跟著車旁走。四匹公馬很整齊，象骨飾弓裝進魚服裏。哪能不天天都警戒？玁狁的行動

豈不日戒，玁狁孔棘。㉚
昔我往矣，楊柳依依。㉛
今我來思，㉜雨（ㄩˋ yù）雪霏霏。㉝
行道遲遲，載渴載飢。
我心傷悲，莫知我哀。

非常快。

從前我出門去打仗，楊柳依依好春光。如今歸來已嚴冬，大雪紛飛好寒冷。道路難行慢慢走，又飢又渴好難受。我的心裡傷感又悲哀，悲哀沒人能了解。

【註譯】

①采：採。薇：野菜名，俗稱野豌豆，嫩時可食。
②亦、止：均語詞，下同。作：生出。
③曰：語詞。
④莫：同暮。
⑤靡（ㄇㄧˊ）：無。本有室家，因在外戍役，就變成沒室沒家了。家古音讀ㄍㄨ。
⑥玁狁（ㄒㄧㄢˇ ㄩㄣˇ）：西北方的狄人，商末周初稱為鬼方，周朝中葉以後稱為玁狁，秦漢時稱匈奴。
⑦不遑：沒有時間。啟：跪。居：坐。啟居：安居意。
⑧柔：嫩芽柔軟。

⑨烈烈：很憂愁的樣子。

⑩載……載……：又……又……。

⑪我戍未定：我戍未定：在外行軍征戍，行蹤不定。

⑫歸：如《論語》「齊人歸女樂」之歸，是「送」的意思。聘：慰問。因自己在外行蹤不定，家人沒辦法使人來慰問，致和家人音訊斷絕。

⑬剛：薇菜已長得堅硬了。

⑭陽：夏曆十月為陽月，即周曆的歲末。

⑮靡：沒。盬（ㄍㄨˇ）：止息。

⑯啟處：即啟居，安居。

⑰孔：非常。疚（ㄐㄧㄡˋ）：病。

⑱來（ㄌㄞˋ）：慰勞，不來：沒人來慰勞，正應上章「靡使歸聘」句。

⑲爾：同薾，花開茂盛的樣子。維：是。

⑳常：常棣，即棠棣。華：花。

㉑路：車名。斯：維，是。

㉒君子：古時對有官位的人也稱君子。

㉓戎車：兵車。

㉔業業：形容馬的盛壯。

㉕騤騤（ㄎㄨㄟˊ）：形容馬的盛壯。
㉖依：依靠車中，即坐在車中。
㉗小人：指士卒。腓（ㄈㄟˊ）：避在一邊。是說士兵在車旁步行隨從。
㉘翼翼：形容馬的行列整齊。
㉙象弭（ㄇㄧˇ）：用象骨裝飾弓的兩頭。魚：獸名，似豬，皮可做弓箭的袋子。服：箭囊。
㉚孔：非常。棘：急，快速。
㉛依依：披拂擺動的樣子。
㉜思：語詞。
㉝雨（ㄩˋ）雪：落雪。霏霏：形容雪盛的樣子。

【評解】

《詩經》小雅中有三篇有關討伐玁狁的詩，即〈采薇〉、〈出車〉和〈六月〉，都是在周宣王時代。這篇采薇共六章，前五章是征人追念出征時的情況，後一章是征人敘述今日歸還時的心情。一、二、三章是以薇菜生長的進度，說明時序的變化。此次出征，是為抵禦外侮玁狁，所以字裡行間充滿對玁狁的痛恨之情。出征在外的人大概有四件事是最感煩惱的：一是遠離家人之悲，二是無暇休息之勞，三是忍飢受渴之苦，四是不得家中音訊之憂。而此四事，在本詩的前兩章都敘到了。想到這些煩惱，都是可惡的玁狁造成的，因而對玁狁的痛恨更深沉，要消滅他們的勇氣也就更增加了。所以才會有一月三捷的輝煌戰果。再由於看到出征車馬的神氣，武器裝備的精良，將帥儀容的威武，加上勝利號角的頻吹，使他感到無上的光榮、無比的驕傲。那麼如今凱旋歸來，應該慶幸生還，感到高興才對。可是人的感情是變化多端的。想到戰爭時期的艱苦備嘗，得到勝利果實的犧牲代價；又想到出征時還是楊柳依依的春天景，而如今卻是大雪紛飛的嚴寒冬，再加上飢寒交迫，關山難度，不禁感慨萬千，而有「莫知我哀」之歎！

此詩的好處全在末章真情實景、感時傷事的描寫，所以晉朝大將謝安曾問他的子弟們說：「你們認為《詩經》中那幾句最好？」他的侄子謝玄就答道：「昔我往矣，楊柳依依；今我來思，雨雪霏霏。」謝安卻不贊成說：「我認為『訏謨定命，遠猷辰告』（大雅〈抑〉）兩句最好。」謝安所說，自是宰相口吻；但後世詩人，多喜歡謝玄所提兩句。清人沈德潛就說：「此一時興到之句，然亦實是名句。」朋友！你贊成他們哪個呢？

牛運震評此詩說：「悲壯淒婉，全以正大之筆出之。結構用意處更極渾成。後世〈出塞曲〉，傷於慘而盡矣。」方玉潤就說：「絕世文情，千古常新。」都對此詩給予很高的評價。

六月

【內容提示】

周宣王有一位很得力的允文允武的大臣尹吉甫，他奉王命於六月的大暑天，率領著大隊人馬做開路先鋒，往北方去討伐入侵的玁狁。他的儀仗威武，軍隊嚴整，終於獲得了偉大的戰功。勝利歸來，把得自天子的厚賜，分享各位戰友，並大設筵席慰勞僚屬。詩人就作此詩以歌頌他的風度和功績。

【原詩】

六月棲棲，①戎車既飭（ㄔˋ chì）。②
四牡騤騤（ㄎㄨㄟˊ kuí），③載是常服。④
玁狁孔熾，⑤我是用急。⑥
王于出征，⑦以匡王國。⑧

【語譯】

六月的暑天，大家急急忙忙地，把兵車都裝備好，駕上四匹高頭大馬，上面載著全副武裝的將帥。這樣的緊急動員，是因為玁狁入侵的勢力熾盛，所以天王一發布出征令，大家就立刻行動去救助王國。

比物四驪（lí），⑨閑之維則。⑩
維此六月，既成我服。⑪
我服既成，于三十里。⑫
王于出征，以佐天子。⑬

四牡脩（xīu）廣，⑭其大有顒（yóng）。⑮
薄伐玁狁，⑯以奏膚公。⑰
有嚴有翼，⑱共（gōng）武之服。⑲
共武之服，以定王國。

玁狁匪茹，⑳整居焦穫（hù）。㉑
侵鎬（hào）及方，㉒至于涇（jīng）陽。㉓
織文鳥章，㉔白旆（pèi）央央。㉕
元戎十乘（shèng），㉖以先啟行（háng）。㉗

戎車既安，如輊（zhì）如軒。㉘
四牡既佶（jí），㉙既佶且閑。㉚
薄伐玁狁，至于大（tài）原。㉛
文武吉甫，㉜萬邦為憲。㉝

駕上力氣相當的四匹黑馬，動作熟習而有法則。在這盛暑的六月，趕製好軍服，大家穿了趕路出征，一天之間要趕三十里。天王發布出征令，我們就立刻應命助天子。

四匹高大的公馬，真是龐然大物。去討伐外夷玁狁，完成了偉大的功業。大隊人馬既威嚴又謹慎，恭敬地去從事戰爭，不敢掉以輕心，為的是打跑外夷安定王國。

玁狁頑強不柔服，大軍齊集在焦穫。侵入了鎬又到了方，一直到達涇水的北邊，勢力實在太猖狂。大隊人馬去討伐，鳥隼的旗幟很雄壯，綢帶飄揚好鮮亮。大車十輛做前導，勇往猛進上戰場。

兵車走起來很安穩，或高或低都沒危險。四匹公馬很壯健，壯健而又步伐很熟練。前去討伐玁狁，一直打到太原。能文能武的尹吉甫，真是天下的好典範。

吉甫燕喜，㉞既多受祉。㉟
來歸自鎬，我行永久。
飲御諸友，㊱炰（ㄆㄠˊ páo）鱉膾（ㄎㄨㄞˋ kuài）鯉。㊲
侯誰在矣？㊳張仲孝友。㊴

接受了天子很多賞賜，吉甫真是好歡喜。想到這次從鎬來，行軍日子很長久。所以要炰鱉膾鯉設大宴，慰勞我的眾戰友。在座貴賓誰重要，孝友的張仲他最好。

【註譯】

①六月：盛夏出征，說明敵寇入侵的緊急。棲棲：遑遑不安的樣子。
②戎車：兵車。飭（ㄔˋ）：整飭。
③四牡：四匹公馬。騤騤（ㄎㄨㄟˊ）：形容馬的壯盛。
④載：用車裝載。常服：戎服：即軍裝。此處應指穿軍裝的將帥而言，《左傳》上說：「帥師者有常服。」
⑤孔：甚。熾：盛。
⑥是用：是以，即所以。
⑦于：曰，說。
⑧匡：救助。
⑨比物：馬力相等。驪（ㄌㄧˊ）：黑色的馬，古時用馬，凡祭祀朝覲會同，就用毛色相同的馬；凡

軍事就用力氣相等的馬，因前者重文飾，後者重力強。

⑩閑：動作閑熟。維則：有法則。

⑪服：軍服。

⑫于三十里：往行三十里，古者行軍每天以三十里為限。

⑬佐：輔佐，幫助。

⑭脩（ㄒㄧㄡ）：長。廣：寬，形容馬的高大。

⑮有顒（ㄩㄥˊ）：顒然，很龐大的樣子。

⑯薄：語詞。

⑰奏：收到。膚公：大功。

⑱有嚴有翼：即嚴然翼然。嚴是威嚴，翼是謹慎。

⑲共（ㄍㄨㄥ）：恭敬。服：事。武之服即軍事。

⑳茹：柔。匪茹：不柔順、不柔服。

㉑整居：齊集。焦穫（ㄏㄨˋ）：地名，玁狁所盤踞之地。

㉒鎬（ㄏㄠˋ）：地名，不是周京的鎬。方：地名。

㉓涇（ㄐㄧㄥ）：水名。涇陽：涇水的北邊。

㉔織：幟，旗子。鳥章：鳥隼的花紋。

㉕白：帛，綢子。旆（ㄆㄟˋ）：旗下的飄帶。央央：鮮明的樣子。

㉖元戎：大車。十乘（ㄕㄥˋ）：十輛。
㉗啟行（ㄏㄤˊ）：開路。
㉘輊（ㄓˋ）：車後起。軒：車前高。如：或。形容車輛前進，由於路面不平，有時前高後低，有時前低後高。
㉙佶（ㄐㄧˊ）：壯健。
㉚閑：熟練。
㉛大（ㄊㄞˋ）原：即太原。在今山西省。
㉜吉甫：即尹吉甫。
㉝萬邦：萬國。憲：法，模範。
㉞燕：樂。
㉟祉：福祉，即賞賜。
㊱御：進食。友：戰友。
㊲炰（ㄆㄠˊ）：煮。膾（ㄎㄨㄞˋ）：細切肉，即切成肉絲。
㊳侯：維，語詞。
㊴孝友：孝敬父母，友愛兄弟。

【評解】

這是小雅中有關北伐玁狁三篇詩的最後一篇。也是一篇翔實的記載，留傳下來當時歷史文化的大事。使我們讀了，無異一服振奮劑，而為我們偉大的祖先感到驕傲，也更感到我們做為龍的傳人責任之重大，使命的無所旁貸，要做為一個歷史的接棒者，繼續努力向前；推動著時代的巨輪，讓它在時間的旅程上也留下值得紀念的軌跡。那樣也許不會愧對我們的祖先，而對我們的子孫也有所交代。詩中最後特別提出一位重要的客人，是有孝友之德的張仲。這是借孝友陪襯文武，而且「求忠臣必於孝子之門」，作者是含有深意的啊！

我行其野

【故事介紹】

一個強健的男子，因為家境貧困，終年勤勞所得，尚不足以糊口。憑人說合，就入贅於富女之家。富女雖然做了他的老婆，但只把他當奴隸一般支使，他一點也得不到家庭的溫暖。兩年後，富女便天天罵他，甚至詛咒他早些死去，讓她可以另找新婿。於是他不得不獨自走在曠野，採些羊蹄菜等野生植物來充飢，踟躕著走回到自己老家的路途，口中唱出這贅婿的悲歌來。

【原詩】

我行其野，蔽芾（ㄈㄨˊ fú）其樗（ㄕㄨ shū）。①
昏姻之故，②言就爾居。③
爾不我畜（ㄒㄩˋ xù），④復我邦家。⑤
我行其野，言采其蓫（ㄓㄨˊ zhú）。⑥

【語譯】

我流浪野外難過傷心，只有茂密的樗樹為我遮蔭。為了婚姻的緣故，才來你家居住。如今你容不下我，只好回到我的本鄉故土。

我流浪野外沒喝沒吃，羊蹄菜採來暫時充飢。為

昏姻之故，言就爾宿。

爾不我畜，言歸斯復。⑦

我行其野，言採其葍（ㄅㄧ bī）。⑧

不思舊姻，求爾新特。⑨

成不以富，亦祇以異。⑩

了婚姻的緣故，才來和你同住。如今你容不下我，只好回到我的本鄉故土。

我流浪野外沒喝沒吃，採了葍菜暫時充飢。不思念往日的夫妻之恩，又去找你新的匹配。並不因為他是富有，只因你是喜新厭舊。

【註譯】

①蔽芾（ㄈㄨˊ）：枝葉茂盛的樣子。樗（ㄕㄨ）：樹名，木質不好。

②昏：婚。

③言：語詞。

④畜（ㄒㄩˋ）：收容。

⑤復：返回。邦家：故鄉的家。

⑥蓫（ㄓㄨˊ）：羊蹄菜。

⑦言、斯：都是語詞。

⑧葍（ㄅㄧ）：賤菜。花、葉皆似牽牛花。

⑨特：雄性的獸叫特，此處是指夫婿。

⑩ 異：新異。

【評解】

小雅和國風，沒有明顯的界限。像這篇〈我行其野〉，形式既是三章疊詠的歌謠風格，內容也只是男女個人私情的申訴，就是風詩入於小雅的一個例子。從前解詩的，便因它在小雅中而強要和政治拉上關係，說它是刺宣王的荒政，又說是申后被廢歸國，怨幽王之詩。實在沒有道理。

我們知道，小雅中有東周時代的作品，那時已有贅婿之俗的流行。其中著名的，像淳于髡，就是齊國的贅婿。贅婿非但被人賤視，而且常受妻家的侮辱，有不能使人忍受者。五代時的劉知遠，就是最好的樣本。他入贅李家，做李三娘的贅婿，三娘雖是賢妻，但李家對他的侮辱，還是使他無法忍受，只得離別三娘而出走。劉知遠的諸宮調中，就有「勸人家少年諸子弟，願生生世世莫做人贅婿」的話，這篇詩中的男子，更被自己的妻子虐待冷落，就不得不走向曠野中去悲歌訴苦。你聽了，是不是覺得贅婿之俗應該革除呢？

斯干

【內容提示】

這是一篇祝賀新屋落成的詩。先寫新屋座落的環境，有遠景、有近景；再寫新屋構造的情形，由外觀寫到內室。最後寫到新屋主人生男育女的情形，所生男女，各有不同的待遇。寫來層次分明，文筆生動。

【原詩】

秩秩斯干，①幽幽南山；②
如竹苞矣，③如松茂矣。
兄及弟矣，式相好矣，④無相猶矣。⑤
似續妣（ㄅㄧˇ bǐ）祖，⑥築室百堵，⑦西南其戶。⑧
爰居爰處，⑨爰笑爰語。

【語譯】

近處澗水清澈流，遠望南山深幽幽。竹子長得一叢叢，松樹長得好茂盛。兄弟相親又相愛，感情融洽很和諧，切莫怨尤相責怪。

繼承祖先保產業，建築新屋展鴻圖。向西向南開門戶，在此定了居，在此要長住，約之閣閣，⑩椓（zhuó）之橐橐（tuó）。⑪
風雨攸（yōu）除，鳥鼠攸去，君子攸芋（yǔ）。⑫
如跂斯翼，⑬如矢斯棘；⑭
如鳥斯革（jí），⑮如翬（huī）斯飛，⑯君子攸躋（jī）。⑰
殖殖（zhí）其庭，⑱有覺其楹。⑲
噲噲（kuài）其正，⑳噦噦（huì）其冥，㉑君子攸寧。
下莞（kuǎn）上簟（diàn），㉒乃安斯寢。
乃寢乃興，乃占我夢。
吉夢維何？維熊維羆（pí），㉓維虺（huǐ）維蛇。㉔
大人占之：維熊維羆，男子之祥；㉕
維虺維蛇，女子之祥。

一家有說有笑好幸福。

築牆的木板緊緊綁，杵搗地基橐橐響。不怕風雨來侵襲，鳥鼠也都避開去。君子住著很安舒。

氣勢像人恭敬地站立，牆角像飛箭一般直；屋簷像飛鳥展兩翅，又像五彩的雉雞飛舞起。君子就登上台階進屋裡。

庭院平坦又方正，圓柱挺直又堅硬。大廳光線很明亮，內室幽靜暗無光，君子住著保安康。

蒲席上面鋪竹席，睡在上面很安適。睡足一覺醒過來，請人占卜夢中事。請問所夢是什麼？大熊小熊山上走，小蛇大蛇地上爬。

圓夢大人占斷說：夢著大熊和小熊，預兆是要生壯丁；小蛇大蛇地上爬，預兆是要生女娃。

乃生男子，載寢之床，㉖
載衣（yì）之裳，㉗載弄之璋，㉘
其泣喤喤。㉙朱芾（fú）斯皇，㉚室家君王。㉛
乃生女子，載寢之地，
載衣之裼（tì），㉜載弄之瓦。㉝
無非無儀，㉞唯酒食是議，無父母貽罹（lí）。㉟

生個大男孩，給他睡到床上來，給他衣裳穿，給他圭璋玩，哇哇哭得好大聲，紅色的蔽膝好鮮明，他將是這家的主人翁。

要是生個小女孩，給她睡到地上來，小被包著不曾冷，紡錘給她常玩弄。不許違背不專制，只准談論辦酒食，不使父母擔心事。

【註譯】

①秩秩：清澈的樣子。斯：語詞。干：澗，兩山之間的水流。

②幽幽：深遠的樣子。

③如：而，語詞。下同。苞：茂密，草木叢生的樣子。

④式：語詞。

⑤猶：同尤，埋怨責怪。

⑥似：嗣。嗣續：繼承。妣（ㄅㄧˇ）：女祖先。祖：男祖先。此句是說要繼承先人的遺志。

⑦堵：一方丈是一堵，百堵是說築室很多。此句是說創新業。

⑧西南其戶：將門戶開向西或向南。

⑨爰：在那裡。

⑩約：捆紮。閣閣：一道一道的樣子。從前築牆用兩板夾起來填土在裡面，叫板築。兩板必須用繩捆紮得一道一道的，以免脫落。一板築好再將兩板上移築另一板，直到所要築牆的高度為止。

⑪椓（ㄓㄨㄛˊ）：用杵搗土使牆堅硬，即打夯（ㄏㄤ hāng）。橐橐（ㄊㄨㄛˊ）：搗土的聲音。

⑫攸（ㄧㄡ）：所以，因而。除：去。

⑬芋（ㄩˇ）：同宇，居住。

⑭跂：同企。斯：語詞。翼：恭敬，此句是說房屋的氣勢像人企立很恭敬的樣子。

⑮棘：急。此句是說房屋四周牆的稜角，像射出去急馳的箭那麼直。

⑯革（ㄐㄧˊ）：張開兩翼。此句是說房屋兩邊的屋簷像鳥張開兩翅的樣子。翬（ㄏㄨㄟ）：雉雞。

⑰躋（ㄐㄧ）：升，升入此室。

⑱殖殖（ㄓˊ）：平正的樣子。庭：院子。

⑲覺：直，有覺即覺然。楹：柱子。

⑳噲噲（ㄎㄨㄞˋ）：明亮。正：正廳。

㉑噦噦（ㄏㄨㄟˋ）：昏暗。冥：暗處，指內室。

㉒莞（ㄍㄨㄢˇ）：蒲席，較軟。簟（ㄉㄧㄢˋ）：竹席，較滑。

㉓羆（ㄆㄧˊ）：獸名，似熊而大。

㉔虺（ㄏㄨㄟˇ）：小蛇。
㉕祥：吉兆。下同。
㉖載：則，就。
㉗衣（ㄧˋ）：穿。下同。
㉘璋：古玉器，半圭形。弄璋：預祝他做大官。
㉙喤喤：大聲。
㉚朱芾（ㄈㄨˊ）：紅色的蔽膝。斯：語詞。皇：鮮明。
㉛室家君王：意思是一家之主。
㉜裼（ㄊㄧˋ）：小包被。
㉝瓦：紡錘，使她會做紡織等女紅。
㉞非：違背。儀：專制。
㉟貽：遺給。罹（ㄌㄧˊ）：憂。不使父母擔憂，不給父母憂愁。

【評解】

此詩描寫新屋，真是巨細靡遺。先寫它的大環境：遠有青山近有溪水，已富有山水幽美的情趣；再敘近處綠竹叢生，松樹繁茂，更點綴得如詩如畫。這樣美好的環境，如果住在裡面的人一天到晚吵架，又有什麼幸福可言？所以第一章就提出兄弟和樂融洽的重要。正如〈常棣〉所說，一家之中兄弟和樂，全家才會有真正的快樂。同時以綠竹的叢生，比喻這戶人家的根本穩固，以松樹的繁茂，比喻這戶人家的子孫繁衍。而且我們知道，為人子孫如果只能守成，不能創新，總有坐吃山空的一天，所以又祝頌這房屋的主人，既能承受先人的遺志，又能開創更新的事業，即詩中「似續妣祖，築室百堵」兩句所說。

其次敘述對房屋的構造，門窗要講究方向，牆垣要打得緊密。第四章疊用四個比擬的詞句，來形容新屋的高聳、直立、寬敞、華麗。由「如翬斯飛」一句我們可看出這新屋是雕簷畫棟，像五彩的雉雞在空中飛舞，真是形容得既具體又生動。而他們對於正廳內室的光線有明暗的分別，臥室的床鋪也很講究：下面鋪軟的，上面鋪滑的。詩中敘述生男育女，及父母對子女觀念及待遇的差別，這種思想今日看來是落伍了，但在那時並不認為有什麼不對。不過，這種「重男輕女」的思想，至今未全打破，也可見這篇詩對後世的影響有多麼的深遠了。

全詩寫來層次分明，由遠而近、由大而小、由外而內、由靜而動、由實而虛。自首章至六章的前半章都是寫實，以後就純屬推想、期望的意思。而三章寫牆垣堅固，就說「君子攸芋」；四章寫房屋氣勢，就說「君子攸躋」；五章寫內室居寢，就說「君子攸寧」。描寫既是細緻而生動，用字更是精鍊恰當。而各章多用排句，是本詩的特點。

十月之交

【內容提示】

古人認為自然界的變化和人世間的一切是互相有關連的。由於周幽王暴虐無道，寵愛褒姒，任用小人，政治敗壞，人民遭殃，所以就有日蝕、地震等各種可怕的自然現象發生。詩人認為這是對幽王的警告，就寫下了這篇紀實的詩，表達他憂國憂民的赤忱。詩中對於天災人禍的描述，非常真實而生動。

【原詩】

十月之交，①朔ㄕㄨㄛˋ shuò月辛卯，②
日有食之，③亦孔之醜。④
彼月而微，⑤此日而微。
今此下民，⑥亦孔之哀。
日月告凶，⑦不用其行ㄏㄤˊ háng。⑧

【語譯】

十月初一這一天，干支算來是辛卯。
天上突然有日蝕，這種現象真不好。
不久之前才月蝕，如今又有日蝕壞徵兆。
可憐天下老百姓，痛苦悲哀何時了！
日月顯示凶惡兆，就不走它正常道。

四國無政，⑨不用其良。⑩
彼月而食，則維其常；⑪
此日而食，于何不臧！⑫
爗爗(yè)震電，⑬不寧不令。⑭
百川沸騰，山冢(zhǒng)崒(cuì)崩。⑮
高岸為谷，深谷為陵。
哀今之人，胡憯(cǎn)莫懲！⑯
皇父卿士，⑰番維司徒，⑱
家伯維宰，⑲仲允膳夫，⑳
聚(zōu)子內史，㉑蹶(kuì)維趣馬，㉒
楀(jǔ)維師氏，㉓豔妻煽方處。㉔
抑此皇父，㉕豈曰不時。㉖
胡為我作，㉗不即我謀。
徹我牆屋，㉘田卒汙萊(lài)。㉙
曰：「予不戕(qiāng)，㉚禮則然矣。」
皇父孔聖，㉛作都于向。㉜
擇三有事，㉝亶(dǎn)侯多藏(zàng)。㉞

天下到處沒善政，只因好人不被用。
從前發生了月蝕，這種現象不稀奇。
如今日蝕也發生，為何還不行善政？
電光閃閃雷隆隆，天搖地撼不安寧。
大小河川水騰滾，山頂突然往下崩。
高高崖岸變山谷，深深山谷變丘陵。
可嘆今日在位人，為啥還不快警醒？
皇父是卿士，番氏做司徒。
家伯做冢宰，仲允做膳夫。
聚子是內史，蹶氏做趣馬。
楀氏掌得失，美豔妻子伴起居。
而且說到這皇父，哪兒能說他錯誤？
為什麼叫我去做事，不來和我先商議？
把我的牆屋弄毀壞，田裡積水長草萊。
說：「我並沒有傷害你，照禮就該是如此。」
皇父真是很聰明，早就在向築都城。
選去管事的有三卿，又挑了真正的大富翁。

不憖(ㄧㄣˋ yìn)遺一老，㉟俾(ㄅㄧˋ bì)守我王。㊱
擇有車馬，以居徂(ㄘㄨˊ cú)向。㊲
黽(ㄇㄧㄣˇ mǐn)勉㊳從事，不敢告勞。
無罪無辜，㊴讒口囂囂(ㄠˊ áo)。㊵
下民之孽，㊶匪降自天；㊷
噂(ㄗㄨㄣˇ zǔn)沓(ㄊㄚˋ tà)背憎，㊸職競由人。㊹
悠悠我里，㊺亦孔之痗(ㄇㄟˋ mèi)。㊻
四方有羨，㊼我獨居憂。
民莫不逸，㊽我獨不敢休。
天命不徹，㊾我不敢傚我友自逸。㊿

不願留下一個老臣，好為我王來護身。
有車有馬的他選去，遷到向地去居住。
努力做事不懈怠，有苦不敢說出來。
沒有犯罪沒過錯，大家齊聲陷害我。
在下人民遭災殃，災殃不是自天降。
見面合好背後恨，都是由人搗的鬼。
我的憂愁沒完了，憂愁深了就病倒。
四方之人都豐足，只我一人在憂苦。
人家沒有不安逸，只我一人不休息。
天命已不按正道，我不敢學別人也逍遙。

【註譯】

① 十月：周曆的十月，是夏曆的八月。交：日月交會，即夏曆每月的初一。

② 朔（ㄕㄨㄛˋ）月：即月朔，每月的初一。辛卯：古時用干支紀日，就是用甲乙丙丁戊己庚辛壬癸十干，和子丑寅卯辰巳午未申酉戌亥十二支配合，每配六十次就是一週，然後再從頭配起，如甲子、乙丑、丙寅……第六十就是癸亥，第六十一又是甲子，以此類推，古代對於年、月、

日、時都用這種方法來記。

③有：又。食：即蝕字。

④亦：語詞。孔：甚。醜：惡。亦孔之醜：很壞的事。

⑤微：不明。

⑥下民：天下的人民。

⑦告凶：告示將有災難發生。

⑧行（ㄏㄤˊ）：道路。不用其行：不用它正常應走的道路。

⑨四國：四方之國，指天下。無政：沒有善政。

⑩不任用賢良的人。

⑪維：是。

⑫于：語詞。臧：善。

⑬爗爗（ㄧㄝˋ）：電光閃閃的樣子。

⑭令：善。

⑮冢（ㄓㄨㄥˇ）：山頂。崒（ㄘㄨㄟˋ）：匆猝，突然。

⑯胡：何。憯（ㄘㄢˇ）：曾。懲：懲戒。

⑰皇父：人名。卿士：百官之長。

⑱番：姓。維：是。司徒：官名，管天下土地之圖，人民之數。

⑲家伯：人名。維宰：官名，管邦治的官。

⑳仲允：人名。膳夫：上士，管王的飲食。

㉑聚（ㄗㄡ）：姓。內史：中大夫，管爵位俸祿的廢置和生殺予奪之法。

㉒蹶（ㄎㄨㄟˋ）：姓。趣馬：為王管馬的中士。

㉓楀（ㄐㄩˇ）：姓。師氏：中大夫，管朝政得失的事。

㉔豔妻：美豔的妻子，指褒姒。煽：煽動誘惑。方處：並處。

㉕抑：語詞，抑且，而且。

㉖不時：不是，不對。

㉗胡：何，作，役使。

㉘徹：毀壞。

㉙卒：盡，都。汙：積水。。萊（ㄌㄞˋ）：草萊，野草。

㉚戕（ㄑㄧㄤ）：害。

㉛孔聖：很聖明，按這是詩人譏諷的話。

㉜向：地名，在東都，距西都有千里之遠。

㉝有事：有司。三有事：三卿。

㉞亶（ㄉㄢˇ）：誠然。俟：語詞。多藏（ㄗㄤˋ）：財貨多。

㉟不憖（ㄧㄣˋ）：不願意。遺：留下。

㊱俾（ㄅㄧˇ）：使。
㊲以居徂向：即徂向以居。徂（ㄘㄨˊ）：往。
㊳黽（ㄇㄧㄣˇ）勉：努力。
㊴辜：罪。
㊵囂囂（ㄠˊ）：喧譁雜亂。
㊶孽：災害，罪過。
㊷匪：不是。
㊸噂（ㄗㄨㄣˇ）：聚。沓（ㄊㄚˋ）：合。憎：恨。此句是形容小人的行徑，聚在一起就很合好，背後就憎恨說別人的壞話。
㊹職競：專用力於爭著去做某事。
㊺悠悠：漫長。里：憂愁。
㊻痗（ㄇㄟˋ）：病。
㊼羨：豐餘。
㊽逸：安逸。
㊾徹：道。不徹：不按正道。遙應二章的「不用其行」。
㊿傚：傚法，學習。

【評解】

西方歷史上最早的地震紀錄較完整的資料，只有地中海東部的紀錄，那是二千年前的事。而中國則可追溯到二千七百九十多年前的西周時代，即周幽王二年。所以加拿大的知名學者威爾遜也認為公元前七八〇年（即周幽王二年）的地震紀錄是最可靠的，也就是本詩所記敘的。詩中對於地震的描寫只用「百川沸騰，山冢崒崩；高岸為谷，深谷為陵」四句十六個字，已刻劃出地震的強烈程度以及那可怕的現象。這比千言萬語更為生動有力。以曆法推算，周厲王二十五年十月朔辛卯及幽王六年十月朔辛卯，都有日蝕。而幽王二年西周三川有地震，和此詩所詠相合。且史書沒有厲王寵豔妻的記載，幽王之寵褒姒，史書記載得很詳細。以此證明，此詩中所敘的日蝕，當是在幽王的時代。既有地震，又有日蝕，詩人認為所以會發生這些可怕的自然現象，是由於人禍所造成。而人禍之中，褒姒寵幸於內，佞臣用事於外，佞臣之中以皇父為罪魁禍首。所以詩中提出所責難的七人，把皇父列為第一名，下面五、六兩章就專寫皇父的不當作為。詩中表面上是諷刺皇父等當政者，事實上是刺幽王的昏憒，用人不當，致民生困苦，天怒人怨。詩人看了這種情形，非常憂急，就寫出這篇詩，大聲疾呼，痛切陳詞，希望能引起在上者的注意而有所改善。

但是，幽王君臣已到了「自作孽不可活」的地步，終於導致犬戎之亂，幽王被殺，西周滅亡，真是所謂「禍福全在自求」了。

牛運震評第三章地震山崩四句說：「臚列災異，竦詭駭人。」姚際恆也說：「寫得直是怕人。」其描寫的簡明扼要，生動有力，給讀者震撼的強烈，可見一斑。

蓼莪

【內容提示】

這是一篇孝子悼念父母的詩，全詩流露出真摯的感情、深沈的哀痛，真是一字一淚，感人至深。

【原詩】

蓼蓼（ㄌㄨˋ lù）者莪（ㄜˊ é），匪莪伊蒿（ㄏㄠ hāo）。①
哀哀父母，生我劬（ㄑㄩˊ qú）勞！②
蓼蓼者莪，匪莪伊蔚。③
哀哀父母，生我勞瘁（ㄘㄨㄟˋ cuì）！④
缾（ㄆㄧㄥˊ píng）之罄（ㄑㄧㄥˋ qìng）矣，⑤維罍（ㄌㄟˊ léi）之恥。⑥
鮮民之生，⑦不如死之久矣！
無父何怙（ㄏㄨˋ hù）？⑧無母何恃？⑨

【語譯】

高高大大的莪菜，不是莪菜是賤蒿。
可憐我的父母親，生我育我受辛勞。
高高大大的莪菜，不是莪菜是粗蔚。
可憐我的父母親，生我育我累憔悴！
酒瓶取酒沒酒取，酒缸就該感羞恥。
這種人在世，不如早些死。
沒了父親仗恃誰？沒了母親誰依靠？

出則銜恤（ㄒㄩˋ xù），⑩入則靡至。⑪
父兮生我，母兮鞠我，⑫
拊（ㄈㄨˇ fǔ）我畜（ㄒㄩˋ xù）我，⑬長我育我。
顧我復我，⑭出入腹我。⑮
欲報之德，昊（ㄏㄠˋ hào）天罔極！⑯
南山烈烈，⑰飄風發發。⑱
民莫不穀，⑲我獨何害？
南山律律，⑳飄風弗弗（ㄈㄨˊ fú）。㉑
民莫不穀，我獨不卒？㉒

出門內心懷憂愁，回家好像沒有到。
父親生了我，母親哺育我。
愛撫我，餵飽我，使我漸長大，使我有教養。
一再回頭看看我，出來進去抱著我。
要將此恩來回報，恩德天樣闊，如何報得了？
南山崢嶸而高大，旋風疾速吹向它。
人家沒有不幸福，為什麼獨我該受苦？
南山高大而崢嶸，旋風吹得好兇猛。
人家沒有不幸福，為什麼我不能終養我父母？

【註譯】

① 蓼蓼（ㄌㄨˋ）：高大的樣子。莪（ㄜˊ）：美菜，可食。匪：不是。伊：維，是。蒿（ㄏㄠ）：似莪但不可食。此二句是謂父母原希望子女長成美莪般，做個有用的人才，而子女卻長成無用的低賤蒿草。

② 劬（ㄑㄩˊ）：辛苦。

③ 蔚：和蒿一類的植物，比蒿更粗。

④瘁（ㄘㄨㄟˋ）：病。

⑤缾（ㄆㄧㄥˊ）：指酒瓶。罄（ㄑㄧㄥˋ）：空。

⑥罍（ㄌㄟˊ）：盛酒之器，罍大瓶小，瓶用以取酒，瓶無酒可取，就是罍中已沒酒了，所以說是罍之恥。瓶比喻父母，罍比喻子女，父母需子女供養，父母得不到供養是為子女之羞恥。

⑦鮮民：斯民，指此種不能奉養父母的人。

⑧怙（ㄏㄨˋ）：仗恃。

⑨恃：依賴。

⑩銜：含。恤（ㄒㄩˋ）：憂。銜恤：內心懷有憂愁。

⑪靡：沒。因家中沒有父母了，雖回到了家也如同沒到家一樣。

⑫鞠：養。

⑬拊（ㄈㄨˇ）：撫育，撫摸。畜（ㄒㄩˋ）：養。

⑭顧：回顧，回頭看。復：反復，一再愛視。

⑮腹：懷抱。

⑯昊（ㄏㄠˋ）：天。昊天：天的泛稱。昊天罔極：形容父母之恩，像天一般無窮無盡，不知如何報答。

⑰烈烈：高大的樣子。

⑱飄風：旋風。發發：疾速。

⑲穀：善。
⑳律律：和烈烈同義。
㉑弗弗（ㄈㄨˊ）：和發發同義。
㉒不卒：不能終養父母。

【評解】

這是一篇表達我們中國人對父母深恩孝思的代表作。首章先用莪比喻子女小時有美材，蒿比喻長大後一無所成。我們知道，天下做父母的，都把自己的子女當寶貝，希望將來成龍成鳳。可是子女長大，往往沒什麼成就，辜負了父母的期望。及至父母去世，就成了自己永遠無法彌補的憾恨。父母生我、育我所受的辛勞，是沒有報答之日了。晉時有位學者叫王裒，父死後，讀《詩》到「哀哀父母，生我劬勞」這兩句，就哭泣不止。他的學生因而不再在老師面前讀〈蓼莪〉，可見此詩感人之深。

二章重疊首章的意思，以加重自己追懷的情緒。

三章先用缾罍作比，說明子女應對父母盡孝養之恩，不然就不算是人而不如死去。「無父何怙？無母何恃？出則銜恤，入則靡至」四句，極寫子女失去父母茫然無主的心情，刻畫入微，語意真摯。「出則銜恤」主要是說沒有了父親，處社會或找工作就很困難。因為這是一個男性中心的社會，也是一個勢利的社會。人家肯幫你忙，人家會善待你，多半都是看你父母，尤其是父親的面子。所謂人在人情在，而父親沒有了，為子女者出門在外，茫茫人海，有哪個是關心你的呢？當然就「出則銜恤」了。家庭中母親最重要，你天天回家，看到母親，不以為意，一旦母親不在了，你回到家會有空洞無主之感，就如同沒有回到家一樣。因為一個家，沒有了母親，家就不成其為家，所以就「入則靡至」了。簡單的幾句，實在把人的感情、人的心理，描寫得十分透徹。也讓我們感到失去父母的人是多麼可憐，而有父母的人又是多麼幸福啊！

四章連用九個「我」字，不但不嫌重複，反而使我們感到父母對子女的照顧真是無微不至。而為子女者，又如何報答得了父母如此的深恩呢？難怪孟郊要說：「誰言寸草心，報得三春暉」了。清人牛運震說：「一片血淚，在運用九我字。九我字俱作斷句讀。」姚際恆說：「勾人淚眼，全在此無數我字，何必王裒！」

五、六兩章是說高大的南山，吹著呼呼的強風，好像偉大的父母已年邁多病，是需要子女的愛顧和奉養的；然而別人還可以盡孝，而自己的父母已不在人間，真是「樹欲靜而風不止，子欲養而親不待」，這種遺憾、這種悔恨，又如何能夠補償、如何能夠消解啊？為人子女者，讀了這詩，又該作何感想呢？

大東

【內容提示】

西周建國之後，對於東方新被征服的殷商遺民，盡量壓榨，使他們生活困苦不堪。而那些來自西方的周室貴族們，總是以統治者的傲態，出現在他們眼前。於是東方諸侯在無可告訴之餘，只好用這篇詩，寫出他們的怨苦，並借天象的有名無實，借天象似乎也在助西人壓榨東人的樣子，挖苦發洩一番。

【原詩】

有饛（ㄇㄥˊ méng）簋（ㄍㄨㄟˇ guǐ）飧（ㄙㄨㄣ sūn），①有捄（ㄑㄧㄡˊ qiú）棘匕（ㄅㄧˇ bǐ）。②
周道如砥（ㄉㄧˇ dǐ），③其直如矢。
君子所履，④小人所視。⑤
睠（ㄐㄩㄢˋ juàn）言顧之，⑥潸（ㄕㄢ shān）焉出涕。⑦
小東大東，⑧杼（ㄓㄨˋ zhù）柚（ㄓㄡˊ zhóu）其空。⑨

【語譯】

飯盒裝飯滿又滿，飯勺有柄彎又彎。
大道平坦像磨石，大道很直像支箭。
貴族上面走，小人只能看。
看著看著頭四轉，眼淚鼻涕流不完。
大小東方的諸侯國，織機空著不工作。葛鞋把它

糾糾葛屨（jù），⑩可以履霜。⑪
佻佻（tiāo）公子，⑫行彼周行。
既往既來，使我心疚。⑬
有洌（liè）氿（guǐ）泉，⑭無浸穫薪。⑮
契契寤歎，⑯哀我憚（dàn）人。⑰
薪是穫薪，尚可載也；⑱
哀我憚人，亦可息也？
東人之子，職勞不來（lài）；⑲
西人之子，粲粲衣服。⑳
舟人之子，㉑熊羆（pí）是裘；㉒
私人之子，㉓百僚（liáo）是試。㉔
或以其酒，不以其漿。㉕
鞙鞙（juàn）佩璲（suì），㉖不以其長。
維天有漢，㉗監亦有光。㉘
跂（qì）彼織女，㉙終日七襄。㉚

纏綮緊，也可以在那霜上走。
輕浮浪漫的公子們，走在大路上好神氣。來來往往大道上逛，我看了痛苦難過好心傷。
旁流的泉水水寒冷，不要浸濕割好的柴薪。內心憂苦長聲歎，勞苦人們好可憐。
柴薪本是收割來，還可運往別處曬；可憐我們勞苦人，休息休息該不該？
東方人的子弟們，專做勞苦的事沒人問；西方人的子弟們，華麗的衣服穿在身。
西方周人的眾子弟，熊皮袍子暖身體；貴族家臣的眾子弟，擔任百官大小事。
他們喝著美酒，又嫌沒有水漿；身上佩帶美玉，又嫌繐子不長。天上有條銀河，看著是有光亮。
遙望天上那織女，一天七次換地方。（意思是銀河雖有光，不能照物；織女雖匆忙，也不能織布。都是徒有其名，沒有實際用處，正如下章所說。）

雖則七襄，不成報章。㉛
睆（ㄨㄢˇ wǎn）彼牽牛，㉜不以服箱。㉝
東有啟明，㉞西有長庚。㉟
有捄天畢，㊱載施之行。㊲
維南有箕（ㄐㄧ jī），㊳不可以簸揚；㊴
維北有斗，㊵不可以挹（ㄧˋ yì）酒漿。㊶
維南有箕，載翕（ㄒㄧˋ xì）其舌。㊷
維北有斗，西柄之揭。㊸

雖然一天七次換地方，也沒有織布成文章。看看那邊的牽牛星，也不能駕上拉車箱。東方啟明星不夠明，西方長庚也不夠亮（都不能照著助人做事）。天畢星長柄彎又彎，排列在那兒只好看（不能用來掩捕鳥兔）。

南方有星像畚箕，也不能用來揚去米糠；北斗排列似勺狀，也不能用來舀酒漿。

南方有星像畚箕，伸著舌頭要吞噬；北斗排列似勺狀，長柄翹著向西方。

【註譯】

①有饛（ㄇㄥˊ）：饛然，滿滿的。簋（ㄍㄨㄟˇ）：古時用以盛黍稷的容器，用竹製成。飧（ㄙㄨㄣ）：熟食。

②有捄（ㄑㄧㄡˊ）：捄然，彎曲的樣子。棘：棗木。古時吉事用棘木，喪事用桑木，取其叶音。匕（ㄅㄧˇ）：飯勺。

③周道：大道。砥（ㄉㄧˇ）：磨刀石。磨刀石平滑，比喻大道的平坦。

④君子：指統治的貴族。履：走。

⑤小人：東方被統治者。
⑥睠（ㄐㄩㄢˋ）：反顧，即回頭看。言：語詞。
⑦潸（ㄕㄢ）焉：落淚的樣子。
⑧小東大東：大大小小的東方諸侯國。
⑨杼（ㄓㄨˋ）：織布的梭子。柚（ㄓㄡˊ）：軸，織機上用以捲經線的橫木。空：空閒不用。
⑩糾糾：繚緊。葛屨（ㄐㄩˋ）：用葛編成的草鞋，夏日所用，而今用來履霜，可見其窮苦之狀。
⑪履霜：在霜上走。
⑫佻佻（ㄊㄧㄠ）：輕狂浪漫的樣子。公子：指貴族。
⑬疚：病。
⑭有冽（ㄌㄧㄝˋ）：冽然，寒冷的意思。氿（ㄍㄨㄟˇ）泉：泉水從旁邊流出，形成一條軌道。
⑮穫薪：收穫的柴薪。
⑯契契：憂苦的樣子。寤：語詞。
⑰憚（ㄉㄢˋ）人：勞苦的人。
⑱載：裝載運往別處。
⑲職勞：專門做勞苦事。來（ㄌㄞˋ）：慰問。
⑳粲粲：華麗的樣子。
㉑舟：當是周字。

㉒羆（ㄆㄧˊ）：大的熊。裘：皮袍子。
㉓私人：貴族的家臣，僕隸等。
㉔百僚（ㄌㄧㄠˊ）：百官。試：用。
㉕漿：水漿。
㉖鞙鞙（ㄐㄩㄢˇ）：美好的樣子。佩璲（ㄙㄨㄟˋ）：佩帶在身的瑞玉。
㉗漢：天漢，天河。
㉘監：視，看。
㉙跂（ㄑㄧˋ）：望。
㉚襄：駕。七襄：搬移七次位置。
㉛報：反，來往。章：文章，織出來的文彩。
㉜睆（ㄨㄢˇ）：看。
㉝服：駕。箱：車箱。
㉞啟明：星名，春夏秋早上先太陽出現於東方，開啟太陽的光明。
㉟長庚：星名，冬天日落後出現於西方。庚：繼續。長庚是繼續日光之長。
㊱天畢：星名，由八顆星構成如捕捉鳥獸的網，有長柄。
㊲載：則。施：放置。行：行列。
㊳箕（ㄐㄧ）：南箕星像畚箕。箕本可用以簸揚米糠。

㊴ 簸揚：揚去穀米中的糠皮等雜物。

㊵ 斗：北斗星。像勺狀，斗本可用以舀水等液體之物。

㊶ 挹（ㄧˋ）：挹注。取大容器中的水倒到小的容器中，叫挹。

㊷ 翕（ㄒㄧˋ）：伸。伸著舌頭好像要吞噬東方人的樣子。

㊸ 揭：舉。西柄之揭：北斗的柄向西邊舉起，好像被西方人握著舀取東方人的酒漿。

【評解】

〈大東〉詩是東方諸侯對周室的怨詩。全詩一開頭是從簋飧的隆起，棘匕的彎彎說起：簋是盛食物的，匕是取食物的，所以這兩句不只是和周道的平直作比，更暗示全詩所含蘊的榨取的意義。最氣人的是自己的勞力所修築的道路，卻只有看看的份兒；而那些貴族在上面來來往往，得意洋洋。他們哪兒想到他們所踐踏的正是東方人的血汗呢！東方人所有的出產都被西方人榨取而去，西方人生活富裕，東方人生活困苦。然而西方人並不以此為滿足，對東方人還多方的挑剔。他們恰像天上的牽牛、織女星，徒有其名，不能駕車織布；又像那長庚、啟明以及天畢星，只能擺著充數，毫無實際用處。至於南箕北斗各星，不但沒有實際用處，反而像在張著口、伸著舌要吞食東方人，西翹著柄像在酌取東方人。以天象比喻人事，真是手法高超，想像豐富，讀之不禁令人拍案叫絕！

全詩的寫作方法，東西對照，前後呼應，其豐富的想像力，更是開創後世浪漫派詩歌的先聲。清人牛運震批評這詩說：「通篇痛心征斂之重，悲愁之思，結成傲詭，怨怒睚眦，橫加星辰。〈離騷〉、〈遠遊〉、〈招魂〉之旨，託本於此，都成一樣奇幻。」（附大東星象圖）

大東星象圖

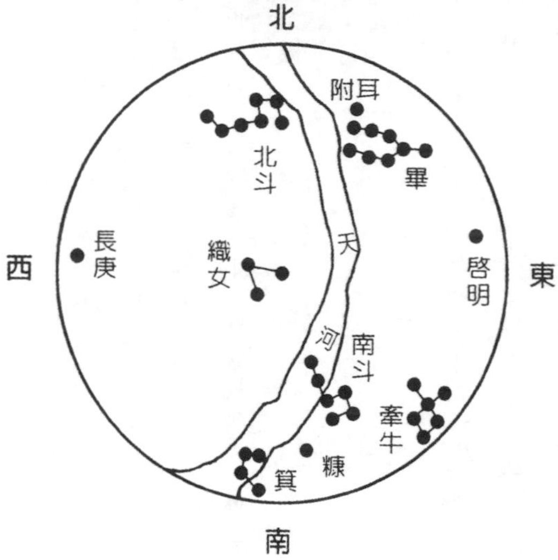

賓之初筵

【內容提示】

周代舉行射禮時，同時也有宴飲之禮。賓客們最初進入筵席時，都能保持風度，彬彬有禮；但當三杯下肚，秩序可就亂了；再喝多些更是醜態百出，不堪入目。〈賓之初筵〉就是描寫醉態十分成功，而含有勸戒酗酒之意的一篇詩。

【原詩】

賓之初筵，①左右秩秩。②
籩豆有楚，③殽核維旅。④
酒既和旨，⑤飲酒孔偕（ㄒㄧㄝˊ xié）。⑥
鍾鼓既設，舉醻逸逸。⑦
大侯既抗，⑧弓矢斯張。⑨

【語譯】

賓客最初進入筵席的時候，左排右排地很有秩序的樣子。盛食物的籩和豆也都擺得很整齊。各種菜餚，各種果品擺滿一桌。把酒調和得味道很甜美，大家喝著很和諧，還有鐘鼓等樂器的伴奏，於是賓主互相敬酒很有禮貌。把射箭的鵠的掛起射夫既同，⑩獻爾發功。⑪
發彼有的，⑫以祈爾爵。⑬
籥（ㄩㄝˋ yuè）舞笙鼓，⑭樂既和奏。
烝衎（ㄎㄢˋ kàn）烈祖，⑮以洽百禮。⑯
百禮既至，⑰有壬（ㄖㄣˊ rén）有林。⑱
錫爾純嘏（ㄍㄨˇ gǔ），⑲子孫其湛（ㄉㄢ dān）。⑳
其湛曰樂，各奏爾能。㉑
賓載手仇，㉒室人入又。㉓
酌彼康爵，㉔以奏爾時。㉕

賓之初筵，溫溫其恭。㉖
其未醉止，㉗威儀反反；㉘
曰既醉止，威儀幡幡（ㄈㄢ fān）。㉙
舍其坐遷，㉚屢舞僊僊（ㄒㄧㄢ xiān）。㉛
其未醉止，威儀抑抑；㉜
曰既醉止，威儀怭怭（ㄅㄧˋ bì）。㉝

來，弓和箭也都調整好。參加比賽射箭的人都到齊，就各人表演射箭真本事。射中的就給失敗的人倒酒罰他喝。

吹笙打鼓跳籥舞，笙鼓演奏出和諧的音樂。為了娛樂那些有功業的祖先，就要合於各種禮儀。各種禮儀都完備，顯得這些儀式場面很盛大，禮節又繁多。這樣神靈才會賜你大福，同時使你的子孫也快樂。使你子孫的快樂無窮盡，各人在此就要盡量顯本事。客人自己挑選比射的對手，主人也來從旁協助倒滿他的大酒杯，沒有射中就該罰他飲。你射中了好歡喜，奏樂慶祝你勝利。

賓客最初進入筵席的時候，溫文爾雅很有風度，這是因為還沒喝醉，所以表現得很恭敬謹慎。等到喝醉了，可就坐立不安，屢次離開自己的位子，飄飄欲仙地跳起舞來。他們沒有醉的時候，保持著拘謹的態度。喝醉之後，樣子可就不對了，行動輕浮，對人很沒禮貌。這是真的喝醉是曰既醉，不知其秩。
賓既醉止，載號載呶。㉞
亂我籩豆，屢舞僛僛（ㄑㄧ qī）。㉟
是曰既醉，不知其郵；㊱
側弁（ㄅㄧㄢˋ biàn）之俄，㊲屢舞傞傞（ㄙㄨㄛ suō）。㊳
既醉而出，並受其福；㊴
醉而不出，是謂伐德。㊵
飲酒孔嘉，㊶維其令儀。㊷
凡此飲酒，或醉或否。
既立之監，㊸或佐之史。㊹
彼醉不臧，㊺不醉反恥。
式勿從謂，㊻無俾（ㄅㄧˋ bì）大怠。㊼
匪言勿言，匪由勿語。㊽
由醉之言，俾出童羖（ㄍㄨˇ gǔ）。㊾
三爵不識，㊿矧（ㄕㄣˇ shěn）敢多又！(51)

了，所以根本不知道，還應該保持風度守秩序。賓客都已喝醉了，就大呼小叫地瞎胡鬧。把排列整齊的籩豆弄得一團糟。歪歪倒倒地跳舞跳個沒完沒了，這才真是喝醉了，不知他們做得太不好。跳舞跳得帽子歪一邊，還在那兒轉來轉去地跳不完。喝醉了就應該快離去，這樣對大家都有福。醉了還賴著不肯走，那才真是丟人又現醜。喝酒也是很好的事，只是要保持風度守禮儀。凡是喝酒的人，有的會醉，有的卻不，所以要設立個監酒官，又要有個記事的史官。可以監視著不要喝醉，或者記下來不當的行為。那些喝醉的固然不好，不喝醉的反而認為是羞恥。不要跟著起鬨硬勸人家喝，不要讓人喝得有失風度怠慢無禮。不該說的話不要說，沒有道理的話也不要談。喝醉的人會亂說話，甚至說出公羊沒有角的大笑話。三杯下肚已經不省人事，何況還敢勸人多喝！

【註譯】

①初筵：初入筵席。

②秩秩：有秩序。

③籩、豆：都是裝食物的容器。籩用竹製，裝乾果、肉脯之類。豆：木製，裝有汁之食物。有楚：楚然，有秩序的樣子。

④殽：即餚，肉菜。核：有核的果品，如桃、杏、梅、棗之類。維：是。旅：陳列。

⑤和：調和。旨：美。

⑥偕（ㄒㄧㄝˊ）：和諧。

⑦醻：音義同酬，主人自飲酒，再倒上酒請客人喝。逸逸：往來很有秩序的樣子。

⑧大侯：用皮或布作為射箭所用的鵠的，即要射中的目標。抗：舉起來。

⑨斯：是。張：拉開弓。

⑩射夫：參加射箭的人。同：聚齊。

⑪獻：獻出，表演。發功：射箭的本事。

⑫的：鵠的，射箭時要射中的目標。

⑬祈：求。爵：酒杯，勝者罰不勝者喝酒。

⑭籥（ㄩㄝˋ）：管狀的樂器。籥舞：手裡拿著籥跳舞。笙鼓：用笙鼓等樂器伴奏。

⑮烝：語詞。衎（ㄎㄢˋ）：娛樂。烈祖：有功業的祖先。
⑯洽：合。
⑰既至：已完備。
⑱有壬（ㄖㄣˊ）：壬然，形容大。有林：林然，形容多。
⑲錫：賜。純嘏（ㄍㄨˇ）：大福。
⑳湛（ㄉㄢ）：樂。
㉑奏：獻出。
㉒載：則。手：選取。仇：伴。指比賽的對手。
㉓室人：主人。又：同佑，協助。
㉔酌：倒酒。康爵：大酒杯。
㉕奏：奏樂。時：是，即射中。
㉖溫溫：很柔和的樣子。
㉗止：語詞。
㉘反反：慎重的樣子。
㉙幡幡（ㄈㄢ）：反覆不定，不安於座。
㉚舍：捨棄。此句是說醉後不安於位，遷到別處去。
㉛僊僊（ㄒㄧㄢ）：輕飄飄的樣子。

㉜抑抑：謹慎。
㉝怭怭（ㄅㄧˋ）：輕慢不恭敬的樣子。
㉞號：呼叫。呶：吵鬧。
㉟僛僛（ㄑㄧ）：顛倒的樣子。
㊱郵：錯過。
㊲弁（ㄅㄧㄢˋ）：帽子。側：歪到一邊去。俄：傾倒。
㊳傞傞（ㄙㄨㄛ）：盤旋不止。
㊴這兩句是說既醉了就要離席，不失其風度對大家都好。
㊵伐德：敗壞德行，丟人。
㊶孔嘉：很好。
㊷令：善。儀：禮儀，儀態。
㊸監：監視飲酒的人，不要喝太多而鬧事。
㊹佐：輔佐，幫助。史：記事的官，記飲酒時的動態，那麼飲者就不敢失態了。
㊺臧：善。
㊻式：語詞。勿：不要。從謂：勸勉。
㊼俾（ㄅㄧˋ）：使。大：太。怠：怠慢無禮。
㊽匪由：沒有理由，不合道理。

㊾俾出：使說出。童：禿。羖（ㄍㄨˇ）：公羊，公羊都有角，而喝醉的人就亂說話，說是公羊頭上禿禿的沒有角。

㊿三爵：三杯。不識：不省人事。

(51)矧（ㄕㄣˇ）：何況。又：侑，勸酒。

【評解】

喝酒不是壞事，但飲酒過量以致醉倒，甚至醉後醜態百出，可就失去喝酒的意義了。此詩的好處，就在描寫醉態的生動而逼真，使好喝酒的人讀了知道有所戒惕。醉態共分三層寫，第一層是第三章的「既曰醉止，威儀幡幡。舍其坐遷，屢舞僊僊。」第二層是第四章的「賓既醉止，載號載呶。亂我籩豆，屢舞僛僛。」第三層仍是第四章：「是曰既醉，不知其郵，側弁之俄，屢舞傞傞。」四句。層層推展，由淺入深，由輕而重，對於醉態的描摹，真是窮形盡相，高妙之至。為了防止喝醉，為了防止醉後出醜，所以末章就敘喝酒時應設監酒之官，以為監督；或設史官以記其事。這樣他們喝時就有所節制而不敢放肆，當然也就不會喝得酩酊大醉而出醜了。

方玉潤依從朱熹《詩集傳》採《韓詩》義，定這是「衛武公飲酒悔過」的詩。這個說法我們雖然不必相信，但方氏有幾句話卻很有道理，他說：「飲酒當有節制，不致失去儀態才好。……詩中寫酒客的醉態，即使讓他自己酒醒後想想也該發笑，這倒是勸人少喝酒的最好辦法。」

二、大雅四篇

文王

【內容提示】

武王滅商後，在位七年去世，由太子誦即位，就是成王。當時成王還年幼，才十三歲，所以就由他的叔父周公旦代理政權。周公就追述文王的德行，以告誡成王及後世子孫，說明先人創業的艱難，要他謹慎守住先人得來不易的事業，並以為天子諸侯朝會時奏唱的樂歌。

【原詩】

文王在上，於（ㄨ wū）昭于天！①
周雖舊邦，②其命維新。③
有周不（ㄆㄧ pī）顯，④帝命不時。⑤
文王陟（ㄓˋ zhì）降，⑥在帝左右。

亹亹（ㄨㄟˇ wěi）文王，⑦令聞（ㄨㄣˋ wèn）不已。⑧
陳錫哉周，⑨侯文王孫子。⑩
文王孫子，本支百世。⑪
凡周之士，⑫不顯亦世。⑬

世之不顯，厥猶翼翼。⑭
思皇多士，⑮生此王國。
王國克生，⑯維周之楨。⑰
濟濟多士，⑱文王以寧。

【語譯】

文王的英靈在天上，啊！照耀得天上多麼光亮呀！我們周人雖然建國已經很久，是個舊邦了，但接受天命稱王卻是新近的事啊！我們周朝是偉大而顯耀的，上帝頒布使周為王的命令既很偉大也正是時候啊！文王的英靈往來上下，總是不離上帝的左右，他是和上帝同在的呀！

努力不懈的文王，好的聲聞會傳到永遠。所以上帝布陳恩惠給周人，文王的子孫都沾光。文王的子孫都沾光，就可使得本宗的天子和旁支的諸侯，都能百代相傳。凡是周朝的眾賢士，也都偉大顯耀而累世不衰替。

要使世世代代偉大而顯耀，計謀就要很謹慎。美哉那麼眾多的賢士，生在這個王國。王國能生有這麼多的賢士，都是周朝的棟樑之材，有那麼多的賢德之士，文王才會心安神寧。

穆穆文王，⑲於，緝（ㄑㄧˋ qì）熙敬止！⑳
假哉天命，㉑有商孫子。㉒
商之孫子，其麗不億。㉓
上帝既命，侯于周服。㉔
侯服于周，天命靡常。㉕
殷士膚敏，㉖祼（ㄍㄨㄢˋ guàn）將于京。㉗
厥作祼將，㉘常服黼（ㄈㄨˇ fǔ）冔（ㄒㄩˇ xù）。㉙
王之藎（ㄐㄧㄣˋ jìn）臣，㉚無念爾祖。㉛

無念爾祖，聿（ㄩˋ yù）脩厥德。㉜
永言配命，㉝自求多福。
殷之未喪師，㉞克配上帝。㉟
宜鑒于殷，㊱駿命不易。㊲

和善而肅穆的文王，啊！永遠光明地敬事上帝！偉大的天命，就使他保有商朝的子孫。商朝的子孫，豈止有上億的數目？然而有上帝的命令，他們也就臣服於周了。

商的子孫雖然臣服於周，但是天命是不一定的（如果周人不好好做，天命也就不在周了）。你看殷商來周京進獻降神之酒的人士，他們的風度多麼好，他們的行動多麼快！而他們來獻降神的酒，都還穿著殷商的衣服，戴著殷商的帽子，這就表示他們不忘本啊！作為文王忠臣的你們，能不懷念你們的祖先嗎？

能不懷念你們的祖先嗎？要懷念祖先，就應該好好修養德行。要能永遠配合天命，就得靠自己好好做，才會有多的幸福降臨。殷商在沒有失去天下的時候，不是也能配合天命嗎？但是不能持之以恆，結果遭到亡國的命運，所以周人就應該以殷商為鑒戒，那麼大命才不會改換呀！

命之不易，無遏爾躬。㊳
宣昭義問，㊴有虞殷自天。㊵
上天之載，㊶無聲無臭（ㄒㄧㄡˋ xiù）。㊷
儀刑文王，㊸萬邦作孚。㊹

天命雖然不更換，也要看人之所為，可別把天命斷送在你身上呀！應該盡力往好處去做，使好的聲聞宣揚昭顯於天下。又要考慮到殷商的興亡也是天命呀！不過上天的事情，既沒有聲音可聽，也沒有氣味可聞，那麼我們如何配合天命呢？那就以文王為典範，只要效法文王，天下萬國就可以信孚於周了。

【註譯】

①於（ㄨ）：歎詞，昭：光明。
②周雖舊邦：周自文王的祖父太王即古公亶父帶領族人從豳遷到岐山下的周原之地，始稱周，所以說是舊邦。
③其命維新：根據《尚書》的記載是說上天命令文王殺伐殷商，接受天命，也就是說文王時天命才開始歸周，所以說其命維新。
④不（ㄆㄧ）：丕，大。不顯：偉大而顯要。下同。
⑤不時：偉大而合於時效，正是時候。

⑥陟（ㄓˋ）降：上下，此地是往來的意思。
⑦亹亹（ㄨㄟˇ）：努力不懈的樣子。
⑧令聞（ㄨㄣˋ）：好的聲譽。不已：沒有完，即永遠流傳。
⑨陳：敷陳，頒布。錫：賜。賜恩惠。哉：和在字古通用，哉周即在周。
⑩侯：維，語詞。孫子：子孫。
⑪本：根本，指大宗，宗子。就是由嫡長子一直傳下來的一族人。支：旁枝，即嫡長子以外其他各子所傳下來的族人。百世：百代，意思是無論是大宗的人子或旁支的諸侯，都將永遠一代代傳下去。
⑫士：賢德之士。
⑬亦：奕，奕世是一代代傳下去。
⑭厥：乃，其，他。猶：謀略。翼翼：謹慎。
⑮思：語詞。皇：煌，美盛的樣子。多士：眾多賢士。
⑯克：能。
⑰楨：楨幹，棟樑。
⑱濟濟：形容眾多。
⑲穆穆：和悅而肅穆的樣子。
⑳於：歎詞。緝（ㄑㄧˋ）：繼續。熙：光明。敬：敬事上帝。止：語詞。

㉑假：大。

㉒有：保有。孫子：子孫。

㉓麗：數。不億：不止一億。

㉔侯：語詞。周服：即服周，臣服於周。

㉕靡常：沒有一定。

㉖殷士：殷商的人士。膚：美。敏：快捷。

㉗裸（ㄍㄨㄢˋ）：灌酒於地以降神。將：進，獻。裸將：進獻降神之酒。京：周的京師。

㉘厥：其，他。

㉙黼（ㄈㄨˇ）：古禮服，上面繡有半黑半白如斧形的花紋。冔（ㄒㄩˇ）：殷人戴的帽子。此句表示周人寬大，不令殷人改服制。殷人也表示不忘本。

㉚藎（ㄐㄧㄣˋ）臣：忠臣。

㉛無念爾祖：連上句意思是：殷人都仍然念舊不忘本，作為王的忠臣能不念舊嗎？

㉜聿（ㄩˋ）：語詞。厥德：其美德。

㉝言：語詞。配命：（德行）要配合上天的命令。

㉞師：群眾，指天下人心。

㉟克：能。

㊱鑒：借鑒，鑒戒。鑒本是鏡子的意思。殷商的失去天下，可以作為周人的一面鏡子，借以警戒

自己。

㊲駿命：大命，即天命。不易：不會改換。連上句：能夠以殷商為鑒戒，天命就不會改換，仍然在周。

㊳遏：止。爾躬：你本身。

㊴宣昭：宣揚昭顯。義：善。問：聞，聲譽。義問：好的聲譽。

㊵有：又。虞：思慮。殷自天：殷的興亡也是由天命。

㊶載：事。

㊷臭（ㄒㄧㄡˋ）：味道。

㊸儀刑：效法。

㊹作：則。孚：信任。

【評解】

周文王行仁政，靠文德服民心，所以他雖然沒成為天子，但由於商紂的暴虐無道，民心都歸向文王，使他三分天下有其二，才奠定了武王克商的基礎。所以周人對文王特別崇敬，特別懷念。在周頌裡，以祭祀文王的詩特別多；大雅的第一篇也是歌頌文王的。歌頌文王的主要目的，在告戒周的子孫要「敬事上帝，敬守祖德」。應該以文王為典型，就會世世代代守住祖業不會墜失。

本詩用字古樸，造句呆板，這是大雅的本色。不過本詩的句型還有一種特色，就是前後相銜接。如二章的四、五兩句「侯文王孫子，文王孫子」，二章末句及三章首句「不顯亦世，世之不顯」，三章四、五兩句「生此王國，王國克生」，三章末句及四章首句「文王以寧，穆穆文王」，四章四、五兩句「有商孫子，商之孫子」，四章末及五章首句「侯于周服，侯服于周」，五章的四、五兩句「裸將于京，厥作裸將」，五章末及六章首句「無念爾祖，無念爾祖」，六章末及七章首句「駿命不易，命之不易」等都是銜接的句子，而且章中的銜接都是四、五兩句。大雅中其他如〈下武〉、〈既醉〉兩篇，也是這種造句法，這構成《詩經》句型的特殊風格。後世詩作如曹子建的〈贈白馬王彪〉詩，顏延之的〈秋胡行〉等都是次章首句蟬聯上章末句，可說是受了大雅中這幾篇詩的影響。

生民

【故事介紹】

周民族的祖先后稷的降生，有一段神話似的故事：他的母親姜嫄因為不生兒子，就去祭神祈禱。她踩著了上帝的大腳拇指印而受孕生了他。因為無父生子，不敢收留，就把他多方拋棄，但奇蹟地都被救了。她先是把他丟棄在偏僻的小巷，想不到牛羊前來保護他，餵他吃奶。於是再把他遠送到荒林中去，想不到又給伐木的工人發現抱了回來。姜嫄真覺得丟臉，第三次就把他丟在結冰的河裡，想把他凍死，可是幾隻鳥馬上飛來張開翅膀溫暖他。姜嫄把鳥趕走，嬰兒就大聲的哭起來，聲音特別宏亮。姜嫄覺得奇怪，就捨不得再拋棄他而抱回來養著。原來他是上帝所生的農業專家，從小就很懂得種植五穀。於是給周民族奠定了農業的基礎，才會有以後的發展。所以周人就尊他為始祖，永遠祭祀供奉。

【原詩】

厥初生民，①時維姜嫄。②
生民如何？克禋（ㄧㄣ yīn）克祀，③以弗無子。④
履帝武敏，⑤歆；⑥攸介攸止。⑦
載震載夙，⑧載生載育，時維后稷。⑨

誕彌厥月，⑩先生如達。⑪
不坼（ㄔㄜˋ chè）不副（ㄆㄧˋ pì），⑫無菑（ㄗㄞ zāi）無害。⑬
以赫厥靈，⑭上帝不（ㄆㄧ pī）寧。⑮
不康禋祀，⑯居然生子。

【語譯】

最初生下周人來的，是姜嫄。她如何生的周人呢？有一天她為了祈求生兒子，就很虔誠的去祭祀，不料踐踏到了一隻很大腳印的大拇指，原來這是上帝的腳印所以才有那麼大。可是她踏了以後，就覺得恍恍惚惚地有一種莫名的喜悅之感。就趕快停下來休息休息。哪知就從此懷孕了。胎兒漸漸長大，在姜嫄肚子裡亂動，姜嫄就特別小心，唯恐傷害著它。這樣胎兒長成了，生下來，就是后稷。

懷胎滿了十個月，頭胎生得很順利，就像小羊降生一般；母體沒有破裂，也沒受任何痛苦和災害。上帝顯了靈驗，才覺得很安心了。可是作為母親的姜嫄卻感到不安，因只是祭祀而沒有經過人道居然能生兒子，實在誕寘(zhì)之隘巷，⑰牛羊腓(féi)字之。⑱
誕寘之平林，⑲會伐平林。⑳
誕寘之寒冰，鳥覆翼之。㉑
鳥乃去矣，后稷呱(gū)矣。㉒
實覃實訏(xū)，㉓厥聲載路。㉔
誕實匍(pú)匐(fú)，㉕克岐(qì)克嶷(nì)。㉖
以就口食，㉗蓺(yì)之荏(rěn)菽(shú)，㉘
荏菽旆旆(pèi)，㉙禾役穟穟(suì)，㉚
麻麥幪幪(méng)，㉛瓜瓞(dié)唪唪(běng)。㉜
誕后稷之穡(sè)，㉝有相(xiàng)之道。㉞
茀(fú)厥豐草，㉟種之黃茂。㊱
實方實苞，㊲實種實褎(yòu)，㊳
實發實秀，㊴實堅實好，㊵
實穎(yǐng)實栗，㊶即有邰(tái)家室。㊷

是說不過去的啊！

就把他放置小巷裡，牛羊卻來保護餵奶吃。又把他放到樹林裡，剛好有人來砍樹把他撿回去。把他放到寒冰上，鳥兒飛來溫暖用翅膀。等到鳥兒飛開了，他就哇哇地哭起來，哭的聲音大又長，聲音傳到滿路上。

后稷開始會爬行，漸漸也能挪步走。懂得自己找食物。又懂大豆的種植，大豆長得很旺盛。種植的禾苗排排長得很美好，麻呀麥呀也茂盛，大瓜小瓜結不少。后稷的本領真正好啊！

后稷種植五穀，懂得看土質的道理。他又先把雜草去掉，才會長出好的農作物來。撒下種籽之後，先是開始發芽，然後長得漸肥漸高，又發莖又結穗。穗子長得堅實而美好，穗子長出禾芒來，穀粒都很實在，沒有一顆是空的，后稷就在邰地定了居。

誕降嘉種，㊸維秬(ㄐㄩˋ jù)維秠(ㄆㄧ pī)，㊹
維穈(ㄇㄣˊ mén)維芑(ㄑㄧˇ qǐ)。㊺
恒之秬秠，㊻是穫是畝；㊼
恒之穈芑，是任是負，㊽以歸肇(ㄓㄠˋ zhào)祀。㊾
誕我祀如何？或舂(ㄔㄨㄥ chōng)或揄(ㄧㄡˊ yóu)，㊿
或簸(ㄅㄛ bō)或蹂；(51)
釋之叟叟(ㄙㄡ sōu)，(52)烝之浮浮。(53)
載謀載惟，(54)取蕭祭脂，(55)
取羝(ㄉㄧ dī)以軷(ㄅㄚˊ bá)。(56)
載燔(ㄈㄢˊ fán)載烈，(57)以興嗣(ㄙˋ sì)歲。(58)
卬盛(ㄔㄥˊ chéng)于豆，(59)于豆于登(ㄉㄥ dēng)。(60)
其香始升，上帝居(ㄐㄧ jī)歆，(61)
胡臭(ㄒㄧㄡˋ xiù)亶(ㄉㄢˇ dǎn)時。(62)
后稷肇祀，庶無罪悔，(63)以迄于今。

上帝賜給后稷好品種，有黑黍的秬，有雙米的秠，有赤苗的，有白苗的。到處種滿了秬和秠，收割後堆在田畝裡。又到處種滿了穈和芑，收割後用肩擔，用背揹，揹回家中開始祭獻上帝的恩賜。

我的祭祀又怎樣？先把穀粒搗成米，取出之後再簸揚。簸揚之後再揉搓，去掉所有的穀糠。用水淘米叟叟響，蒸在鍋裡熱氣騰騰往上升；於是計劃又商量，塗上油脂燒艾蒿，用隻公羊祭路神；又是燒呀又是烤，祈求來年又豐收。

我把祭品盛在豆，又把祭品放進登，祭品的香味才上升。上帝聞到很高興，因為祭品香味既濃又味道好。自從后稷開始祭祀起，周人庶幾沒有罪過也沒悔恨事。一直到現在，我們還是虔誠祭祀不懈怠。

【註譯】

①厥初：其始，即在最初開始的時候。生民：降生人民，此人民指周人而言，即最初生下周人的。

②時：是。維：語詞。姜嫄：據說是炎帝的後代，姓姜名嫄。

③克：能。禋（ㄧㄣ）：很誠敬地祭祀。

④弗：去，即祓除，祓除是除災求福的祭祀，以弗無子是去祭祀為了除去不生兒子的不吉祥之事。即求子。

⑤履：踐踏。武：足跡，腳印。敏：拇指。

⑥歆：欣然而動，有一種欣悅的感覺。

⑦攸：於是。介：休息。止：停止。

⑧載：則，就。震：動，懷孕後，胎兒在母體內震動。夙：肅，敬戒，特別小心。

⑨時：是。后稷：因生下曾被拋棄，所以名棄。相傳是堯時的稷官，即管農業的官，所以就尊稱他為后稷，后是君的意思。

⑩誕：語詞，下同。彌：滿。彌厥月：即懷胎滿十月，一般懷胎約二百八十天即生產，說個成數就說十月。

⑪先生：第一胎生。達：小羊。小羊生時很順利，普通第一胎比較難生，如今后稷是第一胎但生

時卻像小羊那麼順利，所以說先生如達。

⑫坼（ㄔㄜˋ）、副（ㄆㄧˋ）：都是破裂的意思，指母體內的產門沒有破裂。

⑬菑（ㄗㄞ）：即災字，指產婦沒有受任何災害，很平安。以上三句都是說因為后稷是上帝所生，所以才會有和普通人降生不同的現象。作為母親的姜嫄沒有受到絲毫痛苦和傷害，非常平安。

⑭赫：顯。能有以上的現象，是上帝顯靈。

⑮不（ㄆㄧ）：丕大。不寧：上帝顯靈使姜嫄平安生子，就覺得非常安心了。

⑯不康：不安。這應該是指姜嫄不安心。姜嫄之所以不安心是因為只是去祭祀就居然生兒子了，無父而生子，很是說不過去的，所以下文就敘要把后稷拋棄。

⑰寘（ㄓˋ）：置，放置。隘：狹窄。

⑱腓（ㄈㄟˊ）：庇護。字：餵乳。

⑲平林：平原的樹林。

⑳會：正巧。

㉑覆翼：用翅膀覆蓋。

㉒呱（ㄍㄨ）：小兒啼哭。

㉓實：是。覃：長。訏（ㄒㄩ）：大。訏音。

㉔厥聲：其聲。指后稷的哭聲。載路：滿路。

㉕匍匐（ㄆㄨˊ ㄈㄨˊ）：爬行，手足並行。

㉖克：能。岐（ㄑㄧˊ）、嶷（ㄋㄧˋ）：是指會站起來走路。先爬行，後會走。
㉗以就口食：能自己找東西吃，約六七歲時，表示后稷成熟得很早，六七歲就能獨立了。
㉘蓺（ㄧˋ）：種植。荏菽（ㄖㄣˇ ㄕㄨˊ）：大豆。
㉙旆旆（ㄆㄟˋ）：枝葉揚起的樣子。
㉚禾：禾苗。役：列。穟穟（ㄙㄨㄟˋ）：苗長得美好的樣子。
㉛幪幪（ㄇㄥˊ）：茂盛的樣子。
㉜瓜瓞（ㄉㄧㄝˊ）：大的瓜叫瓜，小的瓜叫瓞。唪唪（ㄅㄥˇ）：結實很多的樣子。
㉝穡（ㄙㄜˋ）：種地。
㉞相（ㄒㄧㄤˋ）：視，看。道：道理。
㉟茀（ㄈㄨˊ）：除去，拔去。
㊱黃茂：五穀的總稱。
㊲實：是。方：開始。苞：吐芽。
㊳種：腫，肥大的樣子。褎（ㄧㄡˋ）：長高。
㊴發：發莖，長出莖來。秀：結成穗。
㊵實堅實好：指穀粒長得堅硬而美好。
㊶穎（ㄧㄥˇ）：禾芒。粟：穀粒堅實沒有空殼。
㊷即：就。有：語詞。邰（ㄊㄞˊ）：姜嫄之國在今陝西武功縣。這是說后稷就在他母親之國土定

居。

㊸嘉種：好的種籽。

㊹秬（ㄐㄩˋ）：黑黍，黑色黏性的小米。秠（ㄆㄧ）：也是黑黍，但一粒穀殼內有兩粒米，如同雙胞胎。

㊺穈（ㄇㄣˊ）：赤苗。芑（ㄑㄧˇ）：白苗。

㊻恒：遍，遍地。

㊼穫：收割。畝：古音米，收穫後放在田畝裡。

㊽任：用肩擔。負：用背揹。

㊾肇（ㄓㄠˋ）：開始。

㊿舂（ㄔㄨㄥ）：用杵在臼中搗米。揄（ㄧㄡˊ）：將米從臼中取出。

(51)簸（ㄅㄛˇ）：簸揚去糠皮。蹂：把沒有脫落的糠皮揉搓掉。

(52)釋：淘米。叟叟（ㄙㄡ）：淘米聲。

(53)烝：蒸。浮浮：蒸煮時熱氣上升的樣子。

(54)載：則，就。謀：計劃。惟：思量。

(55)蕭：艾蒿。脂：油脂，艾蒿塗上油脂燃燒發出香味以降神。

(56)羝（ㄉㄧ）：公羊。軷（ㄅㄚˊ）：祭道路之神。

(57)燔（ㄈㄢˊ）：擱在火上燒烤。烈：同炙，用物穿肉架在火上烤。

㊽嗣（ㄙˋ）歲：來年，以興起來年的豐收。
㊾卬：我。盛音ㄔㄥˊ。豆：木製裝食物的容器。
㊿登（ㄉㄥ）：形似豆，是瓦製裝食物的容器。
61 居（ㄐㄧ）：語詞。歆：喜悅。
62 胡：大。臭（ㄒㄧㄡˋ）：氣味。亶（ㄉㄢˇ）：誠然，真正是。時：善，好。
63 庶：庶幾乎，差不多或大概的意思。

【評解】

這篇詩中有人物有故事，而且還有富於現實性的神話，反映出我國遠在上古時代，對於農業生產，已經有豐富而可貴的經驗了。它很早就為未來「以農立國」奠定下了悠久而深厚的基礎。詩中並揉合「周人祭祖」、「祈祝豐收」，和「祓除不祥」等好幾個宗教的觀念。這些觀念，後來都發展成中華農業文明的重要特色：有「祭祀祖宗」、「重視農業」，以及祝福多子多孫、多福多壽的「子孫繁昌」、「萬壽無疆」等思想。

從本詩我們可看出在后稷時代，農業的生產及人民的生活狀況：

(1)在農產品方面：已有大豆（荏菽）、麻麥、瓜果、黑黍（秬）、赤黍（穈）、白黍

（芑）等。

⑵在耕作技術方面：已知審辨土壤，除草養田，收穫後用肩挑背揹，運回家去。

⑶在碾米做飯方面：已知道舂、揄、簸、蹂、淘、蒸等方法。

⑷在祀神祭祖方面：用艾蒿油脂燃燒，將祭品盛在豆和登中在路旁舉行祭祀，以慶賀豐年，並祈求明年的豐收。

烝民

【內容提示】

周宣王時代為了懷柔東方諸侯，就派大臣仲山甫到齊國去築城，出發那天，尹吉甫作詩為他送行。詩中對仲山甫的德行稱讚備至。

【原詩】

天生烝(ㄓㄥ zhēng)民，①有物有則。②
民之秉彝(ㄧˊ yí)，③好(ㄏㄠˋ hào)是懿德。④
天監有周，⑤昭假于下。⑥
保茲天子，⑦生仲山甫。⑧

【語譯】

上天生下我們人類，使人類有任何事物，就規定有什麼法則。上天使人類有永遠不變的本性，那就是喜歡美好的德行，也就是說人的本性是好善的。上天觀察到了周人的德行，能夠承受天命，所以就光明地顯現神靈，使仲山甫降生來保護周天子。

仲山甫之德，柔嘉維則。⑨
令儀令色，⑩小心翼翼。⑪
古訓是式，⑫威儀是力。⑬
天子是若，明命使賦。⑭

王命仲山甫，「式是百辟ㄅㄧˋ bì。⑮
纘ㄗㄨㄢˇ zuǎn戎祖考，⑯王躬是保。⑰
出納王命，⑱王之喉舌。
賦政于外，⑲四方爰發。」⑳

肅肅王命，㉑仲山甫將之。㉒
邦國若否ㄆㄧˇ pǐ，㉓仲山甫明之。
既明且哲，㉔以保其身。
夙夜匪解，㉕以事一人。㉖

人亦有言，「柔則茹ㄖㄨˊ rú之，㉗剛則吐之。」
維仲山甫，柔亦不茹，剛亦不吐；
不侮矜ㄍㄨㄢ guān寡，㉘不畏彊禦。㉙

仲山甫的德行，是以美好為他的法則。他有良好的儀表，也有溫和的顏色。做事都小心謹慎，以古人的教條做為他進修的法典，努力修養自己的威儀。順著天子的旨意，發布天子的命令。

王命令仲山甫說：「你要做諸侯國君的表率，繼承你祖先的官位，好好保護王身。你接納並發出王的命令，作為王的喉舌，替王發言，又頒布政令於遠方的諸侯，使他們都能照著執行。」

王命莊嚴而肅穆，仲山甫執行不含糊。各國的政績好不好，仲山甫知道得很清楚。仲山甫既明事理又知人，能夠保護他自身。早晚勤奮不懈怠，事奉天子一個人。

一般人都有這樣的話：「柔弱的吞下去，剛強的吐出來。」（即欺軟怕硬）只有仲山甫，柔弱的既不吞，剛強的也不吐；他

人亦有言，德輶（ㄧㄡˇ yǒu）如毛，民鮮（ㄒㄧㄢˇ xiǎn）克舉之。㉚
我儀圖之，㉛維仲山甫舉之，愛莫助之。㉜
袞（ㄍㄨㄣˇ gǔn）職有闕（ㄑㄩㄝ quē），㉝維仲山甫補之。

仲山甫出祖，㉞四牡業業，㉟
征夫捷捷，㊱每懷靡及。㊲
四牡彭彭（ㄅㄤ bāng），㊳八鸞鏘鏘（ㄑㄧㄤ qiāng）。㊴
王命仲山甫：「城彼東方。」
四牡騤騤（ㄎㄨㄟˊ kuí），㊵八鸞喈喈（ㄐㄧㄝ jiē）。㊶
仲山甫徂（ㄘㄨˊ cú）齊，㊷式遄（ㄔㄨㄢˊ chuán）其歸。㊸
吉甫作誦，㊹穆如清風。㊺
仲山甫永懷，㊻以慰其心。

不欺侮孤苦無依的人，也不懼怕強橫不講理的人。

人們也有這樣的話：「品德輕得像羽毛，但人們很少能修好。」我們只是好空想，只有仲山甫才真正去實踐，可惜沒有別人來相助（沒有別人共同來像仲山甫一樣地修德）。天子做事有什麼缺失，只有仲山甫給他補救。

仲山甫出門祭路神，四匹公馬好健壯。征夫駕車快如飛，快快擔心趕不上。四匹公馬跑得彭彭響，八隻鸞鈴響得叮玲噹。王命令仲山甫：「往那東方築城防。」四匹公馬好強壯，八隻鸞鈴聲和諧。仲山甫出發往齊國，希望很快就回來。吉甫作詩來相送，歌調溫和像清風。仲山甫永遠記在心，記在心頭感寬慰。

【註譯】

①烝（ㄓㄥ）：眾。烝民：眾人，指人類。

②物：事。則：法則，是說眾民有什麼事物，就有該事物的法則。如：父慈子孝，兄友弟恭；又如眼主視耳主聽之類，任何事物，都有它一定的法則。

③秉：秉賦。彝（ㄧˊ）：常。秉彝即天生俱來（秉賦）的常性。

④好（ㄏㄠˋ）：愛好。懿德：美德。

⑤監：視。有：語詞。

⑥昭：明。假：音義同格，至、到。下：下土，人間，上天有昭明之德降到人間，即命周有天下。

⑦茲：此、這。

⑧仲山甫：人名。意思是：上天生了仲山甫來保護周天子。

⑨柔嘉：美好。則：法則。

⑩令：善。儀：儀表。色：面容顏色。

⑪翼翼：恭敬的樣子。

⑫古訓：古人的教條，法則。式：法，效法。

⑬力：勉力。

⑭若：順。賦：布。二句是說：順天子的明命發布使執行。

⑮式：法式，模範。百辟（ㄅㄧˋ）：百國之君，即諸侯國君。
⑯纘（ㄗㄨㄢˇ）：繼續。戎：你。祖考：男性的祖先。
⑰王躬：王本身，指周天子。
⑱出：發出。納：接納。
⑲賦政：頒布政令。外：京畿以外。
⑳爰：乃，於是。發：執行。
㉑肅肅：莊嚴肅穆。
㉒將：行。
㉓若：順。否（ㄆㄧˇ）：逆，不順。此句是說：各國政績的好壞。
㉔明：明白事理。哲：有知人之明。
㉕解：音義同懈。夙夜匪解是說日夜都不懈怠。國歌中即用此句。
㉖一人：指天子。仲山甫的保護自身是為了事奉天子。
㉗茹（ㄖㄨˇ）：食。
㉘矜（ㄍㄨㄢ）：即鰥，老而無妻的。寡：死了丈夫的女人。矜寡：指孤苦無依的男男女女。
㉙彊禦：強橫的人。彊，同強。
㉚輶（ㄧㄡˇ）：輕。鮮（ㄒㄧㄢˇ）：少。克：能。此二句是說：品德雖然很容易修養（輶如毛），但很少人能修得好（鮮克舉之）。

㉛儀圖：圖謀，思量。

㉜愛：惜，可惜。

㉝袞（ㄍㄨㄣˇ）：本是天子之服，此處指天子。闕（ㄑㄩㄝ）：疏漏，缺失。

㉞祖：出行的祭祀，出門時祭祀道路之神以求一路平安叫祖祭。

㉟業業：雄健的樣子。

㊱捷捷：快速。

㊲靡及：來不及。

㊳彭彭（ㄅㄤ）：盛壯的樣子，也形容馬盛壯跑起來的聲音彭彭響。

㊴鸞：鑾，鈴，馬鑣（馬銜，橫貫口中，兩端外出）。兩端繫上鈴，一馬兩鸞，四馬八鸞。鏘鏘（ㄑㄧㄤ）：鸞鈴的響聲。

㊵騤騤（ㄎㄨㄟˊ）：馬強壯的樣子。

㊶喈喈（ㄐㄧㄝ）：和鳴聲。

㊷徂（ㄘㄨˊ）：往。

㊸式：語詞。遄（ㄔㄨㄢˊ）：快。

㊹吉甫：尹吉甫。誦：可以誦讀的詩。

㊺穆：和穆，形容歌聲溫和。

㊻永懷：永遠記住。

【評解】

周宣王是周代的中興明主。他之能夠造成中興的局面，是由於他的英明雄武，知人善任。就像尹吉甫、仲山甫、南仲、方叔，召穆公虎、程伯休父等都是有詩為證，對宣王非常得力的文武大臣。從這篇詩可看出重臣之一的仲山甫的品德和能力。詩中一再敘述他對周天子的重要，如第一章「保茲天子」，第三章「王躬是保」及第六章「袞職有闕，維仲山甫補之。」至於城齊一事，只略提一筆。因為派仲山甫城齊，是齊國的光榮；而仲山甫並不因城齊更增重他的聲望和地位。篇中處處透露著仲山甫對周天子的一片忠心，對國家的一片赤忱。而尹吉甫不只功業彪炳，他的文章也是千古不朽的，他是宣王時的大詩人，由他所作的〈崧高〉、〈烝民〉二詩即可證明。

本詩前四句以慧眼觀察人類，得到人能秉常懿德的結論。這啟發了孟子的性善說，所以《孟子．告子》說：「詩云：『天生烝民，有物有則；民之秉彝，好是懿德。』孔子曰：『為此詩者，其知道乎？故有物必有則；民之秉彝也，故好是懿德。』」由於這詩的啟示，奠定了儒家的性善說，因此，這詩也就更有價值了。

常武

【故事介紹】

周宣王名靜，是厲王的太子。厲王無道，信任臣子榮夷公與民爭利，人民怨恨，厲王就派衛巫專管監謗：只要有人說厲王壞話，就立刻處死。因而大失人心，各國諸侯就都不來朝見了。到厲王三十七年，西周都城鎬京的百官和人民，忍無可忍，就起來暴動革命，厲王只好出奔到彘（今山西省霍縣）。太子靜逃到召穆公虎的家裡躲起來。革命的群眾就把召公的家包圍起來，要殺太子。召公不得已，犧牲自己的兒子來冒充太子，太子才得不死。厲王既出走，大家公推召穆公、周定公二位大臣代理朝政，號稱共和行政。過了十四年，厲王死於彘。這時躲在召公家的太子靜已長大成人，周、召二公便共立他繼位為王，是為宣王。

宣王既即位，積弱圖強，力自振作，政治修明。三年命秦仲伐西戎，五年命尹吉甫等北伐玁狁，命方叔南征荊蠻；六年命召穆公伐東南方的淮夷，宣王親自率師沿淮水討伐徐夷；七年命仲山甫築城於齊，以鞏固東方的疆域，封申伯於謝，命召穆公往營城邑，以鞏固南方的門戶；九年，宣王會諸侯於東都洛邑，恢復成、康之治，遂成中興大業。這篇〈常武〉就是歌詠宣王親征徐夷的詩。

【原詩】

赫赫明明，①王命卿士，
南仲大祖，大（ㄊㄞˋ tài）師皇父。②
整我六師，③以脩我戎。④
既敬（ㄐㄧㄥˇ jǐng）既戒，⑤惠此南國。⑥

王謂尹氏，⑦命程伯休父：⑧
左右陳行，戒我師旅：⑨
「率彼淮浦，⑩省（ㄒㄧㄥˇ xǐng）此徐土，⑪不留不處。」⑫
三事就緒。⑬

赫赫業業，⑭有嚴天子，⑮王舒保作。⑯
匪紹匪遊，⑰徐方繹騷。⑱

【語譯】

王命顯赫又嚴明，太祖廟裡祭祖宗：命令南仲為卿士，命令皇父做太師。整飭我的六支軍隊，修理我所有的兵器。既要警備更要小心，為的要去加惠南國人民。

宣王告訴尹氏說，轉達命令給程伯休父，命他擺好左右兩翼的陣勢。並且告誡我們的軍隊：「沿著淮水邊，巡視徐國土，不許停留不久處。」三卿準備都就緒。

軍容嚴肅而盛大，威嚴的天子做領導，王師徐緩向前進，不是緩慢地遨遊，因震驚徐方，如雷如霆，⑲徐方震驚。

王奮厥武，⑳如震如怒。
進厥虎臣，㉑闞（ㄎㄢˋ kàn）如虓（ㄒㄧㄠ xiáo）虎。㉒
鋪敦淮濆（ㄈㄣˊ fén），㉓仍執醜虜。㉔
截彼淮浦，㉕王師之所。㉖

王旅嘽嘽（ㄊㄢ tān），㉗如飛如翰，㉘如江如漢。㉙
如山之苞，㉚如川之流。㉛
緜緜翼翼，㉜不測不克，㉝濯（ㄓㄨㄛˊ zhuó）征徐國。㉞

王猶允塞，㉟徐方既來。㊱
徐方既同，㊲天子之功。
四方既平，徐方來庭。㊳
徐方不回，㊴王曰：「還（ㄒㄩㄢˊ xuán）歸」。㊵

為徐方正騷擾。王師來到震驚了徐方，王師的威勢盛大如雷霆，使得徐方震驚不安寧。

宣王振奮他的勇武，如打雷如大怒。猛將向前推進，就像老虎之咆哮怒吼。殺伐淮水邊的徐夷，屢屢捉來醜惡的俘虜。王師所到之處，都能截然平定。

宣王軍隊聲勢浩大，調動神速，兵員眾多，如江漢之水的澎湃洶湧，採取守勢時穩固如大山，採取攻勢時又猛迅如川流。陣勢嚴密，敵人不能截斷，也不能擾亂。計謀神秘敵人無法猜測，也無法戰勝，於是痛痛快快地把徐夷征服。

宣王的謀略真實在，徐方都能歸順來。
徐方朝拜周天子，天子的大功了不起。
徐方已肯來朝貢，天下四方都平定。徐方從此不違背，宣王命令：「凱旋歸。」

【註譯】

①赫赫：威嚴的樣子。明明：嚴明，此句是形容王命顯赫而嚴明。

②南仲：大將之名。大（ㄊㄞˋ）祖：太祖之廟。下同。二句是說王在太祖廟裡命令南仲為卿士，命令皇父為太師。出師前要告祭祖廟。

③六師：六軍，天子有六軍。

④脩：修理。戎：兵器。

⑤敬（ㄐㄧㄥˇ）：警備。戒：戒慎。

⑥惠此南國：討伐暴亂，所以是加惠於南國。

⑦尹氏：姓尹的人，管命卿士的官。

⑧程：國名。伯：爵位。休父：人名。

⑨戒：告戒，即誓師。

⑩率：順著，沿著。淮：淮水。浦：水邊，水涯。

⑪省（ㄒㄧㄥˇ）：巡視。徐土：徐方的土地。徐方：淮夷之一，在淮水以北。

⑫不留不處：不停留，不久處，即不佔據他們的土地。

⑬三事：三卿，是說備戰的事，三卿都籌備就緒了。

⑭赫赫業業：此句是形容軍容的嚴肅盛大。

⑮有嚴：嚴然。

⑯舒：緩慢。保：安。作：行。此句是說王師徐緩安行。（徐緩進軍，表示軍行紀律嚴肅）

⑰匪：非，不是。紹：舒緩。遊：遨遊。

⑱繹騷：擾亂。

⑲霆：疾雷，即迅雷不及掩耳的迅雷。

⑳厥：其。此句是說：宣王親自指揮，振奮其勇武之力。

㉑虎臣：猛將。

㉒闞（ㄎㄢˋ）：虎怒的樣子。虓（ㄒㄧㄠ）：虎怒吼。

㉓鋪：殺伐。敦：懲治。淮濆（ㄈㄣˊ）：淮水邊，指徐夷。

㉔仍：頻仍，屢次。醜虜：醜惡的俘虜。

㉕截：平定。淮浦：淮水邊，指徐夷。

㉖王師之所：王師所到之處。

㉗嘽嘽（ㄊㄢ）：形容軍隊的盛多。

㉘翰：羽毛，在此也是飛的意思。形容作戰時用兵的神速。

㉙如江如漢：此句是形容兵眾的勢大，如江漢水流的澎湃洶湧。

㉚苞：本。如山的根本，是形容採取守勢的穩固鎮定。

㉛如川之流：此句意思是形容採取攻勢時猛烈，像川水的暢行無阻。

㉜緜緜：連緜不斷。翼翼：很整飭。此句是形容軍隊陣勢嚴肅整飭，敵方無法斷絕，無法擾亂。

㉝不測：計謀神秘，敵人不能測度。不克：敵人不能戰勝。
㉞濯（ㄓㄨㄛˊ）：洗滌。濯征：有洗濯腥穢的意思。即將徐夷完全征服。
㉟猶：謀略。允：信，誠然。塞：實在。此句是說王的謀略真正是切實合用。
㊱既來：來歸順。
㊲同：會同，來朝見周天子，表示順服。
㊳來庭：來朝。此句和上一句是顛倒寫法。意思是：徐方來朝之後，天下四方就都服從平定了，是說平定徐方影響之大。
㊴不回：不違逆，不擾亂。
㊵還（ㄒㄩㄢˊ）歸：凱旋而歸。

【評解】

周朝常有外夷的侵犯：北方有玁狁，南方有荊蠻（荊楚），東南方有淮夷、徐夷。周宣王是中興明主，當然不能忍受他們的騷擾，所以曾派南仲、尹吉甫討伐玁狁，（〈小雅〈出車〉、〈六月〉）派方叔征服荊蠻（〈小雅〈采芑〉），派召穆公虎平定淮夷（〈大雅〈江漢〉），而對於徐夷，則由宣王親自出征。此詩一開頭的「赫赫明明」即領起全篇精神。

接敘在太祖廟裡命將的情形：先是命南仲、皇父，次章又寫命程伯休父。一時而命三將者，因為宣王親征和派大將出征不同，雖由三將，均由宣王統領。而且表明此行目的，旨在使徐夷服從，但不要占領他們的土地。從第三章即正面寫軍容之嚴整盛大。「赫赫業業」正和首章的「赫赫明明」兩峰對立，而且特別提出有威嚴的天子來，更使軍心士氣為之大振，已經先聲奪人，所以還沒正式攻打，徐方已經嚇壞了。「震驚徐方，徐方震驚」兩句顛倒重疊，顯得更有聲勢。第四章寫宣王親自指揮，正寫戰陣之事：大將用命，勇往直前，如雷霆之震怒，如猛虎之咆哮。因而王師所到之處，即刻截然而平。

五章再詳敘戰陣的情形：王師行動快捷，調動神速，大隊兵員浩浩蕩蕩，如江漢水流的澎湃洶湧；靜守時如大山的穩固鎮定；進攻時又如河川之暢行無阻，不可禦止。而且軍行陣勢連緜緊密，整飭嚴肅，敵人既不能截斷，也不能把陣容擾亂，而用兵計謀更是神秘不可測度。最後一句「濯征徐國」俐落痛快，好像一下子就把腥穢的徐夷洗濯得乾乾淨淨了。「濯」在此用得實在妙極，比之「席捲」、「掃蕩」更為簡潔而有力。

末章一再提起「徐方」，二字回環互用，讀之真有一種舒暢快足之感，和杜甫在〈聞官軍收河南河北〉一詩中，「即從巴峽穿巫峽，便下襄陽向洛陽」二句，令人有同樣的暢快之感。因而一章之中雖然四提「徐方」，並不嫌它重複。

近人稱大雅〈生民〉、〈公劉〉、〈緜〉、〈皇矣〉、〈大明〉五篇，為詠周代開國的史詩；而大雅〈崧高〉、〈烝民〉、〈韓奕〉、〈江漢〉、〈常武〉五篇，加上小雅〈六月〉、〈出車〉、〈采薇〉、〈采芑〉、〈黍苗〉五篇，共大小雅十篇，則稱為宣王中興的史詩，都是史籍記載所依據的真實材料，或可補史書不足的重要詩篇。所以本來應該一一介紹欣賞，但這些都是長詩，限於篇幅，周代開國五篇，我只選讀了〈生民〉一篇；宣王中興十篇，也只是講了〈烝民〉、〈常武〉、〈六月〉、〈采薇〉四篇，希望讀者能特別用心閱讀。

頌之部六篇

一、周頌四篇

清廟

【內容提示】

〈清廟〉是在宗廟裡祭祀文王的一篇樂歌。

【原詩】

於(ㄨ wū)穆清廟，①肅雝(ㄩㄥ yōng)顯相(ㄒㄧㄤˋ xiàng)。②

【語譯】

哦！美哉！美哉！這天德清明像文王的宗廟呀，

濟濟多士，③秉文之德。④
對越在天，⑤駿奔走在廟。⑥
不顯不承，⑦無射 yì 於人斯。⑧

顯赫的公卿諸侯，都肅敬而雍和地前來助祭。執事的人士，濟濟一堂，也都秉承著文王的美德，於是大家就能發揚文王在天之靈的旨意，在廟中為祭文王而恭敬地急速奔走，所以文王的英靈大顯，對後人大加保佑而不會厭棄我們了。

【註譯】

①於（ㄨ）：讚歎聲。穆：美。清廟：天德清明，以象文王，所以叫清廟。

②肅：敬。雝（ㄩㄥ）：通雍，和。顯：顯赫。相（ㄒㄧㄤˋ）：助，指助祭的公卿諸侯。

③濟濟：眾多。多士：指參加祭祀的人士。

④秉：秉承，繼承。文：文王。

⑤對：遂。越：揚。在天：是說文王之神在天上。此句是說：遂發揚文王在天之靈。

⑥駿：急速。在廟：在祭祀的宗廟中，指參加祭祀的人，行動快速地舉行祭祀大典。按：祭祀的行動以快為敬。

⑦兩「不」字都讀作丕，大的意思。承：保。此句是說：文王之神靈大顯，文王之神大加保佑。

⑧射（ㄧˋ）：厭。斯：語詞。此句是說文王的神靈就不厭棄周人了。

【評解】

頌分周、魯、商三頌，〈清廟〉是周頌三十一篇的第一篇，所以〈清廟〉是頌之始。大雅的第一篇是〈文王〉，所以〈文王〉是大雅之始；小雅的第一篇是〈鹿鳴〉，〈鹿鳴〉就是小雅之始；十五國風的第一篇是〈關雎〉，那麼〈關雎〉就成為風之始。這每一類的第一篇，都被大家特別重視，就合稱之為「四始」。雖然漢代《詩經》學有魯、齊、韓、毛四家，各有不同的四始之說，但一般人說四始，卻都是指這四篇而言。

這篇〈清廟〉是專門祭祀文王用的，應該是武王時候的詩。所謂頌，就是容貌的容，是一種配合跳舞的祭神樂歌。跳舞注重舞的姿容，而祭神時一定要有跳舞，以博得神靈的歡心，所以就稱一些又歌又舞的祭神樂歌為「頌」了。

至於歌〈清廟〉時所用的樂器，我們從《禮記》中查考，知道是用的瑟。由一人領頭唱，三人跟著再唱一遍，這也叫做「一唱三歎」。至於歌〈清廟〉時所跳的舞，是一種表演擊刺的象舞。堂上奏瑟唱起〈清廟〉詩，堂下就吹著簫管跳象舞，象舞是武王作的。文王時有擊刺之法，武王作樂，並模仿文王的擊刺之法而成的舞，就是象舞，象文王的武功的意思。

〈清廟〉詩沒有韻，這是周初頌詩的一般現象。唱時一人唱一句，另三人把這同一句再唱一遍，就等於用疊句來押韻了，所以這是每句只重疊一次的唱法，這也叫「一唱三歎」。沒有韻的詩是時代最早的詩。

思文

【內容提示】

這是一篇祭祀讚美周人始祖后稷的頌詩。

【原詩】

思文后稷，①克配彼天。②
立我烝民，③莫菲爾極。④
貽ㄧˊ yí我來牟ㄇㄡˊ móu，⑤帝命率育，⑥
無此疆爾界，陳常于時夏。⑦

【語譯】

后稷的文德了不起，能夠配合上天的旨意。使我萬民都有糧食吃，沒有不是你恩德所賞賜。上帝命你大麥小麥賜給我，天下萬民才能得生活。不分疆界和地域，種地的道理教導全中國。

【註釋】

①思：語詞。文：文德。

②克：能。

③立：同粒，作動詞用。烝：眾。此句是：給我眾民糧食吃。

④匪：非。極：中正，德惠的意思。

⑤貽（ㄧˊ）：給予。來：小麥。牟（ㄇㄡˊ）：大麥。

⑥率：都，遍。育：養育，生活。

⑦陳：布陳。常：常道，指種地的道理、方法。時：是，這。夏：華夏，指全中國。

【評解】

此詩相傳是周公所作。詩中讚美后稷能夠播種五穀，養育萬民，而且不分疆界地域，都教他們播種之道。民以食為天，所以后稷的德業，也足以配天啊！

詩僅八句，不分章，前四句虛寫，後四句實寫，全篇結構緊密，層次分明。

振鷺

【內容提示】

這是夏、商兩代的後裔杞國、宋國的國君，來周京太廟助祭的詩。

【原詩】

振鷺于飛，①於彼西雝ㄩㄥ yōng。②
我客戾止，③亦有斯容。④
在彼無惡ㄨˋ wù，⑤在此無斁ㄧˋ yì。⑥
庶幾夙夜，⑦以永終譽。⑧

【語譯】

白鷺成群地在飛翔，飛翔在那西雝水澤上。
我的客人已來到，很有風度有禮貌。
神靈不嫌棄他們，他們敬事神靈也沒有倦意。
早晚勤謹不怠惰，庶幾能夠保長樂。

【註譯】

①振：群飛的樣子。鷺：白色水鳥。于：正在。

②雝（ㄩㄥ）：水澤。西雝：水澤名。

③客：指二王之後代，夏的後代是杞國，殷的後代是宋國。周人廟祭時，二王之後來助祭，用客禮對待，而不把他們看作臣下。戾：來到。止：語詞。

④亦，斯：都是語詞。說他們的容止儀表很好。

⑤彼：指神，說神對他們不厭惡。惡音ㄨˋ。

⑥此：指二客。斁（ㄧˋ）：厭倦。此句是說二王助祭不厭倦。

⑦庶幾：幾乎。夙夜：早晚。

⑧永終：永遠。譽：快樂。

【評解】

夏、商、周，統稱三代，周天子封夏代的後裔於杞，商代的後裔於宋，都可以用周天子的禮樂。所以周廟的助祭者，特別用客禮對待杞、宋二國的國君；其他諸侯，稱賓而不稱客。我們觀察《詩經》中對賓、客兩字的用法，可知客是尊於賓的，這和後世的「賓」

「客」不分是不同的。

〈振鷺〉是周頌中僅見的興詩。牛運震批評說：「此興體也。頌中特見之清新恬雅。」

武

【內容提示】

這是讚美周武王伐紂滅商而有天下的武功的頌詩。

【原詩】

於wū皇武王！①無競維烈。②
允文文王，③克開厥後。④
嗣武受之，⑤勝殷遏è劉，⑥
耆zhǐ定爾功。⑦

【語譯】

哦！武王偉大了不起，功業沒人能夠和他比。文王的確有文德，開創了後代的大功業。繼承的武王繼續再努力，勝殷以後戰爭就停息，建立的功業真正了不起。

【註譯】

①於（ㄨ）：歎美的聲音。皇：大。

②競：強。烈：功業。此句是說武王所成就的功業，沒人可以強過他。

③允：信。文：文德。此句是說：實在的文王的確是很有文德的。

④克：能。厥後：其後。此句是說因為文王有文德，所以才能開創了後代的大功業。

⑤嗣：繼續。此句是說：武王繼起，承受他的基業。

⑥遏（ㄜˋ）：止住。劉：殺。此句是說：武王勝殷而後就停止了殺伐之事，消弭了戰爭，而致天下太平。

⑦耆（ㄓˇ）：致，得到，達成。功：功業。

【評解】

這詩是作於周公攝政（代理政權）六年的周成王時代，是歌頌武王伐紂而獲致勝利的詩。也是音樂、舞蹈、歌唱三者皆備的頌詩。

至於此詩的舞容，是由六十四人排成八行（八佾），每人一手拿著赤盾（朱干），一手拿著玉斧（玉戚），有人指揮著作戰鬥狀態的動作，來象徵武王滅商的牧野之戰。而其動作的過程可分三個階段：⑴持盾正立，列陣如山，⑵用斧伐用盾擋的戰鬥場面，⑶解甲息兵，各行列都坐下，表示止戈為武的意思。（〈武〉詩的「勝殷遏劉」一句，就是配合這意思寫的。）所用樂器，可推想也是戰陣所用的鐘和鼓。

在周初當時的大武之樂有這等場面，已可說非常感人了。像以前軍人節三軍晚會的表演場面，軍中各種儀式的操練，豈不也是大武舞的發展結果嗎？

二、魯頌一篇

有駜

【內容提示】

周公有大功於周王，所以周成王特許周公長子伯禽所封的魯國可用天子所用的禮樂，而有鼓聲蓬蓬，載歌載舞，有聲有色的魯頌製作出來。〈有駜〉是魯僖公時慶祝豐年，舉行宴飲而頌禱之詞。誦其詩，可想見以鼓聲為節拍，手拿白鷺羽毛而飛舞的一斑。用歌舞者的口吻，陳述從僖公飲酒酣舞，君臣共樂的情景，也活現眼前。

【原詩】

有駜（ㄅㄧˋ bì）有駜，①駜彼乘（ㄕㄥˋ shèng）黃。②
夙夜在公，在公明明。③
振振鷺，④鷺于下。
鼓咽咽（ㄧㄢ yān），⑤醉言舞。⑥于胥樂兮！⑦

有駜有駜，駜彼乘牡。
夙夜在公，在公飲酒。
振振鷺，鷺于飛。
鼓咽咽，醉言歸。于胥樂兮！

有駜有駜，駜彼乘駽（ㄐㄩㄢ juān）。⑧
夙夜在公，在公載燕。⑨
自今以始，⑩歲其有。⑪
君子有穀，⑫詒（ㄧˊ yí）孫子。⑬于胥樂兮！

【語譯】

好肥壯呀好肥壯，四匹肥馬一色黃。早晚為了公事忙，勤勉從公好緊張。（跳舞飲酒來享樂，可以調劑緊張的生活）手拿著鷺羽群飛舞，飛上飛下好自如。鼓聲敲打蓬蓬響，似醉的跳舞正開場，共同歡樂樂洋洋！

好肥壯呀好肥壯，四匹公馬壯又強。早晚為了公事忙，公餘之暇飲酒來歡暢。手拿著鷺羽群飛舞，飛來飛去好自如。鼓聲敲打蓬蓬響，直到醉了才收場。共同歡樂樂洋洋！

好肥壯呀好肥壯，四匹鐵驄壯又強。早晚為了公事忙，公忙之暇共宴饗。禱祝從今後，年年慶豐收。君子有福享，子孫也沾光，共同歡樂樂洋洋！

【註譯】

①駜（ㄅㄧˋ）：形容馬肥壯的樣子。有駜：駜然。
②乘（ㄕㄥˋ）：四匹馬。下同。黃：黃裡帶赤色的馬叫黃。
③明明：勤勉。
④振振：群飛的樣子。鷺：白色水鳥。
⑤咽咽（ㄧㄢ）：鼓聲。下同。
⑥言：語詞。
⑦于：語詞。胥：互相。
⑧駽（ㄐㄩㄢ）：青黑色的馬，即鐵驄。
⑨載：則。燕：宴飲。
⑩自今以始：即自今以後，從今開始。
⑪歲：歲歲，每年。有：有年，即豐年。
⑫穀：祿。
⑬詒（ㄧˊ）：貽，遺留給。孫子：子孫。

【評解】

〈有駜〉是魯頌四篇的第二篇。周成王因周公對周室有大功勞，就以天子的禮樂賜給伯禽（周公長子初封於魯）。魯就有了頌詩，作為宗廟祭祀的樂歌。另外魯國自作以讚美魯君的詩，也就叫頌了。所以魯頌是頌詩的變體，雖然同樣是歌、舞、音樂三者的綜合藝術，但它的內容已不是在祖廟祭祀，頌揚祖先功德的詩了。詩的形式，也不再是只幾句組成的獨章無韻詩，而採取了雅詩整齊的多章句式，像這篇〈有駜〉，不但是像小雅，簡直就有國風的格調了。

三、商頌一篇

玄鳥

【故事介紹】

有娀氏的女兒簡狄姊妹二人，一同在元邱河的水中洗澡，忽然一隻黑色的燕子自天上飛下來，在河邊乙乙地叫個不停。她們二人看得好喜歡，就撿起一個玉色的籮筐，前去掩捕。籮筐覆著支在草叢裡，等燕子飛進去。過了一會兒不再聽到燕子乙乙的叫聲，簡狄奇怪，走過去把籮筐拿開來一看，燕子就衝天飛出，飛向北方而去。草叢裡卻留下了一粒閃耀著五色光彩的燕卵。她正托在掌心欣賞的當兒，她的姊姊口裡嚷著：「妹妹，把燕子蛋給我，我要！」說著就來搶奪。簡狄一著急，就把燕卵往嘴裡一送，不想竟囫圇吞下肚去，而且從此懷了孕，生了個叫契的兒子。普通稱卵為子，像蠶卵叫蠶子，魚卵叫魚子，因為契是簡狄吞燕子而生，所以就姓子。後來契長大了，幫助夏禹治洪水有功，就被封於商這個地方。傳到商湯而代夏有天下。湯的子孫祭祖，述湯的功業，就從始祖契的降生神話「玄鳥（燕子）生商」敘起。

【原詩】

天命玄鳥，①降而生商，②宅殷土芒芒。③

古帝命武湯，④正域彼四方。⑤

方命厥后，⑥奄有九有。⑦

商之先后，⑧受命不殆，⑨在武丁孫子。⑩

武丁孫子，⑪武王靡（ㄇㄧˊ mí）不勝（ㄕㄥ shēng）。⑫

龍旂（ㄑㄧˊ qí）十乘（ㄕㄥˋ shèng），⑬大糦（ㄓˋ zhì）是承。⑭

【語譯】

上天命令玄鳥，降到人間使簡狄吞卵生了商，定居在廣大的殷地方。古時上帝命令有德的武湯，治理四方的疆域。

於是遍告諸侯，他已擁有天下九州。商朝的列祖列宗，接受天命之後努力不懈，所以福祿才能降到他們的子孫武丁身上。

他們這位子孫武丁很是了不起，凡是武王湯所能做的，他也沒有不能勝任的。所以諸侯都很順從，打著龍旂的十輛大車，供

邦畿（ㄐㄧ jī）千里，⑮維民所止，⑯
肇（ㄓㄠˋ zhào）域彼四海。⑰
四海來假，⑱來假祁祁。⑲
景員維河。⑳
殷受命咸宜，㉑百祿是何。㉒

奉黍稷等禮品來助祭。

本來王畿以內千里之地，是他人民居住的地方，而如今已開拓到四海之廣。所以四海之內的諸侯都歸服，紛紛來助祭。這樣一來，商的版圖，周圍都有黃河環繞，是非常之廣大了。這是因為殷商接受天命之後，事事都做得很好，所以才擁有了各種的福祿啊！

【註譯】

① 玄：黑色，玄鳥即指燕子。

② 相傳高辛氏妃有娀氏女兒簡狄吞燕卵而生契（ㄒㄧㄝˋ）。契做舜的司徒，幫禹治水有功，封於商，是為商的始祖。所以說玄鳥生商。

③ 宅：居。殷：地名。芒芒：很大的樣子。

④ 古：從前。帝：上帝。武湯：有武德的湯。

⑤ 正：治理。域：疆域。此句是說：治理四方的疆域。

⑥方：普遍。厥：其。后：君，指諸侯。
⑦奄有：擁有。九有：九州。
⑧商代的先君，指眾祖先。
⑨接受天命不懈怠，殆與怠通。
⑩武丁：高宗，商的第十八世君。連上兩句是說：商代的先祖，受天命不懈怠，所以才有福祿降給他們的孫子武丁。孫子即子孫。
⑪即孫子武丁。
⑫武王：湯的稱號。連上句是說：商的子孫武丁所做的事，凡商湯所能做的，武丁沒有不能勝任的。因此詩是祭祀高宗武丁，所以對武丁特別推崇。靡，音ㄇㄧˊ，勝，音ㄕㄥ。
⑬龍旂（ㄑㄧˊ）：旗上畫有交龍，為諸侯所有。十乘（ㄕㄥˋ）：十輛車，意思就是打著龍旗的車子有十輛。形容來助祭諸侯之多。
⑭糦（ㄔˋ）：酒食。大糦：豐盛的酒食。承：供奉，是說諸侯供奉酒食來祭祀。
⑮邦畿（ㄐㄧ）：指王畿，近京師之地，直接由王管轄的。
⑯止：居。人民所居住之地。
⑰肇（ㄓㄠˋ）：開。以上二句是說：王畿千里，是人民所居住的地方，以後又開闢疆域到四海。
⑱假：音義同格。下同。來格：來到。
⑲祁祁：眾多。
⑳景：大。員：通隕，即幅隕。幅是邊幅，隕是周遭。指國家東西南北的疆域。河：黃河。商境

三面是河，所以說景員維河。

㉑咸：都。

㉒何：音義同荷，承受。

【評解】

這是商朝的後代宋國，祭祀他的祖先殷高宗武丁所用的樂歌。詩中追敘他們的始祖契的降生，也是上帝所賜。並敘及商湯最初有天下的光榮歷史。武丁修德，任用賢士，使殷商復興，所以他的後裔宋國對他特別崇敬而供奉。春秋時代的宋國，並不強大，所以只好抬出光榮的祖先來炫耀一番了。此詩一章到底，是頌詩特色之一。其中「維民所止」一句，清廷命官查嗣庭，在江西主持考試，曾用這句出題考學生，結果被指為是詛咒雍正皇帝去頭。（雍字去頭是維，正字去頭是止），下獄而死，還被梟首示眾（把他的頭掛起來給大家看）。可見清代的文字獄是多麼可怕啊！

古人以為天子是天所命的，所以各朝祖先的降生，多有一些神話來顯示他和常人不同。所以后稷是踐帝跡而生，契是吞燕卵而生，秦朝的先人大業，是由女修吞燕卵所生。直到最後的清朝，說他們的祖先努爾哈赤是他母親食朱果而生的呢！

中國歷代經典寶庫①

詩經——先民的歌唱

編　撰　者—裴溥言
編　　　輯—康逸藍
執行企劃—洪小偉、張燕宜
校　　　對—張淑芬
總　編　輯—余宜芳
董　事　長—趙政岷
出　版　者—時報文化出版企業股份有限公司
108019台北市和平西路三段二四〇號三樓
發行專線—（〇二）二三〇六—六八四二
讀者服務專線—〇八〇〇—二三一—七〇五
（〇二）二三〇四—七一〇三
讀者服務傳真—（〇二）二三〇四—六八五八
郵撥—一九三四四七二四時報文化出版公司
信箱—一〇八九九臺北華江橋郵局第九九信箱
時報悅讀網—http://www.readingtimes.com.tw
法律顧問—理律法律事務所　陳長文律師、李念祖律師
印　　　刷—綋億印刷有限公司
五版一刷—二〇一二年一月十三日
五版八刷—二〇二一年九月三日
定　　　價—新台幣二百五十元

時報文化出版公司成立於一九七五年，
並於一九九九年股票上櫃公開發行，於二〇〇八年脫離中時集團非屬旺中，
以「尊重智慧與創意的文化事業」為信念。

詩經：先民的歌唱 / 裴溥言編撰. -- 五版. -- 臺北市：時報文化,
2012.01
面；　公分. --（中國歷代經典寶庫；1）

ISBN 978-957-13-5468-2（平裝）

1.詩經　2.通俗作品

831.1　　100022951

ISBN 978-957-13-5468-2
Printed in Taiwan